わけあり毒伯爵は不束者

春の花嫁との恋は二人だけの冬の季節に

中　村　朱　里

S Y U R I　N A K A M U R A

一迅社文庫アイリス

CONTENTS

ミュゲ
市井で花売りをして暮らしていた天涯孤独な少女。《花》の魔術師であるため、あらゆる花を生み出せる。しかし、その力のせいでシエ家の末席に名を連ねることになり、当主命令で突然、嫁ぎ先を決められてしまった。
オルテンシアアス
ヒューエルガルダ領を担当する討伐伯。シエ家当主の嫡男ではあるが、制御不能な《毒》の魔術師であるため、一族からは距離を置かれている。そのせいか、人と接することを恐れ、孤独に過ごしている。

用語解説

❖魔族
「鏡の向こうの善き隣人」と呼ばれている存在。強大な力を持っており、王国の発展に貢献したとされている。

❖魔術師
魔族の血を色濃く受け継いだ者たち。かつて魔族が駆使した魔術を行使することができる存在。「剣」や「盾」、「薬」など様々な系統の魔術が存在する。

❖シエ家

数多くの《薬》の魔術師を輩出してきた一族。選民意識が高く、《薬》の魔術師であることを至高としている。また、シエ家では《花》や《毒》は《薬》の魔術師の下位と位置付けられている。

❖討伐伯
決められた地域の魔物の討伐を一手に引き受ける魔術師に与えられる爵位。

❖御印《みしるし》

魔術師の左の手のひらに存在する、あざ。そのあざの形によって、どの系統の魔術師であるかが解る。

❖手袋

魔術師の御印を隠すためにつけているもの。魔術師以外の民にも義務付けられており、手袋を外していいのは、両親と生涯の伴侶の前だけと定められている。また、手袋には自身の所属を示す紋章を刺すことが多い。

わけあり毒伯爵は不束者
❖春の花嫁との恋は二人だけの冬の季節に

人物紹介

イラストレーション◆セカイメグル

わけあり毒伯爵は不束者　春の花嫁との恋は二人だけの冬の季節こ

Best Wishes to look-alike couple

序章　冬が終われば

麗《うるわ》しの王国、エッカフェルダント。

誉《ほま》れ高き国王陛下を頂点に頂き、かつて『鏡の向こうの善き隣人』と呼ばれた魔族の血を連綿と受け継ぐ、豊かな大国である。

その極北に位置する辺境、ヒューエルガルダ領の長い長い冬が、ようやく終わりを告げた。

そう、春が来たのだ。遅い春だ。待ちかねた、春だった。

目の前にそびえるのは、ヒューエルガルダ領においてもっとも神聖な場とされる大聖堂だ。魔族を奉《まつ》るこの建造物の最奥、誓いの間と呼ばれる部屋に通じる扉の前で、オルテンシアス・シエは、ぐ、と両手を握り締める。両開きの扉には、左右ともに、大きな姿見がはめ込まれている。そこに映る自身の姿を改めて見つめ直すことで、自らの覚悟を自覚せよ、という意味合いが込められているのだという。

今、その鏡に映り込んでいるのは、今までになく緊張に強張《こわば》っている自分の顔だ。

——そう、僕だ。

――落ち着け、オルテンシアス・シエ。

今日のためにどれだけ準備を重ねてきたのか。万全を期して迎えたのだから、今更緊張するまでもないはずだ。それでも硬くなる自身の表情を前にして、ほう、と溜息《ためいき》を吐き出す。鏡の中の美貌の青年も、同じように息を吐き出した。そう、これが、オルテンシアス・シエだ。

鏡の中の自分は、我ながらそれなり以上に見栄えのするできあがりだと思う。

長らく放置し続けた、やわらかな乳白色の髪。自分で切るのはわずらわしく、とはいえ誰かに切らせるなど論外だと思っていた髪だ。普段はただ三つ編みにしているだけのそれには、今は〝彼女〟の強い希望により、白い生花が編み込まれている。

今年で二十一歳にもなるような男が、こんな機会においてさすがにそれはないのではないかと固辞したのだが、〝彼女〟は「こんな機会だからこそするんですよぉ！」と譲ってはくれず、結果、彼女の望んだ通りにこの髪は華やかに飾られている。

自分で言うのも何だが似合っている。それが素直に嬉《うれ》しいと感じた。花が似合う男ほど、〝彼女〟にふさわしい男はいないだろうと思えるからだ。

鮮やかな金糸雀《カナリア》色の瞳のまなじりは、見る者に怜悧《れいり》な印象を抱かせるらしい。普段から顔に張り付けている無表情と相まって、感情が読み取りづらく、つくづく近寄りがたいと評判である、とは、誰から伝え聞いたうわさであったか。

うわさ話に花を咲かせるような知り合いなど存在した記憶はない。だとしたら、これは自分の勝手な被害妄想なのかもしれない。だが〝彼女〟はそんな自分のことを、「旦那様は解《わか》りやすい方ですよねぇ」とうんうん頷《うなず》くものだから、この〝オルテンシアス・シエ〟という自分は、存外にそういうものなのかもしれない。

「でしょう？」と笑う〝彼女〟の得意げな顔が脳裏に浮かび、なんとも悔しい思いもあるが、それすらも悪くないと思えるから不思議で、つい苦笑が浮かんだ。しかし、姿見の中の自分は、苦笑とはほど遠い、それはそれは幸せそうな笑い方をしていた。

――ああ、そうだな。

――やはり悪くない出来栄えだ。

自慢ではないが、この容姿が世間一般的な平均を大きく飛び越える、男にしておくにはもったいないような美貌であるという自覚はある。王都で暮らしていた頃、憐憫《れんびん》と嘲笑《ちょうしょう》を込めて、そう言われたことをふと思い出した。

『――せめて、お前が、女であったなら』

そうすればまだ使い道があったのに、とでも続けられたに違いない実父のあの言葉は、今でもまだこの胸にある。

だが、今の自分は、そんな台詞《せりふ》を笑い飛ばせる自信があった。心からの感謝を込めて、「おかげさまで〝彼女〟には大変好評をいただいております」と笑顔で反論すらできそうだ。男でなければ〝彼女〟とは出会えなかったし、この美貌を〝彼女〟はいつだってしみじみと「お花で飾り甲斐《がい》のあるトンデモ美人さん……」と純粋に褒めてくれる。

まあその〝彼女〟は、この美貌がたとえ目をそむけたくなるような醜悪なそれになったとしても、「旦那様は旦那様ですから！」と満面の笑顔で親指を立ててくれるだろうけれど。それどころか「私にかかればどんな旦那様だって、誰もが振り返るくらいに綺麗《きれい》なお姿に仕立て上げてみせます！　絶対にお似合いのお花をご用意しますね！」と息巻く様子まで容易に想像ができて、そんな自分の想像に思わず噴き出す。老若男女《ろうにゃくなんにょ》、それぞれがそれぞれ、誰しもに似合う花があるというのが、彼女の持論なのだから。

そう、その持論の下に彼女が用意してくれた花で髪を飾り、『悪くない出来栄え』となった自身の姿を、オルテンシアスは最後の確認として改めて頭のてっぺんから足のつま先までを扉の姿見で眺めた。

結局のところ、やはりいまだかつてなく緊張している自分がいる。今、自分が身にまとっているのは、若葉色の正装だ。優しく淡い色合いでありながらも華やかなその色は、オルテンシアスの髪と瞳によく映える。自画自賛しているだけではなく、一からこの正装を仕立ててくれた職人が太鼓判を押してくれた出来栄えであるのだから大丈夫、な、はずだ。それでもいざとなるとこれほどまでに緊張するものなのかと、素直に驚く。

そして、今度こそ覚悟を決めて、深く深呼吸をした、その時だ。

――リィン、ゴォン……。

――リィン、ゴォン……。

荘厳《そうごん》な鐘の音が響き渡る。続いて、足元から静かな地響きが伝わってくる。この扉の向こうのからくりが動いているのだと、オルテンシアスは知識として知っていた。

――いよいよ、か。

ごくりと息を呑《の》むと同時に、扉が音もなく開かれる。その先に通じるのは、左右に、互いに向かい合う形で整然と並び立つあまたの鏡。その合わせ鏡の一本道の果てに立つ淑女の姿に、オルテンシアスは呼吸を忘れる。

非の打ちどころのないほどに美しく仕立て上げられた、春の女神のような〝彼女〟が……その名をミュゲ・アルエットという、この儀式をもってオルテンシアスの妻となるべき女性が、そこにいた。

彼女の、可憐《かれん》でありながらも華やかな桃色の髪が、鏡のからくりが起こしたかすかな風によってふわりと広がる。まるで花びらが風に乗って宙を遊ぶ残像が見えた気がして、オルテンシアスは無意識に目を細めた。

桃色の髪などなかなかお目にかかれない珍しいものだが、騒ぎ立てるほどのものでもない。時折現れるのだ。こうして、今はその姿を消した魔族と呼ばれた種族の特徴を、その身に宿して生まれる存在が。髪の色や瞳の色は特に顕著なもので、鮮やかな青の髪や、極光《きょっこう》のような瞳を持つ者だっている。その中でも、ミュゲの春を映したような髪を、誰よりも何よりも美しく思うようになっていた自分がここにいる。

彼女の長い髪は、普段は結《ゆ》い上《あ》げられているが、今はさらりと背に流され、オルテンシアスと同じ白い生花で飾られている。やはりオルテンシアスのそれと同じく、彼女が自ら生み出した花だ。その中で唯一、スズランの髪飾りだけが硬質な光を放っている。本来の慣例から言えば、生花だけで髪を飾るべきだというのに、ミュゲは「絶対にこれは使います！」と譲らなかったのだ。オルテンシアスはしみじみと呆《あき》れたし、そしてそれ以上に、今もなおこそばゆく思えてならない。

こちらをまっすぐに見つめてくる若葉色の瞳は瑞々《みずみず》しく、桃色の髪と同じく『春』という季節をそのまま蜜で固めたかのような輝きを放っている。その瞳に映っているのが自分だけなのだという現実は、貴腐《きふ》ワインを口に含んだかのような感覚をオルテンシアスにもたらした。

そんな彼女がまとうのは、金糸雀色の華やかなドレスである。ほっそりとした体型の彼女に合わせて仕立てられたそれは、上半身は彼女の華奢《きゃしゃ》な体型を浮き彫りにし、逆に下半身にはたっぷりとボリュームを持たせ、その上に金糸であらゆる花々を意匠化した模様が刻まれている。

ともすれば派手すぎて下品だと眉をひそめられるかもしれないデザインだが、金糸雀色の地に金糸という組み合わせはうっとりするような調和を完成させ、刺繍《ししゅう》を入れてくれた針子の娘達は「最高傑作となりました」と誰もが納得の出来栄えだとこれまた太鼓判を押してくれたのだという。

今日というこの日のミュゲのためだけに作られたドレスだ。それは彼女の桃色の髪と、若葉色の瞳に、とてもよく似合っている。

——僕の、色だ。

そう、オルテンシアスの瞳の色を、ミュゲはこれ以上なく見事に着こなしている。オルテンシアスが、彼女の瞳の色である、若葉色の正装をこれまた見事に着こなしているのと同じように。

オルテンシアス以上に緊張しきっているらしい彼女は、らしくもなくがちがちに強張った顔をしていて、つい噴き出しそうになったが、なんとか耐えた。ここで笑ったら間違いなくミュゲは当分根に持つに違いないからだ。それに、たとえいつものなんとも気が抜けるような、ふんわりとした笑顔とはほど遠い表情であるのだとしても、今日のミュゲ・アルエットは。

——ああ、綺麗だ。

そう、どちらかというとかわいらしいと呼ぶべき容姿であるはずの彼女は、今日は誰よりも何よりも美しかった。

気付けばそのままいつまでもいくらでも見つめ続けてしまいそうだったから、オルテンシアスはぐ、と唇を噛《か》み締《し》めて、やっと一歩踏み出す。続けて、二歩、三歩。

鏡に囲まれた道を、ミュゲだけを目指して進み、そうしていよいよ彼女の前にたどり着く。

やはりがちがちに緊張しきっている様子のミュゲは、それでも、目の前にオルテンシアスが立ったことで、ふにゃりとそのまなじりを緩めた。そして、今日まで懸命に練習していた通りに、オルテンシアスの瞳の色と同じ色のドレスの裾を両手で持ち上げて、可憐に一礼してくれる。

それだけで胸がいっぱいになるのを感じながら、オルテンシアスもまた、彼女に心からの一礼を返した。

「オルテンシアス・シエは、ミュゲ・アルエットの想《おも》いを乞い、自身と同じ想いを求め、また映す」

しきたり通りの婚礼の文句を唱えると、キリッとミュゲのかんばせが凛々《りり》しくなった。間違えたらどうしましょう!?　とつい昨夜まで嘆いていたのが嘘《うそ》のような頼もしい表情だ。

「ミュゲ・アルエットは、オルテンシアス・シエの想いを映し、自身と同じ想いを与え、また映す」

顔を見合わせてから、ここまではよし、と神妙に頷き合う。なんだか馬鹿馬鹿しくなるようなやりとりである自覚はあるが、誰に見られているわけでもなく、自分達は大真面目《おおまじめ》なのだからそれでいい……と思っている自分は、だいぶミュゲに感化されているのかもしれないとオルテンシアスは思った。

――まさか、こんなことになるとはな。

後悔はない。何一つ、あるはずがない。

けれどそれでもこの幸福がいまだに信じがたく、オルテンシアスは改めて、長かった冬を思い返す。


――長い、冬だった。


本当に、長かった。その長い長い冬の終わりをもたらしてくれたのが、目の前の春の化身《けしん》なのだと思うと、なおさら胸がいっぱいになる。

ミュゲとの出会いから今日までの記憶を思い返し、オルテンシアスはしみじみと、人生には思いもかけない奇跡が突然現れるものなのだということを、改めて実感するのだった。

第1章　空は広く

しんしんと雪が降る。空を覆うのは、重苦しく薄暗い、分厚い雪雲だ。真昼だというのにこの暗さ、この寒さ。話には聞いていたが、さすが雪深き辺境、ヒューエルガルダ領だ。この雪は当分止《や》むことはないであろうことを、ミュゲ・シエは悟らざるを得なかった。

目の前にそびえる北方特有の造りの立派な屋敷は、このヒューエルガルダ領における〝討伐《とうばつ》伯《はく》様〟のお屋敷だ。わざわざ王都からここまで送ってくれた商業ギルドの馬車はこれ以上暗くなる前にと、早々にミュゲを玄関の前に置いて去った。

もう後には引けないし、引いたとしても他に行き場所などないことも理解していたので、ミュゲは薄っぺらい外套《がいとう》のしわをささっと直し、一つ深呼吸をしてから、大きく声を張りあげた。

「ごめんくださぁい！　どなたかいらっしゃいませんかぁ!?」

……思いのほか大きく声が響き渡ってしまった。何もかもが雪で覆われた冬のしじまが裸足《はだし》で逃げ出していくのが見えるようだった。あらら、私、ちょっと失礼でしたかね？　とは思ったが、そうはいえどもこの屋敷に住んでいるのはたった一人だと聞かされている。様式美で『どなたか』なんて言ってみたが、どなたかも何も、屋敷の主人であるお方しかいないらしいので、これくらい大声を出さないと、きっとその人には声が届かないはずだ。

その証拠に、目の前の扉が動く気配はない。人の気配なんてまるでない。なるほど、まだこの声は届いていないらしい。あるいは、あえて無視されているか。どちらであるにしろ、ここで諦めるという選択肢はないので、ミュゲはぎゅっと唯一の手荷物である小さな旅行鞄《かばん》を抱え直して、再び口を開いた。

「申し訳ありません！　旦那様へのお目通りをお願いいたしまぁす！」

そう、『旦那様』。この屋敷における唯一の住人にして、討伐伯として名を馳《は》せているのだという男性こそが、ミュゲの目的だった。後戻りはできず、というか繰り返しになるがそんな選択肢など元より存在せず、だからこそここが粘りどころでありふんばりどころだ。

一応その『旦那様』には話が通っているらしいし、ならばあとは自分が頑張るだけである。ちょっとどころでなく色々丸投げにされたような気がするのは気のせいではないが、だからといってもう文句を言うのもなんだかなぁ、という気持ちが心からの本音だ。

どうあっても自分で頑張るしかないのだ、結局は。

──それにしてもここまで反応がないとなると、もしかしてお留守でしょうかねぇ？　だとしたら『旦那様』が帰ってくるまでこの場で座り込みでもするしかないだろうか。とめどなく降り積もる雪の中で待つのは心身に堪《こた》えるが、これぱかりは仕方ないと諦めるより他はない。

──ミュゲさんはこれくらいじゃめげませんよぉ！

王都エスミラールよりもよっぽどこのヒューエルガルダ領は冷たく凍《こご》えるような寒さを誇るが、『旦那様』と対面するよりも先に凍死するようなことにはならないだろう。たぶん、おそらく、きっと。

とりあえず手持ちの旅行鞄を足元に下ろし、ほう、と、エッカフェルダントの慣例に倣《なら》って着用している、シエ家の紋章が刻まれた手袋に覆われた両手に息を吹きかける。さて、もう一度。

「すみません、どなたか……っ⁉」

再び声を張りあげようとした、その時だ。目の前の扉が、じれったくなるくらいにゆっくりと開かれる。あ、とミュゲは口をつぐみ、そして、扉の向こうに立っていた存在を前にして、大きく若葉色の目を見開いた。

「──僕が、この屋敷の主人だが。ここがヒューエルガルダ領討伐伯の屋敷と知っての来訪か？」

淡々とした、温度を感じさせない声だった。その声の持ち主は、ミュゲよりも頭一つ分以上高いところから、こちらのことを冷ややかに見下ろしている。その瞳の色は、鮮やかな美しい金糸雀《カナリア》色。切れ長のそれは長く濃い睫毛《まつげ》に縁どられ、その睫毛がこの降り続ける雪のように白い肌に影を落としている。手入れの行き届かないミュゲの桃色の髪とは大違いの、いかにもやわらかそうでつややかな髪は乳白色。ミルクのように優しい色をしたそれは長く伸ばされ、緩く三つ編みにされて背に流されている。

こちらの返事を待ってくれているのか、沈黙を保ってただこちらを見下ろしてくる美貌の青年をぽかんと見上げていたミュゲは、思わず呟《つぶや》いた。

「びっくりしたぁ……とびきりの美人さんだぁ……」

「は？」

冷然とした美貌を誇る青年の、整った眉が、器用に片方だけ持ち上げられる。何をいまさらのことを言っているのか、とでも言いたげな表情に、「そりゃあこれだけ美人さんなら、これくらいの賛辞なんて慣れていらっしゃるかぁ」と感心しつつ、ミュゲは、先ほどの青年の問いかけに対して答えるために、片手を挙げてぴしっと敬礼する。

「はいっ！　オルテンシアス・シエ様。もちろん存じ上げております！　旦那様のご事情も、もちろん承知の上でやってまいりましたぁ」

王都にて耳にタコができるほど言い聞かされたあれそれを思い返しつつ、青年の名前を間違いなく口にする。青年――その名をオルテンシアス・シエという美貌の彼は、こちらが間違いなく彼の名前を口にしたというにもかかわらず、なぜか頭痛をこらえるように、ミュゲと同じくシエ家の紋章が刻まれた手袋に覆われた片手を、自らの眉間《みけん》へとあてがった。

――あらぁ？

予想外の反応に目を瞬《またた》かせると、青年、もといオルテンシアスは、大層うろんげなまなざしを向けてきた。あららら？　と首を傾《かし》げてみせれば、ますますその瞳に宿る光はうさんくさいものを見るそれへと変わる。あららららら？　とこれまたさらに首の角度を傾けると、彼はそれはそれは迷惑そうにミュゲを見つめ返してくる。

「……それで、何の用だ？　手短にすませてほしい」

今度は眉間ではなくこめかみを押さえながら、オルテンシアスは溜息《ためいき》まじりに問いかけてきた。言葉にこそされなかったが、はっきりと、「とっとと帰れ」という本音が透けて見えている。

だがしかし、これでめげるような軟弱な神経をしていたら、そもそもミュゲは王都からこんな辺境くんだりまで来てはいない。たとえ命令であったとしてもだ。

だからこそ、あえて青年の本音に気付かないふりをして、「せっかちさんですねぇ」とのんびり呟きつつ、気付けば頭の上に降り積もっていた雪を払い、真っ向からオルテンシアスの瞳を見上げた。

――綺麗《きれい》な目だなぁ。

まるで晴れ渡る冬の空の、冷たく澄んだ空気の中で輝く、月のような瞳だと思った。ともすれば見惚《みほ》れそうになってしまうくらいに美しい瞳だ。けれどそのままじぃと見つめていたら、なぜかオルテンシアスの方が気圧《けお》されたように息を呑《の》んだので、「いけないいいけない、不躾《ぶしつけ》でしたねぇ」と気を取り直し、にっこりと、両頬にえくぼを作って笑う。

「私はミュゲ・アルエット……じゃなくて、ミュゲ・シエと申します。オルテンシアス・シエ様の妻になるためにやってまいりましたぁ。不束者《ふつつかもの》ですが、なにとぞよろしくお願いいたします、旦那様！」

――よし、掴《つか》みはばっちり！

――言ってやりましたよミュゲさんは！

だが、そうやって内心で両手をぐっと握り締めて自分を褒め称《たた》えるミュゲとは裏腹に、オルテンシアスの反応は、お世辞にもいいものとは言いがたかった。

「………………………は？」

長い沈黙ののちに、コレである。何を言っているんだこの娘は、と、今度はいよいよ信じられないものを見る目でこちらを見下ろしてくるそのまなざしに、ミュゲは若干傷付いた。

これでもわりと勇気を出して言ったんですけど？　だって結婚の申し込みですよ？　そんな

気安く言える台詞（せりふ）じゃないんですよ？ という抗議を込めてオルテンシアスを見つめ返すと、彼は今度は片手で両目を覆って天を仰ぎ、非常に長い沈黙ののちに、「とりあえず、話を聞こう」と、ミュゲを屋敷に招き入れてくれた。

まずは第一関門突破、と考えていいだろう。無意識に安堵《あんど》の息を吐いたミュゲは、そのままオルテンシアスの案内に従って、屋敷の居間に通された。

「……茶を淹《い》れてくる。しばらく待っているように」

「あ、お構いなくです」

「僕が構うんだ。これでも最低限の礼儀はわきまえているつもりだからな」

冷たく言い放ち、ミュゲを居間に残して去っていくオルテンシアスの背中を見送りつつ、「今絶対、『きみとは違って』って言ってましたよねぇ」と内心で呟きながら、ミュゲはソファーにようやく腰を落ち着けた。

なにとはなしに周囲を見回して、ほう、と溜息を吐く。最低限の調度品しか置かれていないこの居間は、居心地が悪いわけではない。むしろいい、と言えるだろう。不思議と落ち着く部屋だ。けれど、どうにも殺風景で、なんというか……そう、住まう人間の気配を感じさせてくれない部屋だった。美術品のたぐいなんて一つも置かれていない。必要ない、と、判断されたのだろう。居間には家主の性格や人となりが出るというが、そういう意味において、この部屋は何一つミュゲに情報を与えてくれない空間だった。

「……さむ………」

暖炉の火は赤々と燃えているのに、なんだか妙に寒々しい。思わず身震いして、手袋に覆われた両手をすり合わせる。そんなミュゲの背後で、扉が開かれる音がした。肩越しに振り返れば、オルテンシアスがティーセットをのせたトレーを持って、さっさと居間に入ってくるところだった。

無駄な発言など一切なく、手早くミュゲの前に用意された、あたたかな湯気を立ち昇らせる紅茶が注がれたティーカップ。無言で促されるままに、それを口に運ぶ。その香り高さと、何よりもカップのぬくもりに、ようやく人心地がつけた気がした。

「――――それで?」

「え?」

「『え』じゃない。ミュゲ・シエと言ったか。きみがこの屋敷に来た理由を、詳しく聞かせてもらおう」

気付けばミュゲの正面のソファーに腰かけていたオルテンシアスに淡々と問いかけられ、ようやく姿勢を正す。そうだ、当たり前だが説明しなくては。

……いやだが、しかし。

「ええと? ご当主様から事前に通達が届けられていると伺っているんですが」

そう、オルテンシアスの父であるシエ家の当主から、当人には既に説明がなされていると聞いているのだが、もしやそれは自分の勘違いだっただろうか。ミュゲが逆に問い返すと、彼はぐっと言葉に詰まり、決まり悪げに視線をさまよわせた。

「…………父上からの書状は、ほとんど読まずに捨てている」

「あらら、さようですかぁ。でしたらご存じなくても仕方ないかもしれませんねぇ」

なるほどなるほど、そういうわけならば仕方ない。オルテンシアスがわざわざ淹れてくれたあたたかな紅茶を再び口に運びつつ、うんうんと頷《うなず》く。彼がシエ家の直系であり、現当主の嫡《ちゃく》男《なん》であるとはもちろんミュゲも聞かされている。そんな方にわざわざお茶を淹れさせるなんて我ながらもったいない真似《まね》をしてるなぁと他人事《ひとごと》のように思った。

「ええとですね、話はそう難しくはないんですが……」

ここで四の五の言っていても仕方がないので、ミュゲは大人《おとな》しく最初から説明することを選んだ。

そも、シエ家の名を知らない者は、エッカフェルダントにおいては珍しいと言えるだろう。なにせシエ家は、代々、《薬》の魔術師を数多く輩出してきた、特殊な一族であるのだから。

魔術師とは、かつてエッカフェルダントの国民と交わった魔族の血を色濃く引き継ぎ、彼らが行使した奇跡の御業《みわざ》――魔術と呼ばれる人知を超えた力を行使する存在の総称だ。魔術師の証《あかし》は、その左手の手のひらに、《御印《みしるし》》と呼ばれるあざの存在によって示される。エッカフェルダントにおいて、国民が常に手袋を着用するようにと義務付けられているのは、その魔術師の《御印》を隠し、誰が、どのような魔術師であるかを秘匿《ひとく》するためだ。

血縁に関係なく無作為に現れるはずの魔術師、それも《薬》に特化した魔術師を多数内包するシエ家は、一般的には貴族とはまた別の特権階級と見なされている。

ミュゲも例にもれずその話を聞きかじってはいたものの、まさか自分がそのシエ家の傍系《ぼうけい》に連なる者であるとは、想像もしていなかった。

今は亡き両親が、互いへの想《おも》いを抑えきれずかけおちするに至り、生まれたのがミュゲである。父はもともと身体《からだ》が弱く、ミュゲが幼い頃にこの世を去った。その後、女手一つで自分のことを育ててくれた尊敬する母は、父の生家のことも、自身の生家のことも、決して語ろうとはしなかった。

母が死去し、市井《しせい》で一人で生計を立てていた自分の前に現れたのが、シエ家の使いだと名乗る老齢の男性だった。そのままあっという間にミュゲはシエ家の末席に連ねられることとなり、そしてシエ家の当主の命令により、こうしてヒューエルガルダ領の討伐伯たるオルテンシアス・シエの元に嫁ぐことになったのである――――と、まぁ、こういうわけだ。

ミュゲが説明を続けるうちに、オルテンシアスの白皙《はくせき》の美貌は、どんどん色が失《う》せていった。あまりの顔色の悪さに、途中で「この説明やめた方がいいですかね？」とミュゲが危ぶむほどだった。だが、それでもなんとか説明を終えることができてほっとしたのも束《つか》の間《ま》、オルテンシアスは気付けばうつむかせていたそのこうべをバッと持ち上げた。

「……僕は聞いていないぞ！」

「いえだからそれは、旦那様がお捨てになったというご当主様からの書状に書かれていたことですからねぇ。そりゃ聞いていらっしゃらないでしょう」

「…………」

ミュゲの正論に対し、オルテンシアスはぐうの音も出なくなったらしい。再びこうべを垂れる彼の姿はなんとも哀愁を誘った。ミュゲとしては彼を落ち込ませたいわけではなく、ただ単に事実を事実として述べただけだったのだが、事実は時として下手《へた》な気遣いよりもよほど残酷に人を傷付けるものらしい。

――うーん、どうしましょう？

何をどう声をかけたものかと思案していると、そうやってミュゲが声をかけるよりも先に、オルテンシアスはのろのろとこうべを持ち上げた。あら？　と目を瞬かせるミュゲのことを鋭くにらみ付けながら、オルテンシアスははっとするほど美しい怜悧《れいり》な美貌に苛立《いらだ》ちを乗せて、深々と溜息を吐く。

「――――それで？　父上からの命令で、きみはこの辺境に、僕の妻になるために来たと？」

「はい。ご当主様は、優秀な子供を作ってこいとの仰《おお》せでしたねぇ」

「不要だ」

「え」

取り付く島もない一言に、ミュゲの思考回路がいったん停止した。

思わず硬直するこちらをいっそ憐《あわ》れむように見つめてきたオルテンシアスは、前言を撤回することはなく、さらに追い打ちをかけてくる。

「帰れ。僕にはきみは必要ない」

「えっ、でも赤ちゃんは一人では授かれませんよ？」

「……その子供自体が不要だと言っているんだ。きみがどんな報酬を父上からもぎとったのかは知ったことではないが、僕を巻き込むな。優秀な子供？　きみと僕で？　はは、しばらくお会いしないうちに、父上も随分とご冗談がお上手《じょうず》になったものだ」

露骨な嫌味だ。嘲笑《ちょうしょう》を浮かべながら吐き捨てるように続けるオルテンシアスだが、それでも彼の美貌に陰りはなく、しみじみと感心するばかりである。

とはいえ、そうやって彼の美貌に見惚れ続けている場合ではないのも確かだ。ううん、とミュゲは小さくうなって、オルテンシアスの顔色を窺《うかが》いつつ続けた。

「そうは言われましてもですねぇ……。私も、ご当主様には旦那様との赤ちゃんができるまでこちらに滞在するようにと厳命されておりまして」

王都に住まうシエ家の当主に、はっきりと言われていた。「それくらいは役に立て」と。

あまり悩みごとが得意ではないミュゲとて、その命令にはさすがに物申したいものがなかったわけではない。けれど、どうあったとしても、今のところ他に選択肢なんてないのだから仕方ない。これればかりはどうしようもないのである。

「というわけで、せめてご一考願えますと幸いなんですがぁ……」

「きみは」

「はい？」

気付けば無言になっていたオルテンシアスが、ようやく口にした一言。その声音は、地を這《は》うかのように低いものだった。

あれぇ？　と首を傾げると、彼はぎらりと金糸雀色の瞳を雷光のように光らせて、これ以上なくこちらのことをきつくにらみ付けてくる。

「僕の事情を承知の上だと、そう言ったな」

「ああ、はい、申し上げましたねぇ」

「っその上でなおその台詞とは、よほど死にたいらしいな！」


――――ゴォッ！


オルテンシアスの怒鳴り声とともに、彼の左手から、薄暗い霧が一気に噴き出した。その霧は居間の空気を一変させ、ミュゲは思わずひゅっと息を呑む。

霧の中心にいるオルテンシアスにとっても、これは不覚極まりない事態であったのだろう。

彼は動揺と焦燥をあらわにして左手――正確にはその左手の手のひらを右手で押さえ込んでいる。だが、立ち昇る霧は留まるところを知らず、ますます色濃くなるばかりだ。

――そっか。これが、旦那様の魔術かぁ。

誰も彼もを、ともすれば死に至らしめることすらあるのだという毒霧だ。
くらくらする頭を押さえながら、ミュゲは危機感もなくのんびりと納得した。
話には聞かされていたものの、実際はどういうものなのかいまいち想像できなかったそれを前に、うんうんと頷く。
《薬》の魔術師を数多く輩出する名家、シエ家。その直系たるオルテンシアス・シエが、次代のシエ家の当主として王都に住まうのではなく、極北の辺境たるヒューエルガルダ領に討伐伯として赴任――いいや、追放された、その理由。
それこそが、〝これ〟だったのだという。

――オルテンシアス・シエは、《毒》の魔術師だ。

魔術師はそれぞれ自身が色濃く受け継いだ魔族の特性となる魔術を行使する。たとえば

《剣》、《槍《やり》》、《弓》、《盾》、《歌》、《書》など、有名どころは世間ではよく知られているが、さらにその特性魔術が細分化されることまで知る者は、決して多くはないだろう。

オルテンシアスの《毒》の魔術は、《薬》から分化した下等魔術として分類される。

すべての《薬》を操る魔術師こそ至高と信じるシエ家は、《毒》しか扱えないオルテンシアスを認めなかった。これで彼が《毒》を完璧に操ることができるのならば話はまた違ったのかもしれないが、おそらくはオルテンシアスにとっては不運なことに、彼はその制御ができないのだという。しかもこれまた不運なことに、オルテンシアスの《毒》は、人間どころか魔物すらも屠《ほふ》る、恐ろしい猛毒であるのだとか。

だからこそシエ家は、魔術師を統括する王家と王家直轄魔術院にかけあい、彼を、討伐伯に任命するという名目で、魔族とは似ても似つかない、人間とは決して相容れぬ存在である魔物が跋扈《ばっこ》するこの土地――ヒューエルガルダ領に追いやったのだそうだ。

〝討伐伯〟。それは、魔物の討伐を一手に引き受ける魔術師に授けられる爵位である。一代限りではあるものの、伯爵と同等の貴族としての扱いを受けることになる誉《ほま》れ高き爵位だが、命の危険にさらされることと引き換えのそれを自ら欲しがる魔術師は少ないという。

オルテンシアスが十五歳の成人の儀を迎えると同時に、彼にその危険な立場を押し付けたシエ家のやり口は、お世辞にも褒められたものではない。

その話をシエ家で聞かされたミュゲは、「臭いものに蓋《ふた》をしたかったんですね」と抱いた感想をそのまま直で言い放ち、教育係にきつくにらみ付けられたものである……とは余談だろう。

「く、ぅ……っ！　早く出ていけ！　死にたいのか！」

「あ、だいじょぶですだいじょぶです」

「何が大丈夫なものか！」

懸命な努力のおかげか、ようやく毒霧を収束させたオルテンシアスが、いまだに居間に残る毒を警戒してか、ミュゲに怒鳴り付けてくる。怜悧な美貌がさらに迫力を増し、震え上がるような様相だが、なぜだかちっとも怖くない。

それはオルテンシアス自身が、ちゃんと誰かを害することを恐れられる人間であることが伝わってきたから、ということもあるし、何より。

「私にはこれがありますので！」

「は……？」

じゃじゃーん！　とミュゲが隣に置いていた唯一の手持ちである鞄から取り出したるは、ちょうど両手に収まる程度の大きさの小瓶だった。硝子《ガラス》にしては比較的珍しいとされる黒の硝子に、花の彫刻が施されている。その中には、小さな錠剤がたっぷりと詰まっていた。

自慢げなミュゲの様子に文字通り毒気を抜かれたのか、そのかんばせにはあまりふさわしからぬぽかんとした表情を浮かべるオルテンシアスに、ミュゲはふふふと笑う。

「シエ家に、旦那様の毒の解毒剤《げどくざい》を用意してくださった方がいらしまして。初対面の時は事前に、その後は毎日、きちんと飲んでおけば旦那様の毒に対応できるんですって。すごいですよねぇ」

「そ、んなもので僕の《毒》が解毒できるものか！　僕の毒は魔物すら忌避《きひ》するものだぞ！　シエ家のやることだ、きみはだまされているに決まっている！　死にたくなければ一刻も早く帰れ！」

狼狽《ろうばい》を隠しもせずに言葉を連ねるオルテンシアスに、「あらぁ」とつい相好《そうごう》が崩れる。怒鳴られているにもかかわらず気の抜けた表情を浮かべるこちらに、オルテンシアスが息を呑んで口をつぐんだのをいいことに、ミュゲはうんうんと何度も頷く。

「旦那様は、お優しい方ですねぇ」

「は!?」

ぎょっと目を剥《む》くオルテンシアスに、ミュゲはにこにこと続ける。

「こんな見ず知らずの押しかけ女房のことを気遣ってくださるなんて、そうそうできることじゃありませんよぉ」

「何を言っているんだきみは……!?」

これ以上ないほど不気味なものを見る目で見つめられてしまった。けれど、ここで退《ひ》こうとは思わない。ミュゲの人生のモットーは、基本的に、押して押して押しまくって押し切り一本勝ちであるので。

「きみ、じゃなくてミュゲです。それから訂正させていただきたいんですが、別に死にたいわけじゃありませんよ。死ぬこと以外は大体全部かすり傷ですけど、死んじゃったら全部おしまいじゃないですかぁ」

そう、死んでしまったら全部終わりだ。けれど死ななかったら、まだ続きがある。そう思って生きてきたからこそ、今のミュゲ・アルエット……ではなくて、ミュゲ・シエがここにいる。シエ家の姓は暫定ではあるが。

しかしそれにしても、そうか。旦那様、もといオルテンシアスは、妻となる存在をご所望でないらしい。

まあそれはそうだ、誰だっていきなり父親に「こいつと結婚しろ」と得体の知れない女を送り込まれたら普通に断るに違いない。驚くだろうし警戒もするだろう。しかもオルテンシアスはその件についての書状を捨てているのだという。詳しい事情も知らないらしいときたら、もうどこにも彼がミュゲを受け入れるべき理由はない。

となると確かにオルテンシアスのことを思うならば、彼の言う通り、大人しく王都に帰還すべきなのだろうとは解《わか》っている。だが、しかし。

「ええと、旦那様」

「誰が旦那様だ」

「えっオルテンシアス様とお呼びした方がよろしいですかぁ？　いきなりそんな親しげに？」

「…………もういい、好きに呼べ」

「ありがとうございますぅ。それではやっぱり旦那様、ええとですねぇ」

「なんだ」

「私、こちらに来る時は、王都の商業ギルドの商隊の馬車に乗せてもらってきたんですけども」

「ああ、そうだろうな」

真冬のヒューエルガルダ領に王都からやってくるには、それくらいしか方法がないことをオルテンシアスもまた理解してくれているらしい。

このヒューエルガルダ領に、わざわざよりにもよって真冬に訪れる者は数えるほどしかいない。せいぜい、民の生活の支えとなる大商業ギルドが、大量の雪にも耐えうる貴重な馬車で、運がよければ月に一度程度やって来るか来ないか、といったところが限界である。

そんな大雪対策が備わった馬車なんてそうそうないのだから当然の話であるのだが、問題はそこだった。

「王都に帰るにも、次に王都の商業ギルドがやってくるのがいつか解らなくて」

「……調べれば解るだろう」

「それが今年は特に雪が酷《ひど》くて、日程がどんどんずれこんでて、今後の見通しが立たないそうなんですよぉ。困ったものですねぇ」

この辺境までミュゲを送り届けてくれた商隊の面々は、「だから復路の約束はできない」と申し訳なさそうに頭を下げてくれた。仕方ないことであるし、そもそも嫁に来たという名目なので帰る気は毛頭なかったために気にしていなかった。

だが、オルテンシアスのこの反応。

いくら普段から、図太すぎる鋼でできた、そのくせぐにゃんぐにゃんとしなやかすぎるトンデモ神経の鉄面皮《てつめんぴ》と褒めてもらっているミュゲであるとはいえ、自分をここまで遠ざけようとするオルテンシアスに負担を強《し》いるのは本意ではない。

——だが、だがしかし。

背に腹はかえられないのは、どうしようもない事実なのである。

「というわけで旦那様！　赤ちゃんについては諦めますから、どうか使用人として私を雇ってください！　どう頑張ってもこの雪深さじゃ王都に帰れないのはごらんの通りでしょう？　とりあえず雪が解けるまでということで、なにとぞ、ここはなにとぞよろしくお願いいたします！」

ソファーに座ったままの状態ではあるが、それこそ土下座せんばかりの勢いで、深く頭を下げる。

オルテンシアスにとってはその嘆願は想定外だったのだろう。彼はガタンッと思い切りソファーから転げ落ちそうになったが、それをかろうじて耐えて「どうしてそうなる!?」と声を荒げた。

「きみはどこまで図々《ずうずう》しいんだ!? お断りだ！ 町で仕事を見つければすむ話だろう！」

「私だってそれができたらやってますよぉ。でも、真冬の辺境の町で、よそ者がそう簡単に屋根付きで雇ってもらえるわけないじゃないですかぁ」

厳しい冬の辺境は、よくも悪くも閉鎖的だ。たとえミュゲが本当に職を求めて町に出たとしても、受け入れてもらえるとは到底思えない。運よく職にありつけたとて、拠点として寝泊まりする場所まで得ようとするとなると、話はますます難しくなる。

こちらの言い分は、オルテンシアスにとってもよくよく理解できるものであったらしい。彼の怜悧な美貌が渋面になり、眉間に深いしわが刻まれる。そんな顔も、やはり綺麗に整った、それこそ絵画に描かれるような美しさなのだから、つくづく不思議なものだ。

そして、ようやく。長い沈黙ののちに、オルテンシアスはこれ以上ないほど重苦しい溜息を吐き出した。

「────解った。雪が解けるまでの間、この屋敷に滞在することを許可しよう」

「わっ、ありがとうございま……」

「ただし」

ぱっと顔を輝かせるミュゲをにらみ付け、オルテンシアスは低くうなるように続けた。

「余計なことはするな。僕に近寄るな。これだけは守ってもらおう」

でなければ雪の中だろうが即刻追い出してやる、という台詞が聞こえてくるようだった。

思わずぱちぱちと若葉色の瞳を瞬かせてから、ミュゲは「あらぁ」と吐息をもらす。それをこちらの不満の表れとでも思ったのか、「嫌なら……」と口火を切ったオルテンシアスに、ミュゲはにっこりと笑った。

「よろしくお願いいたします、旦那様。ふふふ、やっぱり、旦那様はお優しい方ですねぇ」

図らずも先ほどと同じ台詞を繰り返すことになってしまった。

オルテンシアスは、虚を衝《つ》かれたように瞳を見開いてから、やがて疲れ果てた顔になり、がっくりとこうべを垂れた。「何故こんなことに……」と悲痛に溜息を吐いているようだったが、ここで前言を撤回されては非常に困るので、ミュゲは聞こえないふりをした。

＊＊＊

それから、数日。

ミュゲはいそいそと毎日楽しく、屋敷の家事に勤《いそ》しんでいた。オルテンシアスには「何もするな」と言われているが、そうは言われてもこうしてお世話になっているのだからせめて働いて宿代を返すのは当たり前だろう。

桃色の髪を一つにひっつめて、不器用に繕《つくろ》われた粗末なワンピースの上に丈夫さだけが売りのエプロンを重ね、ちょこまかと屋敷中を闊歩《かっぽ》して掃除や洗濯をこなすミュゲに、オルテンシアスは遠目ながらもいかにももの言いたげな様子だ。だが、彼自身が「近寄るな」と言った手前、自分からミュゲに近付いて声をかける、なんて真似はできないらしい。律儀《りちぎ》で真面目《まじめ》で、若干めんどくさい方だ。そして同時に。

——旦那様、優しいなぁ。

——私、すっごく果報者ですねぇ。

彼がその気になったら、ミュゲは強制的にこの屋敷を追い出されたとしても文句は言えない。けれど彼は追い出すどころか、ちゃんと屋敷に住まわせてくれている上に、ミュゲが勝手に〝使用人〟という立場を誇示することを甘んじて受け入れている。

おかげ様で、最終手段として考えていた、彼に「手を出してください！」と夜這《よば》いをかける必要もなく、想定外にのびのびのんびりとした毎日だ。

——私が討伐伯様の奥様になんてなれるはずないし。

——だからきっと、これが一番いい形なんだろうなぁ。

これが現状としてのミュゲの見解である。

とはいえ、オルテンシアスは、「近寄るな」という宣言通り、ミュゲのことを許容《きょよう》はしてくれても、慣れ合う気はさっぱりないらしい。せっかく彼の分まで食事を作っても、彼は決して手を付けようとはしない。

町の商会から週に一度運ばれてくる食料は真冬ながらも立派なもので、ミュゲは楽しく腕を振るっている。もちろんオルテンシアスの分もだ。だが、彼は彼で、自分の分は別に用意し、わざわざミュゲと食事の時間をずらして食事を摂っているのである。もう一周回って感心してしまうくらいに徹底していると言っていいだろう。

「私は大丈夫なんですけどねぇ」

ぱたぱたとはたきで戸棚の上のほこりを払い落としつつ、ミュゲはうーんとうなった。

オルテンシアスが自身の《毒》の魔術を恐れていて、自分をその脅威から遠ざけようとしているのであれば、そんな心配は無用なのだ。何せ自分には無敵の薬があるのだから。そのことをちゃんと伝えてあるのに、彼はそれでもミュゲを……いいや、ミュゲばかりか、誰も彼もを、寄せ付けようとしない。

それは彼が抱える、彼自身でもどうすることもできないのだという事情のせいだとは、一応は理解しているつもりだ。制御できない《毒》で、ともすれば周囲の人々の命すら奪いかねないオルテンシアス。だからこそ彼が、自ら孤独を選んでいるのだとしたら、それはやはり彼がとても優しいことの証明であるのだと思うし、同時に、とても。

「さびしいこと、ですよ。ねぇ旦那様」

はたきを下ろして見回した居間は、初めてこの部屋に通された時と何一つ変わらない。最低限の調度品しかない部屋だ。けれどまるで家主の優しさを映したかのように、不思議と居心地のいい部屋でもある。

ミュゲがこの屋敷の客室に居を構えさせてもらい、屋敷中の家事を切り盛りするようになってからというもの、オルテンシアスは日々のほとんどを自室ですごしている。時折討伐伯としていつ出動命令が出てもいいように中庭で訓練しているようであるが、それ以外はほぼほぼ自室だ。

それをいいことに、時折ミュゲは勝手ながらこっそりこの居間でくつろがせてもらうこともあるのだけれど、そのたびに感じるのは、居心地の良さばかりではなく、どうしようもなくぬぐい切れないさびしさだ。

「う～～～ん」

このさびしさをかき消してしまいたいと思うのは、きっと自分のわがままで、自己満足でしかないのだろう。

けれど、せめて、と思うのだ。

オルテンシアスがミュゲを遠ざけようとする優しい人であるならば、その優しい人に寄り添ってくれる何かがあってくれればいいのにと。

そしてミュゲの手には――左手の手のひらには、その祈りのような願いを叶《かな》えるための手段があった。

「よし、旦那様、覚悟なさってくださいねぇ！」

ぐっと両手を握って気合いを入れ、さっそく準備に取りかかり始める。この屋敷にやってきてからというもの、家事ばかりに追われる毎日だった。それはそれで楽しい作業ではあったけれど、やはり自分の本職、本領はこれなのだと心から実感する。

その浮き立つ心に従って進む作業は、気付けばミュゲに時間の流れを忘れさせた。あれもこれもそれもどれも、と、次から次へとアイディアが浮かんできて止まらない。手を動かせば動かすほど彩られていく居間は、ミュゲが愛し続けてきた世界そのものだった。

「うーん、この赤はどこに……」

あなたにもっともふさわしい場所はどこかしら？　とミュゲが手元を見下ろしながら、そう呟いた、その時だ。

ガタンッと居間の扉が音を立てる。ん？　とそちらを見遣《みや》ってから、「あらぁ」とミュゲは、主人に対する使用人としての礼を取った。

「……な、んだ、これは」

「ごきげんようでございます、旦那様」

これはこれは珍しい。この時間ならばてっきり鍛錬をなさっているとばかり……と、そこまで思ってから、はたと気付く。そういえば窓の外はもうすっかり暗くなっていた。

今夜の雪は粉雪らしく、ちらちらと降り続くそれは春に舞う花びらにも似ている。ヒューエルガルダ領では色んな雪が見られるなぁと感心するミュゲをよそに、数日ぶりにまともに顔を合わせた彼は、こちらのことなんて気にかけていられないとばかりに呆然《ぼうぜん》と居間を見回した。

「何故、これほどまでの花が……！」

初めて出会ったあの日以来、滅多に声を荒げない……というよりも、そもそも会話そのものをまったく交わしていなかった彼は、震える声音とともに、愕然《がくぜん》とした様子で立ち尽くしている。対照的に、ミュゲはえへんと胸を張った。

「せっかくなので、頑張ってみました！」


――――そう、花だった。


殺風景だった居間は、今やあちこちがあふれんばかりの花々で飾り付けられていた。一色や二色ではない色の洪水だ。花々の種類もまた一つや二つではなく、冬には決して咲かないはずの花々まで、あちこちで誇らしげに咲き誇っている。

「こんな真冬に……？　まさか町で買い込んできたのか？　いやそれにしても……」

ミュゲとは徹底的に距離を取ると決め込んでいたはずのオルテンシアスだが、さすがにこの状況ではそうも言っていられなくなったらしい。

相変わらず呆然とした様子だったが、それでもミュゲに問いかけてくる彼に、むしろミュゲの方が不思議になった。

「あれぇ？　もしかしてご存じでないですか？」

「……何をだ」

「私、《花》の魔術師なんですよぉ。だからこのくらいの花を生み出すことくらい、おちゃのこさいさいです！」

そういうわけだった。ミュゲは名乗りの通り、自他ともに認める《花》の魔術師だ。

《薬》の魔術を細分化した中でも最下層に分類されるのが《花》の魔術だ。ただあらゆる花を咲かせることしかできない、シエ家にとっては役立たずの烙印《らくいん》を押されたその魔術を行使し、こうしてこの居間を見事に飾り付けてみせたというわけである。

シエ家ではこんな真似など決して許されなかった。シエ家の当主を筆頭とした面々は、ミュゲの《花》の魔術を認めず、だからこそミュゲは〝シエ家のご令嬢〟ではなく〝使用人〟にされた。

その件については正直なところ、本当に気にしていない。使用人扱いもまあ仕方のないことだと割り切れる。重要なのはそんなことではない。だってたとえ役立たずだと断じられようが、ミュゲは自身のこの魔術をとても気に入っているのだから。常に花がある人生だなんて素敵ではないか。

こんな風に、どうにもこうにもさびしくてたまらなかった部屋を生き生きと彩れる手段がある自分のことを、誇らしいとすら思う。

王都では、こういう風に魔術で花を生み出して、それを売って生計を立てていた。この目立つ桃色の髪が看板になり、それを目印にやってくる常連客も多数いたものだ。

物心ついた時にはもう身近にあったのがこの《花》の魔術だが、魔術師の中では比較的珍しい部類に入るらしい。まあ花を生み出すだけの魔術だけで国中に知れ渡るほど大成するなんて至難の業だろうから、実際は多数存在していたとしても世に出ていないだけかもしれないが。

「《花》の魔術師⁉　きみが⁉」

とはいえ、オルテンシアスにとっては、何よりもまずミュゲが魔術師であったことが驚きらしい。嘘《うそ》だろう、と金糸雀色の切れ長の瞳がミュゲのことを凝視してくるが、そうは言われましても、とへにゃっと笑い返すことしかできない。

「きみが魔術師だなんて……。シエ家がそう簡単に女性の魔術師を手放すとは思えないんだが」

「いやぁ、それなんですけど、私が普通の花しか生み出せないのがお気に召さなかったらしいですよぉ」

ミュゲの魔術は、自分で言うのもなんだが、花そのものを売り物にしたり、あるいは花を生み出す光景を見世物として見せたりするには、それなり以上に使えるという自信が持てるものだ。だがしかしそれは同時に、そこまででしかないもの、とも言える。数少ない《花》の魔術師が特殊な花を咲かせることを期待していたシエ家にとっては、繰り返すが役立たずの能力でしかなかったそうだ。

えへへへへへ、と、ひらひらと左手を振って笑うミュゲに、オルテンシアスのうろんげな視線が向けられる。

「……本当にきみは魔術師なのか？」

心の底から疑わしげな声だった。ミュゲとて、自身が、世間に憧れられるような魔術師ではないという自覚はある。だが、こうも真っ向から嘘つき扱いされるとは思わなかった。

さすがに少しばかり傷付くものである。とはいえそれでもまあごもっともな質問であるのも事実なので、「そうですよぉ」と頷きを返した。

「ちゃあんと魔術師ですってば。ほらこの通り」

「っ⁉」

シエ家に引き取られた際に渡された、シエ家の紋章が刻まれた手袋のうち、左をはずす。そしてミュゲはそのあらわになった左手の手のひらを、そのままオルテンシアスへと向けた。

そこに刻まれているのは、満開の花を意匠化したような、可憐《かれん》なあざ――魔術師としての確かな証たる、《御印》だった。

「ね？　これで納得していただけまし……」

「馬鹿かきみは！」

「へっ？」

たか？　と続けるつもりだった台詞が、オルテンシアスのとんでもない怒鳴り声によってかき消された。しかもただの怒鳴り声ではなく、しっかりはっきりばっちりきっぱりと、『馬鹿』と断じられてしまった。

そして同時に、ぶわりとオルテンシアスの左手から、薄暗い霧——誰も彼もを死に追いやるという、毒霧が噴き出す。とはいえ、今日もきちんと解毒剤を服用しているミュゲにとっては意味のないものだ。オルテンシアスは顔色を変えて自身の暴走する魔術をなんとか抑え込もうとしている。

「と、とりあえず出ていけ……！　話はその後だ！」

「大丈夫ですよぉ。お薬飲んでますから。大人しくお待ちしておりますねぇ」

さすさすさすさす、と、苦しげに肩で息をするオルテンシアスの背を、肌があらわになっている左手で撫《な》でる。彼はミュゲの手を振り払う余裕もないらしい。それをいいことに、さすさすさすさす、と気休めにしかならないだろうなぁと思いながらも背を撫で続け、そうしてようやく、彼の毒霧が消え去った。

ほう、と安堵の吐息をこぼす彼に「お疲れ様ですぅ」と声をかけた、次の瞬間。

「このっ馬鹿娘!!」

とんでもない雷が落ちた。オルテンシアスの金糸雀色の瞳には苛烈な光が宿り、怜悧な美貌はいまや天の国の門番かと思われるほどに厳しいものになっている。

失礼ですねぇ、と反論しようと再度口を開こうとするが、それよりも先に、オルテンシアスによって、先ほどはずした左手の手袋が奪われる。あらぁ？　と思う間もなく、びっくりするほど素早くてきぱきと、彼はミュゲの左手にその手袋を着けてしまう。

あまりにも見事な、流れるような所作だ。抵抗しようという気は起きなかったし、そもそもそんな隙もなかった。

あらまあお見事。でもどうしてですかねぇ？　と、首を傾げてしげしげと自らの左手を見下ろすミュゲを、オルテンシアスの金糸雀色の瞳が、とんでもない焦燥《しょうそう》と困惑《こんわく》を宿して、ギンッとにらみ付けてきた。

「この救いようのない馬鹿娘が……！　変わった女だとは思っていたが、『変わっている』だけではもう説明できないぞこの馬鹿！」

「えっひどぉい……。そこまで言いますぅ？」

いくらなんでも酷い。どうしてまたそこまで言われなくてはならないのだろう。こちらが本当に魔術師なのかを疑ったのはオルテンシアスだ。だからこそミュゲは解りやすくその証を示してみせただけなのに。

むぅ、と頰を膨らませるこちらを、オルテンシアスは奇妙なものや不可解なものを見る目を通り越した、どこからどう見ても不気味極まりないものを見る目で見つめてくる。うら若き乙《おと》女《め》になんて目を向けるんですか、と物申せるような雰囲気ではないのが若干悔しい。

そして彼のその薄い唇が、信じられないと言いたげに、けれどそう告げても意味のないことだと諦めたのか、なんとも複雑そうにわななないた。

「きみは、このエッカフェルダントにおいて、常時からの手袋の着用が義務付けられていることを、もちろん知っているな？」

「当たり前ですよぉ。私は生まれも育ちもエッカフェルダントですもん」

それは、この国に生まれた者であれば誰でも常識として知り、当然のマナーとして幼少期から教え込まれる慣習である。

国の財産と呼んでも過言ではない魔術師の存在、そしてその能力を、心ない者に利用されないために、国民は誰もが手袋を着用し、左手の手のひらを隠すのだ。

とはいえ、いくら誰もが一様に手袋をはめているとしても、魔術師は遅かれ早かれ自らの魔術により大成し、その名を、そして魔術の属性を、世間に自然と知られることが多い。だからこそ今となっては、手袋の着用の義務は、ただのマナーでしかない……という考えが、広く知れ渡りつつあるというのも事実だった。上品なお貴族様ならばともかく、下町育ちのミュゲのような平民にとってはなおさらだ。

だからこそ、別にここでミュゲが自身の《御印》をさらしたとしても、何の問題もないはずである。ああでも、オルテンシアスはご立派なシエ家の討伐伯様なのだから、同じくシエ家を名乗るミュゲのマナー違反が許せなかったのかもしれない。ミュゲが間違えるたびに身体のあちこちに振り下ろされたシエ家の教育係の定規《じょうぎ》が、またしてもこの身を打ち据えようと、勢いよく振り上げられた気がした。

うんうん、ですよね、確かに申し訳ございませんでした……、と、そこまで思ったところで、オルテンシアスは頭を抱えてうめくように続けた。

「ならば、手袋を外していいのは、生涯の伴侶《はんりょ》の前でのみということくらい、当然知っているだろう……！」

「あ、ああー……」

なるほどそっちでしたかぁ、と、遅れてやっと理解した。オルテンシアスが言いたかったのは、そういうことであったらしい。

そう、エッカフェルダントにおける手袋は、常時着用することが義務付けられており、当然の慣習とされている。両親が相手であろうとも、どれだけ親しい友人が相手であろうとも、物心つく頃には、人前では決して手袋をはずさないのが常識だ。

だが、その例外が、たった一つ――たった一人、存在する。それは、自身が生涯の伴侶と定めた相手だ。

古き時代を生きた『鏡の向こうの善き隣人』たる魔族の慣例にならい、鏡が連なる回廊の中で二人きり、互いの手袋をはずし合い、手のひらを重ね合って、永遠の愛を誓う。それがエッカフェルダントにおける結婚式である。

　オルテンシアスは、頭を抱えてそのままうずくまってしまった。手袋をはずし、素肌をさらしたミュゲよりもよほど慌てているし落ち込んでいる。あららら、と思いながら、ミュゲは彼の前にしゃがみ込み、ぽんぽん、と宥《なだ》めるように彼の肩を叩《たた》いた。

「だぁいじょうぶですよぉ、旦那様」

「何が大丈夫だ！　僕に責任は取れないぞ……!?」

「そんな当たり屋みたいなことなんてしませんってば。大丈夫なんですよ、旦那様。お貴族様の常識ではそうじゃないかもしれませんが、平民の間じゃ、手袋なんてわりとみんな普通にははずしてるんですから」

「………なんだと？」

　そうなのか？　とようやくうつむいていた頭を持ち上げて視線を合わせてくるオルテンシアスに、にっこりと頷きを返す。

　そう、上流階級の世界ならばともかく、市井の——少なくとも、ミュゲが暮らした下町では、あまり手袋にこだわる者はいなかったように思う。水仕事や畑の草むしりの際には不便だからとこっそりはずす者は少なくなかったし、厳しく陽光が照り付ける夏場の噴水のほとりなどでは、老いも若きも手袋をはずして水遊びに興《きょう》じたものだ。

手袋をはずすという行為を軽んじていたわけではない。ただ日々の生活の中で、必要に応じて慣習がしなやかに変化していきつつあるだけなのだろう。その証拠に、誰もが皆、自身を含めた誰かが手袋をはずしていたとしても、そこに触れようとはしなかった、見て見ぬふり、というやつだ。

「それに、私の手のひらを見たことがある人、旦那様以外にもそれなりにいるんですよぉ？　私が《花》の魔術師だってこと、界隈《かいわい》では有名だったんで。こっそり見せてほしいって頼んでくるちっちゃいお客様とか、プロポーズのゲン担ぎに一目！　って頼んでくる殿方とか」

「……きみは、いちいちそれに応じていたと？」

「見せてさしあげると余計に花を買ってくれるので、つい……」

「馬鹿か！」

「あっまた馬鹿って言った！　酷いですよぉ」

《御印》を見た客は珍しいものを見られたと喜ぶし、ミュゲはいつも以上に稼げて嬉《うれ》しい、双方ともに喜ばしい結果を招く、立派な宣伝行為だ。それを『馬鹿』という罵声《ばせい》一言で片付けられてしまうのはどうにも悲しい。

ミュゲがしゅん、と眉尻を下げても、オルテンシアスの怒りは収まらないようだった。頭痛をこらえるようにこめかみを指先でトントンと叩き、そしてその指先をビシッとミュゲの鼻先に突き付けてくる。

「何が酷いものか！　どこまで危機感がない馬鹿なんだきみは⁉　きみのような馬鹿の前に勘違いする男が出てこなかったのが奇跡だぞ！　手袋を自らはずした馬鹿相手ならば何をしてもいいと考える馬鹿なんてその辺にごまんといるものだ！　きみは商い上手の花売りなどではなく、ただ運がよかっただけの馬鹿だ‼」

わあ、今、何回馬鹿と言われたんだろ……。畳《たた》みかけるように怒鳴りつけられたミュゲは、オルテンシアスのあまりの勢いに、ぽかんと口を開けた。

とりあえずものすごく馬鹿だと言われた。その件についてはやはり酷いなぁと思うけれど、それ以上に、ぶわりと胸がいっぱいになる。そうして胸を満たしたあたたかなものはそのまま、ミュゲの相好をへにゃりと崩した。

「何がおかしい！」

「えへへへへ、だってぇ」

「だっても何もないだろう！」

「だっても何もありますよぉ。旦那様って」

「なんだ！」

「やっぱり、とっても優しいですねぇ」

「………はぁ⁉」

何を言っているのかと金糸雀色の瞳を見開くオルテンシアスに、ミュゲは笑った。全力で、笑ってみせた。

「いきなり押しかけてきて勝手なことをしている私のこと、それでも心配してくださるなんて、旦那様はやっぱりとっても優しいですよ」

ミュゲが手袋をはずすことを、こんな風に真っ向から、当たり前のことととして怒ってくれて、叱ってくれる人なんて初めてだった。

今は亡き両親が、「ミュゲの《御印》は、ミュゲの大切な人だけに見せてさしあげなさい」と言ってくれたことを思い出す。でも、たった一人で生きていくためにはそうも言っていられなかったのだ。

仕方のないことだと思っていたし、手のひらを見せるだけでより一層稼げるのだからむしろ文字通りの儲《もう》けものだと思っていた。

でも。それでも。

「旦那様、ありがとうございます」

「～～～～～～～～～っ!!」

声が震えないように全身全霊で気を付けながら、深々と頭を下げる。今、顔を見られるわけにはいかなかった。だって、自分の若葉色の瞳には、ついついうっすらと涙がにじんでしまっていたからだ。

そのまま衝動が通り過ぎるまで頭を下げていたから、ミュゲは気付かなかった。

頭を抱えてうなるオルテンシアスが、顔を真っ赤にしながら、どうしたらいいのか解らないとでも言いたげな、どうしてこうなったと叫びだしそうな、どうしようもなく途方に暮れた表情を、その美貌に浮かべて、ミュゲを見下ろしていたことに。

――それからというもの、ヒューエルガルダ領討伐伯邸は、雪深い真冬であるにもかかわらず、季節を問わない花々で満ちるようになった。

オルテンシアスが何も言わないのをいいことに、ミュゲはここぞとばかりに花を咲かせ、居間に限らず、屋敷のあちこちを花々で飾り立てている。

「――――《花よ》」

心を込めてそうささやくと、ミュゲの腕いっぱいに、真夏を象徴する向日葵《ヒマワリ》の花々が何輪も現れた。鮮やかな黄色に咲き誇る向日葵は、最近足を運ぶようになった、近隣の町の住人からの要望によるものだ。

「ふふふふふ、ヒューエルガルダ領でも、ミュゲの花屋さんは上々ですよぉ」

誰にともなく呟いて、ミュゲは自らが生み出した向日葵の美しさを満足げに見下ろす。

そう、その言葉の通り、ミュゲは近頃、王都にいた時と同じように、最寄りの町で花売り稼業を営み始めた。

きっかけは、週に一度やってきてくれる町の商会の配達員の言葉だった。外から見ても解る花々であふれる屋敷の様子と、ミュゲがせめてものお礼にと渡した小さな花束を見て、「町でも花を売ってみたらどうか」と提案してくれたのだ。

現状として、一応討伐伯邸の使用人であると自認しているため、主人――こう言うと本人は微妙な顔をするが――であるオルテンシアスにも伺いを立てたところ、「好きにすればいい」というお言葉を頂戴《ちょうだい》した。快く背中を押してもらえたということで、ミュゲは町で花売りを始める運びとなったのである。

いきなりよそ者が花売りをしても、そう簡単に受け入れてもらえるとは思えない。もしかしたら石を投げられることすらあるかもしれない……などと考えなかったわけではない。

だが、「まあ石を投げられたら花を投げ返せばいいだけですよねぇ。そうそう、こう、ダーツみたいに！」と気持ちを奮い立たせ、街角に立つことにしたのだが、これがどうして、予想は裏切られた。

ミュゲが咲かせる花々に、ヒューエルガルダ領の人々は、誰もが顔をほころばせてくれたのだ。雪ばかりが続く重苦しく凍える冬に、ミュゲの花は久しく見なかった彩りを添えてくれると、手を差し伸べてくれた。

ミュゲが討伐伯邸でお世話になっているのだと知ると、ますますその手の数は多くなった。

そうして気付けば、王都の下町で暮らしていた時よりも多くの金子《きんす》を得る機会すらやってきた。

「北の辺境はよそ者には厳しいって聞いてたけど、そんなことなかったなぁ……」

しみじみと呟きながら、抱える向日葵を包装紙でくるみ、大きな花束を作り上げる。老齢の紳士が、長くともに人生を歩んできた最愛の妻であるご婦人に、結婚記念日の感謝の気持ちとして贈るのだそうだ。

「妻が一番愛する花なんだ。とはいえ、当たり前だがこの季節では手に入らなくてね。毎年悔しい思いをしていたものだが、今年はやっと、彼女に贈ることができる」と、つい先日、彼は深くしわの刻まれた顔を赤くしながらそう語ってくれた。

ミュゲが花売りをしていて嬉しくなるのはこういう時だ。自分の魔術が誰かの喜びの手助けになった時、ほんの少しだけその喜びのおこぼれをもらえたような気持ちになる。

「えへ、喜んでもらえるといいな」

今日はこの向日葵を届けることだけに専念すると決めていた。それから後は、屋敷中の花を取り替えることにしよう。

そろそろ元気がなくなってきた花があちこちで見られるから、そういう花を集めてポプリやドライフラワーのブーケを作り、それをまた町で売るのはどうだろうか。特にポプリは、香りが普通のポプリよりも長く続くと王都でも評判だった。この地でもその評判を広めたいところである。

「……旦那様は、相変わらずだけど」

ヒューエルガルダ領でも順調に花売り稼業《かぎょう》を営《いとな》みつつあるミュゲだが、唯一の不満があるとすれば、それはオルテンシアスだ。

彼は自分がどれだけ屋敷を花で飾り付けても、決してその花に触れようとしない。細心の注意すら払って花を避け、ついでに当然のようにミュゲのことも無視だ。

「旦那様のための花、の、つもりなんだけどなぁ」

屋敷中のあらゆる花のすべてが、彼のために咲かせた花だ。どんな花が好きだろう、どんな色、どんな匂いなら、彼の心を動かせるだろう。そう考えながら咲かせる花々は、いつも以上に美しく咲き誇ってくれるのに、肝心のオルテンシアスの心を動かすには至らないらしい。

「まあ、まだまだこれからですけどね！」

今年の冬は長いらしい。雪が解ける日は遠く、ミュゲが王都に帰還する日もまた遠いだろう。それまで一輪くらい、オルテンシアスに喜んでもらえる花を咲かせられたら、どれだけ嬉しいことだろうか。

考えるだけで不思議と心を浮き立たせながら、ミュゲは向日葵の花束を抱えて、屋敷を後にするのだった。

＊＊＊

結果を先に言うならば、向日葵の花束は、大きな喜びをミュゲにまでもたらしてくれることとなった。

事前に聞いていた住所に花束を届けると、依頼主である老紳士は緊張の面持ちで花束を抱えて、妻であるご婦人の前にひざまずいた。どうか見届け人になってほしいと乞われるがままに同席することになったミュゲは、祈るような気持ちでその姿を見つめていた。

――愛するきみよ。

――どうかこれからも、私と人生をともに歩んでほしい。

真っ赤になりながら、おそらくは彼の人生における二度目のプロポーズを口にする夫に、妻であるご婦人は涙を流しながら微笑《ほほえ》み、何度も頷いていた。

それはまるで絵物語のような光景だった。見ているだけだったミュゲも、うっかり涙ぐんでしまうくらいに、ロマンチックだった。そんなミュゲに、老夫婦は口々にお礼を言ってくれて、向日葵の代金ばかりではなく、手作りのミートパイまで持たせてくれた。

――討伐伯様と召し上がってくださいな、春色の花咲《はなさ》か娘さん。

向日葵の花束を大切そうに抱えて微笑む老婦人の言葉に、頷くことしかできなかった。

そうして屋敷に帰宅する頃には、空はすっかり暗くなっていた。思いのほか老夫妻の家に長居してしまったのだ。

いけないいけない、とミートパイの包みを抱えて足を急がせ、ようやく屋敷に帰宅する。

「ただいま帰りましたぁ」

　どうせ返事なんてもらえないだろうことは解っていた。いつものことだ。オルテンシアスは今日も今日とて自室に引きこもっていることだろう。

　けれどミートパイは、老婦人がわざわざ「辺境伯様と」と言ってくれたものである。ミュゲの作る食事には一切手を付けないオルテンシアスだが、このミートパイならば食べてくれるかもしれない。これを理由に、夕食を一緒にどうですか、とか、声をかけに行ってもいいだろうか。

　玄関先で外套も脱がずに、ミートパイの包みを見下ろして悩んでいると、カツン、と、小さな足音が聞こえた。顔を上げてそちらを見たミュゲは「あらぁ」とぱちくりと若葉色の瞳を瞬かせる。

「旦那様？」

　気付けばオルテンシアスが、そこに立っていた。凍える外気にも万全の対策が施されていると思われる、ミュゲのものよりもよっぽど仕立てのいい外套を羽織り、今にも出かけようとしていたかと思われる風情《ふぜい》である。

　基本的に引きこもりの彼が、こんな時間に珍しいこともあるものだと思いながら、ミュゲはことりと首を傾げた。

「お出かけのご予定ですか？」

「い、いや、その……。きみ、は、帰っていたのか」

「あ、はい。今さっきですけど」

「……遅かったな」

「お客様にとっても親切にしていただけて、つい長居しちゃって……」

まさかこんな時間になるまでお世話になるとは思いもしなかった。ご迷惑ではなかっただろうかと今更後悔が込み上げてくる。

老夫妻の厚意に甘えすぎてしまった自分につい苦笑いを浮かべると、オルテンシアスはなぜか、深く安堵したような溜息を吐いた。

「…………何も、なかったんだな？」

「え？　あ、ああ、ミートパイを頂きました！　旦那様と一緒にどうぞって」

「…………………何もなかったなら、それでいい」

「ええ？」

どういうことだろう、と目を瞬かせるミュゲをよそに、オルテンシアスは羽織っていた外套をさっさと脱いでしまった。お出かけの予定ではなかったのだろうか。まるでたった今その予定がなくなったとでも言わんばかりだ。

そう、それこそまるで、自分の帰宅が、そのきっかけに……と、そこまで思ってから、ミュゲは「まさか」とオルテンシアスを見つめた。

彼の視線がそらされて、宙をさまようのを見て、その『まさか』は確信へと変わる。

「もしかしてもしかしなくても、心配してくださいました？」

「…………………」

ここで違うと言えばいいものを、言えずに黙りこくってしまうオルテンシアスは本当に律儀《りちぎ》で真面目で、きっと本人にとってはめんどくさくて、ミュゲにとってはとても好ましい人になってしまうのだろう。

おそらく、ではなくて確実に、この夜の闇の中、ちっとも帰宅しないミュゲのことをわざわざ探しに行こうとしてくれたに違いないオルテンシアスは、気まずげに視線を落としている。

その姿に、えへへへへ、と自然と顔が緩んでしまう。

「やっぱり旦那様は優しいですよねぇ」

「それをやめろ！」

「事実じゃないですかぁ。旦那様は恥ずかしがりやさんですねぇ」

律儀で真面目でめんどくさくて、恥ずかしがりやの優しい人。オルテンシアスはやはりミュゲにとって好ましい人である。彼が口にしようとしない不器用《ぶきよう》な気配りがくすぐったくて、くすくすと笑みが止まらない。

そんなミュゲに、オルテンシアスは、ミュゲにとってはあまりにも解りやすく、その美貌を嫌味ったらしくゆがめてみせた。

「……シエ家の娘ともあろう者が、屋敷で使用人の真似事《まねごと》ばかりか、街角で花売りとはな。シエ家にふさわしい振る舞いというものを学んでこなかったのか？」

「えへへへへ、それほどでもぉ。教育係の先生泣かせでした！」

「～～～～褒めてない！　教育係泣かせの名を誇るな！」

オルテンシアスとしてはミュゲを傷付けたくて言ったのだろうが、彼はそういうことには向いてない性質なのだろう。自分で言っておきながら、何かをこらえるように唇を噛《か》み締《し》めてしまうのがいい証拠だ。

もっと上手に他人を傷つけることができる人々を知っているから、ミュゲにとってはオルテンシアスのそんなところもまた好ましいと思う。もっと言ってしまえば「かわいい人だなぁ」とすら思えるくらいの長所にしかならないのである。彼にとっては、きっとこの上なく不本意なことだろうけれど。

えへええへへへと照れ笑いを浮かべるばかりのミュゲに、とうとう根負けしたように、オルテンシアスは、先ほどの溜息とは違った意味合いであるに違いない溜息を、長々と吐き出した。

「まったく……。シエ家の名が聞いて呆《あき》れるな、ミュゲ・シエ」

「と、言われましても、やっぱりアルエット姓の方が私には性に合ってましてぇ。シエ家に引き取ってもらったのも、つい最近の話ですし」

ちょうど半年前の話なのだから、一応『つい最近』と言ってもいいはずだ。いいはずですよねぇ？　と自問するミュゲに対し、オルテンシアスにとってはその『つい最近』は意外なものであったらしく、彼の金糸雀色の瞳がぱちりと瞬く。

「……なんだと？」

「あ、聞きたいですか？　だったら、今日の夕食、私とご一緒しましょう。ミートパイがあるし、私、副菜《ふくさい》もちゃんと作りますから」

どうします？　とミートパイをこれみよがしに掲げて問いかける。オルテンシアスは非常に嫌そうな顔をした。そんな顔もやはり魅力的だと評されるに違いないものなのだから、美形とはつくづくお得なものだ。

ミュゲの事情が気にならないわけでは、たぶんないのだろう。けれど、こちらが提示した交換条件に即答するまでには至らないのは、彼がミュゲにこれ以上心を割《さ》くつもりがないということの表れだ。旦那様ったら本当に私に興味ないんだなぁ、と、少しばかりさびしく思う。

彼は優しいからこちらのことを心配してくれるけれど、それはミュゲがミュゲだから、心配してくれるわけではないのだ。彼の素直でない優しさは、ミュゲだけに与えられるものではなく、彼の周りにある人すべてに向けられるものなのだろう。

そうでなければ、オルテンシアスが、ミュゲの素性をいまだに何一つ知ろうとしない理由にならない。

——もうちょっぴり、私のこと、考えてくれたってバチは当たらないと思うんですけど。

そんな風に考えてしまう自分の身勝手さから目を逸《そ》らして、ミュゲは、オルテンシアスの返事を待った。

彼はじぃとミュゲのことを、それこそミュゲの中から何か後ろ暗いものでも探すかのように、ほとんどにらみ付けるようなまなざしで見つめてきた。その視線を穏やかに見つめ返すと、彼は、長い沈黙ののちに、ようやくその口を開いた。

「解った。話を聞こう。夕食も、今夜は、きみに頼む」

「はぁい、かしこまりました。腕によりをかけて作りますね！」

いかにも渋々な様子ではあったが、これでオルテンシアスからの言質《げんち》は取った。ならばすべきことは一つである。ミュゲは外套を脱ぎ、厨房《ちゅうぼう》へと向かうことにした。

何はともあれ初めてオルテンシアスが自分の手料理を食べてくれることになったのだ。精一杯おいしい料理を作ろう。あくまでもメインはミートパイだけれども。

そうしてミュゲが気合いを入れて作り上げたのは、《花》の魔術で用意した春菊をたっぷり入れたシチューと、華やかな色合いが美しい食用花のサラダだ。付け合わせとしては十分すぎるほど上出来だと思うのは、いくらなんでも自意識過剰すぎるだろうか。

再度あたためてから切り分けたミートパイと一緒に、それらをワゴンにのせて食卓に運び込むと、オルテンシアスは既に着席していた。シエ家で仕込まれたマナーに従って、この屋敷の主人である彼の前にメニューを並べる。オルテンシアスの切れ長のまなざしが、わずかに緩んだ。

「……いい匂いだな」

思わず、とばかりにこぼれたその言葉に、ミュゲはにんまりと得意げに笑い返す。

「でしょう？　私の咲かせる花は普通の花よりも香り高いって評判なんですよ」

「……つまり、この花々も、きみが？」

「当たり前じゃないですかぁ」

雪深きこの地のその辺に、ほいほいとこのような花々が咲いているわけがない。そんなことはオルテンシアスとてよく解っているだろうに、それでも問いかけてくるあたり、いまだにミュゲが《花》の魔術師であるという事実を疑っていると見た。もうこの屋敷はこんなにも花であふれているのに、往生際《おうじょうぎわ》が悪いものだ。

「………………そうか」

「……はい、そうなんですっ！　さあさあ、お夕飯のお時間ですよぉ」

本当はここで嫌味の一つや二つ口にしてもよかったのかもしれない。けれどオルテンシアスの、その目の前の食事を見下ろす表情が思いのほかやわらかかったものだから、何も言えなくなってしまったのだ。

悔しい。これだからお美しい方はお得なのだ。そう内心でひとりごちながら、ミュゲもまたテーブルに着席する。オルテンシアスとちょうど向かい合う形になり、そうして、どちらからともなく食事に手を付け始めた。

ミートパイばかりではなく、ちゃんとシチューやサラダにもカトラリーを伸ばすオルテンシアスは何も言わない。おいしいとも、まずいとも。けれどそのカトラリーの動きが止まることはなく、彼の口はいつまでももぐもぐと動いているから、きっとこのメニューは彼の口に合ったのだろう。

――ミートパイの作り方、今度教えてもらいに行こうかなぁ。

あのご婦人ならきっと快く教えてくれるのではないだろうか。オルテンシアスが自分で作っているという普段の食事は知らないが、少しくらい、ミュゲの作る献立《こんだて》も悪くないと思ってくれたら、きっととても嬉しいのに。

「おい」

「へ？」

「それで？」

「……ええと、それで、と申されますと？」

気付けばじぃと正面にあるオルテンシアスの顔を凝視《ぎょうし》していたミュゲに、彼は器用に片眉だけをつり上げて、くいっとあごをしゃくった。

「だから、きみの話だ。僕はきみが、長くシエ家ですごし、その上でこの地にやってきたのだと思っていたんだが……」

「あ、はいはい、その話でしたね。私がシエ家にお世話になっていたのは、そうですねぇ、大体半年間くらいです」

「……たったそれだけの期間で、父上に……シエ家当主に、僕の元に嫁《とつ》げと？」

「そうなりますねぇ。ううん、どこからお話ししましょうか……」

むむむ、と眉をひそめてみせても、オルテンシアスの訝《いぶか》しげな表情は崩れない。鮮やかな金糸雀色の瞳が、どんな嘘も偽りも見抜いてみせるとばかりにこちらを、それこそにらみ付けんばかりに見つめてくる。

――大した話でもないんですけどぉ……。

そう口にしたとしても、オルテンシアスのこの表情、きっと納得してくれないに違いない。

嘘も偽りもわざわざ必要としない、きっとオルテンシアスにとってはつまらないであろう、ありふれた話にしかならないのに。それでもなお彼はミュゲの話を聞くという。

もしかしたらこれが、彼が初めて自分から示してくれた、彼のミュゲへの興味だというのならば。

オルテンシアスが真剣に向き合ってくれるのならば、自分だって真剣に応えよう。

それが、突然押しかけてきた自分を見放さずに、期限付きではあるもののこの屋敷に居《きょ》を構《かま》えることを許してくれた、オルテンシアスへのミュゲの誠意だ。

「私は十八歳になったばかりの頃に、シエ家に引き取られました。ちょうど半年くらい前です。それまでは、一人で王都の下町で暮らしていました。ご存じの通り、花売りとして、です」

そして、ミュゲは、話しだす。ミュゲがミュゲ・シエになる前の話を。ミュゲ・アルエットと、両親から受け継いだ姓を名乗っていた時から、その話は始まる。

「父は早くに亡くなりまして、幼い私を母が女手一つで育ててくれました。母はあちこちでさまざまな職に就いてお金を稼いでくれて……もうその時には私は自分が《花》の魔術師である自覚がありましたから、母の助けになりたくて、花売りとして私も街角に立ってましたねぇ」

貧しい暮らしではあったけれど、確かな幸福があった日々だった。死んだ父は確かに母と自分を愛してくれていたし、父が亡くなったあと失意《しつい》に沈んだ母もまた、自分のことを愛してくれていたからこそ奮《ふる》い立ち、がむしゃらに働きながら自分のことを育ててくれた。

「そんな母も、私が十三歳になってしばらくしてから、病に倒れました。そこからはあっという間で、お医者様にかかるためのお金を稼ぐよりも先に、そのまま父の元に旅立ちまして」

エッカフェルダントの成人年齢は十五歳。両親はミュゲの成人を待つことなく去り、二人以外に肉親がいない、頼れる知人もいないミュゲは、いわゆる天涯《てんがい》孤独《こどく》、という身の上になった。

「まあでも幸いにも、私は《花》の魔術師でしたからねぇ。花売りとして生きていくには困らなくて、こう、細々～～と、花売り稼業を営んでおりました」

自分で言うのも何だが、花売りは天職だ。存命《ぞんめい》だった頃の父が贈ってくれた分厚い植物図鑑を、暗記するほどに読み込んだおかげで、ミュゲは基本的にはどんな花であろうともたやすく生み出すことができた。

そうして、自身が知りうる限りの花々を、季節を問わずに生み出すことができるミュゲの能力は、下町で暮らす人々にそれなりにもてはやされ、だからこそ一人でもなんとか……本当にギリギリのところではあったものの、なんとか、慎《つつ》ましい日々を暮らすことができていた。

「そうやってこれからも花売りとして生きていくつもりだったんですけど、ある日、お客様がいらっしゃいまして」

「……客？」

「はい。そのシエ家の使いだと名乗られたそのお客様のお求めは、花ではなく、『《花》の魔術師』――つまり、私だったんですよ」

ミュゲの話を神妙な面持ちで真剣に聞いてくれていたオルテンシアスの表情が、不意に厳しくなった。

なんとなく察していたが、オルテンシアスは自身の生家であるシエ家のことを、あまり快《こころよ》く思っていないらしい。まあそれはそうだろうなぁと納得はできるけれど、だからといってここでやめるわけにもいかないので、気付かないふりをして、ミュゲはさらに話を続けることにした。

「私の両親、かけおちして結婚したんですけどね？　なんと母が、シエ家の末席に名を連ねてたそうで。あ、魔術師ではなかったんですが。とにかくそうなりますと、まあ当然私にもシエ家の血が流れているから、シエ家が私を引き取ってくださると仰《おっしゃ》いまして」

「…………それで？　どうしたんだ」

「お断りしたんですけど、なんか言葉が通じないのか、気付いたら私が借りていた部屋が解約されてて、帰るところがなくなって、そのままシエ家に行くことになっちゃったんですよねぇ。いや～～、ほんとに不思議なことに……」

同じエッカフェルダントの公用語を使っているはずなのに、なぜかあの時はどうにもこうにも話が通じなかったことを今でも覚えている。

それから三日後、なんとか丁重にお引き取り願ったシエ家の使いだという老齢の男性が再び現れたものだから、「あらぁ」と首を傾げたものだ。そのまま、お世話になっていた借家の大家に鍵を返すように求められ、わけも解らず立ち竦《すく》むことしかできなかった。

シエ家の使いの男性……シエ家で執事として働いているのだという彼は、連れてきた部下の者達に命じて、唖然《あぜん》と固まるミュゲをシエ家の紋章が刻まれた馬車へと運び込んだ。かくしてそのまま自分は、アルエット姓を捨てさせられ、シエ姓を名乗る運びとなったのだ。

「ご当主様……旦那様のお父様にもお会いしましたよぉ。旦那様とはまた違った感じにお美しい方でしたねぇ」

シエ家でミュゲがすごした期間を、わずか半年、と言うべきか、半年も、と言うべきかは、個人的には非常に悩ましいところではある。

ほとんど誘拐《ゆうかい》されるような形でシエ家に引き取られた最初の三か月は、なっかなかに厳しい毎日だった。

特権階級《とっけんかいきゅう》として、食事や普段の所作《しょさ》のマナーから、『崇高《すうこう》なるシエ家の歴史』のお勉強まで、あれやそれやをそれはそれは厳しく仕込まれた。ミュゲの一挙一動が気に食わないらしい教育係の女性には、「こんなこともできないの？」「これだから下賤《げせん》な育ちの娘は」と幾度となく嫌味を通り越した罵声を繰り返され、ちょっとした所作や試験問題を間違えるたびに定規であちこち叩かれた。

おかげ様であの三か月間は身体のどこもかしこもあざばかりで、その痛みで眠れない夜を幾度となくすごし、そのせいで余計に教育に身が入らずにさらに定規でビッシバシと叩かれるという悪循環だった。あれは本当に痛かった。

けれど定規で叩かれる痛みよりも辛かったのは、罰として食事を抜かれることだった。あれはいけない。あれは駄目だ。空腹は本当にどうしようもない。貸し与えられた客室は豪華だったけれど、そこに住まう自分は我ながらあまりにも貧相だったと思う。豊かな暮らしとは？と、打たれ強さに定評のあるはずの自分の心が折れそうになるくらいだった。

そしてその三か月が過ぎ去り、教育係が「まだまだみっともないけれど、ご当主様にお会いできる程度にはなったわね」とちっともありがたくない合格点をくれて、ミュゲはそのシエ家の当主――そう、オルテンシアスの父親である男性に引き合わされた。

二十歳を過ぎた子供がいるとは思えない若々しさを誇るシエ家当主は、ミュゲの《花》の魔術について、当初はかなり興味を示していたし、なんなら期待すら抱いていたように見えた。

だが、三か月間の教育期間を終えて対面を果たしたミュゲの魔術が、彼が求める《薬》の魔術とはほど遠い、どこまでもただただ、普通の花を生み出すことしかできないだけの、当主自身の言葉をそのまま借りれば正《まさ》に『役立たず』でしかないものであると知れると、またミュゲの暮らしは一変した。

「ご当主様は《薬》の魔術師をお求めだったそうでしてぇ……。私は《花》とはいえ確かに魔術師なので、もしかしてイケるかもって思ってくださったっぽいんですけど、えへへ、申し訳ないですよねぇ。だから私はただの花売りだって最初からお伝えしていたつもりだったんですけど、ここでもやっぱりなぜか話が通じなくってぇ」

オルテンシアスは何も言わない。ただ、どんどんどんどん、その表情が硬く強張《こわば》っていくのがもういっそ面白くなってくるほど解りやすかった。

彼のその表情の意味を、そうするに至る経緯を、ミュゲは知らない。もしかしたら、彼にとっては辛い記憶を思い出させてしまっているのかもしれない。だってシエ家の暮らしは、ミュゲにとっても決して居心地のいいものではなかったのだから。

「私が《薬》の魔術師としては底辺の、ただの《花》の魔術師認定されて、そうしたらシエ家の皆さんはま～～～も～～～～～解りやすくがっかりなさって……ええと、その後は、まあ、その……」

「……………使用人扱いに格下げか？」

「……えへ、まあそんなところです」

地を這うような低い問いかけに、ミュゲはへにゃりと眉尻を下げて笑い返した。その通りだ。ミュゲはそれまで教育係まで付けられて、シエ家の名に恥じない、誇り高き《薬》の魔術師たる淑女を目指すことを求められていた。だが決してそうはなれないことが知れると、ミュゲはオルテンシアスの予想通り使用人として扱われることになった。

給金などほとんど出ず、食事も忘れられるような扱いを、真っ当な『使用人扱い』と呼んでいいのかは迷うところではある。けれど、これはここでオルテンシアスに伝えるべき話でもないだろう。食事を忘れられても、自らの《花》の魔術で、こっそり食用花を生み出して食べていたからギリギリなんとかなっていただけの、本当にギリギリの暮らしであったことなんて、オルテンシアスは知らないままでいいのだ。

「私のことを役立たずと見なされたならば、そのままま放り出してくだされればよかったんですけど、なぜか屋敷から出してもらえなくて。なんでかなぁと思っていたら、ある日ご当主様に、旦那様……オルテンシアス・シエ様に、嫁ぐように命じられました」

「僕に嫁げ、か。最初に会った時にきみが言っていた、『優秀な子供を作る』ために？」

「あ、それです。さすが旦那様、おっしゃる通りです」

オルテンシアスの怜悧な美貌とはまた異なる、甘やかな美貌に、これ以上ないくらいに冷たい表情を乗せて、シエ家当主は告げたものだ。


――役立たずのお前でも、子供を作ることくらいはできるだろう。

――シエ家に必要なのは《薬》の魔術師のみ。

――そのためにお前を今日まで世話してやったのだから、その恩を今こそ返してもらおう。


そうしてミュゲは、ほとんど着の身着のまま、鞄一つに収まってしまうほんのわずかな私物だけをともにして、このヒューエルガルダ領にやってきたのである。

「風のうわさで、近年のシエ家は血族婚を推奨なさっていると伺っていたんですが、本当だったんだなぁってびっくりしちゃいましたよぉ」

優秀な《薬》の魔術師を、古くから数多く輩出《はいしゅつ》し続けてきたシエ家。

魔術師は血筋に関係なく無作為に生まれるものだが、それを知った上でなお血族婚を繰り返す意図は、指摘されなくたって解る。

シエ家が、たとえ魔術師でなくとも、その血の流れを汲《く》む母が、生来身体が弱かったのだという父とかけおちせざるを得ない状況まで追い込まれた理由もまた、きっと、そういうことだったのだ。

「実際どうなんでしょうねぇ？　ほんとに血族婚で魔術師って生まれ……っ⁉」

――――ダンッ‼

オルテンシアスのまとう雰囲気が気のせいどころではなくどこからどう見ても暗雲垂れ込めるものになりつつあったので、冗談のような世間話でお茶を濁そうとしたのだが、皆まで言い切ることは叶わなかった。オルテンシアスの左手で作られた拳が、テーブルにこれ以上なく強く叩きつけられたからだ。

がしゃんっと跳ねる食器とカトラリーにびくりと身体を震わせるミュゲを、オルテンシアスの金糸雀色の瞳がこれ以上ないほど強くにらみ付ける。そして彼のその左手から、ぶわりと大きく毒霧が噴き出した。

いくら解毒剤を常用しているとはいえ、いまだかつてない勢いの毒霧にさすがに圧倒される。けれどそんなミュゲに構わず、自身の暴走する魔術を抑え込むこともできずに、彼はそのまま声を大きく荒げた。

「何故きみは怒らないんだ‼」

「え、えええ……？」

「馬鹿じゃないのかきみは⁉　いやきみが馬鹿なことはもう知っていたが、それにしてもここまで馬鹿だとは思わなかったぞ！　そんな、こんな……っ！　シエ家の理不尽に、横暴に、きみが大人しく従わなくてはならない理由なんてないだろうに‼」

オルテンシアスの左手を中心に毒霧が渦を成し、ごおごおと鼓膜を痛いほど震わせる。解毒剤を飲んでいてもなお、ぎゅうと喉が詰まるような息苦しさを覚える。筆舌《ひつぜつ》に尽くしがたい、とんでもない勢いだ。

もしかしたらこのままでは、解毒剤の効果も危ういかもしれない。そうと思えるほどに、オルテンシアスの毒霧は、彼の怒りは、大きく計り知れないものであることが伝わってくる。

けれどそれでもミュゲは、この場から逃げ出そうとは思えなかった。だってそうだろう。

「――――旦那様は、やっぱりお優しいですよねぇ」

「ばっ！」

これで、三度目だろうか。オルテンシアスの優しさを、まざまざと見せつけられるのは。

何度見せつけられても飽きない、こんなにも嬉しくさせてくれる彼の姿を、ミュゲはにっこりと両頬にえくぼを作って笑う。

「私のために怒ってくださってありがとうございます」

「ち、ちが、ただ僕は、父上達のやり口が気に入らないだけだ！」

「ふふふふふふ、そういうことにしておいてさしあげますねぇ」

「その笑い方をやめろ……！」

「無理ですぅ」

「〜〜〜っ!!」

ダダンッと今度は両手でオルテンシアスはテーブルに拳を叩きつけた。そのままこうべを垂れてうなる彼の周りの毒霧は、まるでレースのカーテンがひるがえるように晴れていく。

その向こうにある彼の姿を見ていると、胸にあたたかなものが満ちていく。あまりの心地よさにまた笑みをこぼしながら、「それに」とミュゲは続ける。

「まあ、シエ家であんまりいい扱いを頂戴できなかったのは事実ですけれど、ちょうど引き取られた時期、町での花売りがかんばしくない頃でして。家賃の滞納《たいのう》もやばくって、まあ結果的に半年間もタダで雨風をしのげる場所を提供してもらえたのは、わりとありがたかったなぁと思ってるんですよ。私は果報者《かほうもの》ですよねぇ」

「何が果報者だ。自分の尊厳《そんげん》が傷付けられているんだぞ!?」

「私の尊厳だけでは、ご飯もお家《うち》も用意できませんよぉ」

オルテンシアスはミュゲのことを慮《おもんぱか》って怒ってくれているけれど、彼の発言はどれも、本当に飢えた腹や、本当に凍えた夜を知らない者の発言だと思う。別にそれを悪いことだとは思わない。ミュゲにはミュゲの、オルテンシアスにはオルテンシアスの住む世界があって、それは元より違う世界で、今はたまたまそれが重なり合っているだけなのだから。

　そう、だから、いいのだ。

「ご当主様のなさることは私だってまあまあどうかと思いますけど、結局ここにやってきた私に対して旦那様はご興味をお持ちでないし、おかげさまで町での花売りでこつこつお金も貯《た》まってますし！　ご安心くださいね、旦那様。私、ちゃぁんと、雪が解けたらおさらばしますから！　だからそれまでは、今後ともなにとぞよろしくお願いいたします！」

　ぺこりと頭を下げて、駄目押しのように笑ってみせる。オルテンシアスは苦虫を口いっぱいに詰め込まれたような顔をした。

　そしてそのまま彼は、それ以上何も言わなくなってしまって、気付けばもう冷めてしまった夕食を再び口に運び始めた。だからミュゲもそれにならって、同じく夕食に手を付ける。

　わざわざ「討伐伯様と」と頂戴したミートパイも、上出来だと思ったシチューもサラダも、なんだか最初よりもずっと味気ないものになってしまったような気がした。

＊＊＊

　それから、また数日が経過した。今日も粉雪がちらつく中で、ミュゲは薄っぺらい外套一枚を羽織って街頭に立ち、よし、と気合いを入れ直す。

「お花はいりませんか？　どんなお花でも用意させていただきまぁす！　春の菜の花、夏の芙《フ》蓉《ヨウ》、秋の撫子《ナデシコ》に、冬の椿《ツバキ》、他のどのようなお花でもお申し付けくださいませ！　あらら、私の言葉をお疑いでしょうか？　ならばどうぞご覧あれ――――《花よ》！」

両腕を広げて大きく声を張りあげると同時に、左手の手のひらが熱くなる。そして宙から生まれ出るのは、鮮やかな四季折々の花々だ。粉雪の中で美しく咲き誇る花々に、道行く人々から歓声があがる。

――よしよし、掴みはばっちり！

先を競ってミュゲにさまざまな要望を出し始めた町の人々を相手取りながら、内心でグッと拳を握る。幸先のいい始まりだ。今日の売り上げは期待できそうだと早くもにんまりしてしまう。

本日の『《花》の魔術師ミュゲの花屋さん』は、いつものオルテンシアスの屋敷から最寄りの町ではない。もう少し足を延ばした先の、このヒューエルガルダ領の領主が居を構える栄えた町だ。

魔術を行使してあらゆる花を売るミュゲは、既にヒューエルガルダ領ではうわさになりつつあり、そのうわさを聞き付けたこの町の商業ギルドの組合員に誘われて、この町までやってきたというわけである。

──旦那様は、なんにも仰ってくれませんでしたけどねぇ。

今朝《けさ》、商業ギルドが手配してくれた馬車の元へ向かう前に、きちんとオルテンシアスには「今日はたぶん遅くなります」と彼の自室の扉越しに伝えたものの、返事はなかった。

別に「いってらっしゃい」的な一言を期待したつもりはなかった。そう、そのつもりは、なかったのだけれど。

──やっぱり、期待してたのかも。

先日、初めて夕食をともにした。せっかくなのだから今後もご一緒できたら、というミュゲの淡い願いは、叶えられずじまいのままだ。それどころか、以前よりももっと避けられている気すらする。思い返してみると、彼の生家であるシエ家に対して『わりと』どころではなく失礼な物言いをしてしまったし、オルテンシアスが改めて、あれこれ図々しい真似をしている自覚があるミュゲに対して怒りを覚えても不思議はない。

──私は、嬉しかったんですけども。

あの夜、オルテンシアスが怒ってくれたことが、確かに嬉しかった。彼はそうとは認めないだろうけれど、あの怒りは確かにミュゲのためのものだと思える。だからこそ、彼のあの怒りに……彼の優しさに、少しでも報《むく》いたい。

そのためにはまず普通に会話をするところから始めたいところなのだが、ここまであきらかに避けられているとなると、そうもいかない。

ままならないものですねぇとそっと溜息を吐き出すけれど、それをお客様に気付かれるような失態は犯さない。「お願いできるかしら」とミュゲの前にやってきた新たな客人に、ご本人の要望通りの春の花々の花束を作り上げて、「どうぞ」と渡す。

胸いっぱいに春の香りを吸い込んで、妙齢《みょうれい》の婦人は嬉しそうに笑みを浮かべて去っていった。その後ろ姿を見送ってから、ミュゲはいったん、商業ギルドが貸し出してくれた折り畳み式の椅子《いす》に腰を下ろした。そしてまた一斉に花々を生み出し、いくつも色とりどりの花束を作って、椅子の周りに並べた。

ミュゲが腰かけている椅子の周りだけが、真冬を忘れたかのような鮮やかな色彩で満ちていた。道行く人々の目が自然とこちらへと向けられて、ミュゲの目立つ桃色の髪にぱちりと目を瞬かせ、そしていそいそと近寄ってくる。

商業ギルドに、彼らの管轄《かんかつ》地域における花売りの手数料を多めに支払うかわりに用意してもらったリボンや包装紙だが、それらを使って花束にした方が、花々をそのまま売りに出すよりもやはり人目を引いてくれる。こういう手法は王都でもヒューエルガルダ領でも変わらないものだ。寒さでかじかむ手をこすり合わせ、内心でうんうんと改めて頷いて、ひっきりなしにやってくる客に花束を売る。

それから、どれだけ時間が経過したか。用意した花束は綺麗に完売し、自分に直接「この花を」と依頼してくる客の足も途切れた。

冬のヒューエルガルダ領の夜は早い。分厚い雪雲が覆う日が沈みかけた空は重苦しく、相も変わらず粉雪がちらつく中を、誰もが急ぎ足で家路に就く。その姿を何の気もなしに見つめながら、「そろそろ頃合いですかねぇ」とミュゲもまた椅子から立ち上がった。

これ以上この場で『花屋さん』を開いていても、新たな客はやってこないだろう。潮時だ。後は商業ギルドの寄り合い所に行って、帰りの馬車を手配してもらえばいい。

すっかり冷えてしまった身体をぶるりと震わせて、椅子を折り畳んでいると、不意に身近に気配を感じた。

あら？　と首を傾げてそちらを見遣れば、驚くほど近くに、見知らぬ男が立っていた。彼の赤らんだ顔と、鼻に付く酒の臭いに、「これは」と身構えるよりも先に、がしりと肩が掴まれる。

「あ、あの」

「やぁっと花屋はしまいかよ、お嬢ちゃん」

「あ、はい。もう店じまいですよぉ。でももしご入用でしたら、今すぐ……」

「ははっそりゃあいい！　だったらお嬢ちゃんを一晩もらおうか！」

「…………」

にやにやとだらしなく笑み崩れながら言い放たれた台詞に、「あー……」と内心で遠い目をする。こういう手合いは珍しくない。特に、初めて『花屋さん』を営む場所では、往々《おうおう》にしてこうして勘違いする者が出てくるのだ。

間近から吐きかけられる酒臭い吐息に顔をしかめたくなる衝動をなんとかこらえる。そして、「申し訳ないですけれど」と実際はまったく申し訳ないなどとは思っていないのだが、様式美として前置いて、ミュゲは続けた。

「私は売り物ではございません」

ここであいまいな態度を取るのは悪手《あくしゅ》だ。きっぱりはっきり毅然《きぜん》とお断りしなくては、痛い目を見るのは自分である。とはいえあまりにも手厳しく拒絶すると、それはそれで相手を怒らせてしまうことになるのも、経験上よく解っている。

だからこそミュゲは努めてやわらかく微笑みながら、肩に置かれた男の手をそっと引き剥《は》がし、まずは距離を取ろうとした、のだか。

「ああん？　『花売り』なんだろ？　そんな目立つ髪の色して、『花』を売ってるっつーのは、そういうことじゃねぇか。もったいぶるなよ」

「…………………」

――だから、そういう意味の『花売り』ではないと言ってるんですけどもぉ。

と、言えたら苦労はしない。引き剥がされた手を今度はミュゲの腰に回し、無理矢理自分の方に引き寄せた男は、そのままミュゲをこの場から連れ去ろうとする。だが、そうは問屋《とんや》が卸《おろ》さない。ぐっと足に力を込めて、全力で踏ん張る。そして、えいやっと左手を掲げた。

「そんなに花をお望みでしたら、いくらでも。《花よ》！」

ぶわり、と、大量の花が宙から生まれた。降りしきる粉雪をかき消す勢いの膨大な花々だ。

男がぎょっと目を見開いた。ミュゲの腰に回された彼の手から力が抜ける。それをいいことに、彼を突き飛ばして走りだす。

「三十六計逃げるにしかずですぅ！」

人生の教訓の一つにしている東方諸国のことわざを叫び、とにかくこの場から離れることを先決に足を急がせる。

背後から怒鳴り声が聞こえてくる。追いかけられているのだ。なんて諦めの悪い殿方なんでしょう、乙女にモテませんよぉ、と内心でぼやきながら、逃げることに専念する。

とはいえ、何せ土地勘がない。気付いた時にはもう遅かった。裏路地の行き止まりに追い詰められてしまった。引き返そうとしても、もうそこには、酒のせいばかりではなく怒りで顔を赤くした男が、肩で息をしながら立っていた。

「手間かけさせやがって！　ちんけな《花》の魔術なんかで、俺を袖にしようたぁいい度胸じゃねぇか！」

「きゃっ!?」

行き止まりに追い詰められ、逃げ場のないミュゲの元に、男はずかずかと大股で歩み寄ってくる。その手が伸びてきたかと思うと、遠慮会釈《えんりょえしゃく》のない力で髪を引っ張られ、無理矢理男の方を向かせられた。根元から引っこ抜けてしまうのではないかとすら思われる力に抗《あらが》うすべはなく、痛みのあまり自然と涙がにじむ。

そんなミュゲの表情にも溜飲《りゅういん》が下がり切らない男は、つばを吐き散らしながらがなり立てた。

「花売りってことは身体売ってんだろ⁉　お高くとまってんじゃねぇよ！」

「わ、私は本当に本物の花を売ってるだけで、身体は売ってません！」

そう、そういう勘違いをされたことは、正直なところ一度や二度ではない。王都では日常的に繰り返される勘違いだった。そのたびに、事情を知る下町の知人達がかばってくれて事なきを得てきたものだ。このヒューエルガルダ領では今のところ一度もその『勘違い』が起きなかったから、すっかり油断していた。

そうだ。花売りとは、こういう危険に遭遇することもある職業だったのだ。今日までヒューエルガルダ領で無事でいられたのは、運がよかっただけなのだと今更ながら自覚する。

――あちゃあ、やっちゃいましたねぇ。

自分の失態を茶化すように内心で呟くミュゲをどう思ったのか。にやぁ、と、男がいやらしい笑みを浮かべて、ミュゲの左手を無理矢理掴んでくる。

「へえ？　ホントかよ。んじゃ、俺が最初の客になってやるから感謝しろ！　そうだな、記念にまず、その左手……《御印》でも見せてもらおうじゃねぇか」

「っ⁉」

その言葉に、ぞわりと全身が粟立《あわだ》った。そんな自分が不思議で仕方なくて、虚を衝かれたようにミュゲはその場で硬直する。

《御印》を見せることくらい、なんでもないことのはずだった。王都では幾度となく、乞われるがままに見せてきた。それなのに。


――このっ馬鹿娘！


耳元でよみがえる、情け容赦のない罵声。けれどそこに、確かに自分のことを案じてくれる響きがあることを知っていた。幾度となくミュゲのことを『馬鹿』と罵《ののし》りながら、その裏側で「何もなくてよかった」と確かに思ってくれていることが窺い知れる声だった。

それはそうであってほしいという願望だろうか。いいや、そればかりではない。だってそうやってミュゲのことを『馬鹿』と言ってくれた彼は。オルテンシアスは。

――旦那様は、優しい、人、だから。

だからこそ、ミュゲは彼のその優しさを無駄にしたくない。こんな男に、《御印》を見せたくなんかない。

この、今は亡き大切な両親が言いきかせてくれた《御印》を見せるべき相手は、両手の手袋をはずすべき相手は、こんな男なんかじゃないのだから。

「嫌です！　放して！」

「ああ!?　大人しくしろ！」

「嫌って言ってるじゃないですか！　触らないでください！」

なんとかこちらの手袋を奪おうとしてくる男に、全力で抗う。ミュゲがここまで抵抗するとは思わなかったのだろう、最初は遊び半分だった男の顔が凶悪な怒りに染まり、その手が大きく振り上げられる。

「痛い目を見ねぇと解らねぇようだなぁ！」

力の限り男の手が自分の顔を張り飛ばす、そんな予想が容易についた。身構えることもできず、ただ目を閉じていずれ襲い来るであろう衝撃に備える。

痛いくらいですめば御《おん》の字《じ》だ。大丈夫。王都で暮らしていた時だって、理不尽な暴力にさらされることはあった。これくらい、これくらい、自分は、大丈夫。

そう自分に言い聞かせた、その、次の、瞬間。

「―――――――――ミュゲ！」

その、声は。確かに知るその声に、呆然と聞き入るミュゲの身体が、ぐいっと〝誰か〟に引き寄せられる。鼻孔をくすぐるのは、甘いような苦いような、どちらともつかない、けれど不思議と心地よい匂い。

気付けば自覚していた以上にきつく閉じていた目を、恐る恐る持ち上げる。そしてミュゲは、大きく自身の若葉色の瞳を見開いた。ぽろり、と、驚いたことに一粒涙がこぼれ落ちる。

「だん、な、さま？」

そう問いかける自分の声が信じられなかった。

まるで他人事のように、どうして、と唇がわななく。

そう、どうして。どうしてオルテンシアスが、こんなところにいて、こんな風に自分を庇《かば》うように抱き寄せてくれているのだろう。

――あら？

――私、とっても都合のいい夢を起きたまま見ているんですかねぇ？

よもやこれが白昼夢、と呟くミュゲの頭上に、「馬鹿か？」と呆れたような声が降ってくる。聞き間違えようのないその響きに、あららららら、これは間違いなく旦那様ですね。ようやくそう確信する。

だが、だからこそ余計に不思議で仕方がなくなるミュゲをよそに、「なんだてめぇ！」と出鼻をくじかれた男が、自身の焦りを隠すかのように大きく怒鳴った。反射的にびくりと身体が震える。

そんなミュゲを、より一層自身の方に抱き寄せてくれたオルテンシアスは、これ以上なく冷ややかなまなざしを男へと向ける。ぎくりと顔を強張らせた男に向けて、彼はゆっくりと左手を掲げた。

「――――《毒よ》」

甘いような苦いような不思議な匂いが色濃くなる。そして瞬きの後に、男がその場にばったりと倒れ伏した。えっ⁉　とぴくりとも動かなくなった男をまじまじと見つめてから、ミュゲは「もしや」とオルテンシアスをそぉっと見上げる。

「ま、まさか殺し……？」

「馬鹿か。眠らせただけだ。このくらいの制御なら僕にでもできる。とはいえ、このまま放置したらきみの言う通りになるから、自警団を呼ばなくてはな」

「あ、ああ、はい、それはそうですよねぇ」

確かにこの寒空の下で目覚めるまで放っておいたらうっかり凍死である。こくこくと頷くミュゲを改めて一瞥《いちべつ》したオルテンシアスは、そうしてミュゲからさっさと離れていった。

あ、とそのぬくもりと匂いを名残惜《なごりお》しく思う間もなく、彼はそのままミュゲを連れて、自身の言葉の通りにした。自警団に向かって事の次第を伝え、倒れている男の回収を頼んだのだ。

オルテンシアスがあの場に居合わせたのは、彼が町に住まうヒューエルガルダ領領主に、討伐伯としての報告のために足を運んだからだという。その帰り道に、「桃色の髪の花売りがタチの悪い男に追い回されていた」と聞きつけ、わざわざ駆けつけてくれたのだそうだ。

それを本人から直接ではなく、自警団の団員から聞かされた時、ミュゲはどうしようもなく胸が熱くなるのを感じたけれど、オルテンシアスにきつくにらみ付けられてしまってはお礼を言うことすらできなかった。

あちこちで酒に酔った勢いに乗り、これまでも周囲に迷惑をかけてきたのだという男から、商業ギルドよりきちんと承認を受けた行商であるミュゲを助けた討伐伯たるオルテンシアスに対するおとがめはなかった。むしろ「よくやってくださいました……！」と深々と感謝されたくらいなのだから、男のこれまでのやらかし案件は相当であったと言えよう。

そしてミュゲは、オルテンシアスとともに、馬車で屋敷に帰還する運びとなった。行きに借りた商業ギルドの馬車ではなく、オルテンシアス・シエ討伐伯のための専用の馬車だ。

やけに緊張してしまうのは、今まで乗ったことがないような立派な馬車だからだろうか。それとも、オルテンシアスと馬車の中で二人きりであるせいだろうか。

ううん、非常に悩ましいところ……と悶々《もんもん》とするミュゲに気付いているのかいないのか。オルテンシアスの金糸雀色の瞳が、ちらりと向けられる。その視線にミュゲが自らの視線を絡ませ返すと、彼はその冷然たる美貌の、整った眉を苛立たしげにひそめてみせた。

「だから言っただろう」

「え？」

何をだ。

きょとんと瞳を瞬かせてみせれば、彼は腕を組み、トントンとじれったそうに人差し指で反対側の腕を叩く。

「だから。きみの商売のやり方についてだ。今までは運がよかっただけだと言っただろう。いずれ痛い目を見るに違いないと思っていたが、やはりだったな」

「あぁー……」

なるほどそういうことですかぁ、とのんびり頷きを返すと、美しく怜悧な切れ長の作りの金糸雀色の瞳が、ぎらんと輝いた。

あらぁ？　と首を傾げるミュゲの頭に、次の瞬間、ストンッと軽く手刀が落とされる。

ひゃっと思わず悲鳴をあげてしまった。痛くはないがものすごくびっくりした。

えええ？　と両手で頭を押さえてオルテンシアスを見つめると、彼はなぜか大層驚いたような顔をしていた。なんなら、ミュゲよりも、よっぽど。自分で自分がやったことが信じられないとでも言いたげな表情に、怒るよりも先に笑ってしまう。

「ふふふふふ。旦那様、ご心配をおかけして、申し訳ございません」

「つまったく悪いと思っていないくせに謝るな！　その笑い方をやめろ！」

「嫌ですぅ」

以前にも交わしたようなやりとりだが、あの時と違うのは、『無理』ではなく『嫌』である点だろう。オルテンシアスに対して申し訳ないと思っているのは事実であるが、それ以上に嬉しくて仕方がないのだ。

ミュゲは基本的に自分の欲求に素直に生きることにしている。なので、今は笑顔でいたいと思う自分の感情を優先した。

そんなこちらに対して、オルテンシアスの白皙《はくせき》の肌に朱が走る。何か怒鳴ろうとでもしたのだろう。ぱくぱくとその口が大きく開閉したが、やがて彼は諦めたように、口を閉ざして片手で顔を覆ってしまった。

わあ、かわいい。なんて口にしたら間違いなく今度こそとんでもない怒鳴り声が飛んでくるであろうことが想像できたので、賢明なミュゲは内心で呟くだけに留めた。

そのまましげしげと彼の姿を見つめながら、ふ、と気付く。それはそのまま「あっ！」というわりと大きな声として口から飛び出した。

顔を覆っていた片手を下ろしたオルテンシアスが、疲れ切ったような顔でこちらを見つめてくる。ミュゲはにっこりと両頬にえくぼを作って笑った。

「そういえば」

「……なんだ」

「旦那様、やっと私のこと、名前で呼んでくださいましたねぇ」

「…………！」

ぽかん、と。怜悧な美貌に似つかわしくない、なんとも……そう、なんともまぬけな表情が、オルテンシアスのかんばせに浮かぶ。百年の恋も冷めるのでは、とすら思えるほどに、しみじ

み と実にまぬけな表情だ。

けれどミュゲにとっては、なぜだろう。いつもの彼の無表情よりも、もっとずっとよっぽど魅力的で、素敵な表情のように思えた。

「わ、忘れろ！　僕はきみのことを名前でなど呼んでいない！」

らしくもなく慌てふためきながらオルテンシアスは「違う」だとか「空耳だ」だとか言うけれど、そういう言葉を重ねれば重ねるほど、彼が〝ミュゲのことを名前で呼んだ〟という事実が裏打《うらう》ちされていくようだった。

だからこそ、えへへへへ、とミュゲは笑みを深める。

「嫌ですぅ。ぜっっっっったいに忘れません。ね、旦那様。私、『きみ』じゃなくて、『ミュゲ』って言うんですよぉ。てっきりお忘れかと思っていたんですけど、えへへ、覚えていてくださったんですねぇ」

ありがとうございます、と続けて深々と頭を下げる。オルテンシアスが声にならないうめき声をあげて、今度こそがっくりと力尽きるようにこうべを垂れた。

その姿を見つめる自分の姿が、馬車の窓硝子に映り込む。窓枠の中のミュゲは、驚くほど歓喜に満ちたまなざしで、にこにことオルテンシアスのことを見つめていた。

――私、こんな顔もできたんですねぇ。

他人事のようにそう思う自分が不思議で、それ以上に、どうしようもなく嬉しかった。

第2章　世界は変わり

今日も今日とてミュゲは、ヒューエルガルダ領討伐伯邸の飾り付けに励む。

本日のテーマは『日向《ひなた》のまどろみ』。ひなたぼっこするにはぴったりの、元気な黄色の雛菊《ヒナギク》や、可憐《かれん》な野ばら、安眠効果抜群の香り高いカモミール。

頃合いを見て屋敷の花々を変えるミュゲの手腕《しゅわん》により、屋敷は今日も雪の冷たさを忘れている。

「こっちのラベンダーは、いい感じに乾燥してくれてますねぇ。うーん、他の花と配合《はいごう》……いやでもラベンダーはそれだけの方がやっぱり手に取りやすいかなぁ……」

つい先日まで玄関先を飾り、今はすっかり乾燥しきったラベンダーを前に、ううんとうなる。

見ごろを過ぎた花々の多くは、ミュゲの手によりドライフラワーにされ、そのまま花束という形になることもあれば、匂いの強いものはポプリという形になって、ミュゲの花屋の商品の一つとして扱われる。生花とはまた異なる姿で王都でも好評を博《はく》したそれらは、このヒューエルガルダ領でも同様だ。

「どんなテーマの花の内装も、今のところ旦那様のお心を動かせていないようだし、ドライフラワーならいけるかと思ったけど、旦那様はこっちもお好みでないみたいだし……」

いったいどんな花であれば、オルテンシアスは喜んでくれるのだろう。

現状としていまだに喜ぶどころか触れもせず、できる限り近寄ろうとすらしない彼の姿に、そろそろミュゲもめげそうになってくる。なんて往生際が悪い旦那様だろう。

どんな花も、ミュゲにとっては自分自身のようなものだ。だからこそオルテンシアスが花を避けるたびに、自分でも戸惑うくらいに気付けばずきずきと胸が痛むようになった。

たぶん、嫌われては、いない。花も。ミュゲ自身も。

でもきっとそれはそこまでの話で、それ以上には至らない。それでいいと思っていたはずなのに……と、そこまで思ってからふるりと自分の中の得体《えたい》の知れない感情を振り払うようにかぶりを振る。

「ミュゲさんは諦めませんよぉ！」

「……何をやらかそうとしているんだ、きみは」

「『きみ』じゃなくてミュゲですぅ。旦那様、お部屋から出ていらっしゃるなんて珍し……あらぁ？」

気付けば部屋から出てきていたらしいオルテンシアスの、心底「勘弁してくれ」とでも言いたげな声に対し、ミュゲは笑顔で振り返る。

そして、思ってもみなかった彼の姿に、首を傾《かし》げた。

「旦那様、お出かけですか？」

オルテンシアスが身にまとっているのは、いかにも動きやすく丈夫そうな仕立てのいい外套《がいとう》だ。その下の衣装もまた、普段よりももっと簡素《かんそ》で、やはり丈夫そうな一揃《ひとそろ》いである。そして彼の腰に下げられているのは、ミュゲがこの屋敷にやってきてから初めて目にする、見事な誂《あつら》えの剣だった。

決して仰々《ぎょうぎょう》しくはない。戦地におもむくにしては、おそらくは最低限だろう。けれど確かに平素ではありえない、戦うためとしか思えない出で立《い》《た》ちである。

なんだか嫌な予感が足元から這《は》い上《あ》がってくる。そんなミュゲの不安は、そのまま顔に浮かんでいたのだろう。オルテンシアスは呆《あき》れたように、そして少しだけ困ったような表情を浮かべて、その右手を腰の剣の柄《つか》に寄せた。

「今更だが、きみは僕の責務《せきむ》を忘れていないか？」

「……ええと」

「僕の爵位を言ってみろ」

「え、あ、と、討伐伯《とうばつはく》様……って、あ」

ドサッと抱えていたラベンダーが手から滑り落ちる。崩れた小さな紫の花々から、リラックス効果には定評がある匂いが立ち昇る。けれどその香りは、今のミュゲの心を癒《いや》すには至らない。馬鹿だな、と呆れ切った様子のオルテンシアスの姿に、自分でもどうしたらいいのか解《わか》らなくなる。

そう、オルテンシアスは討伐伯としてこのヒューエルガルダ領に赴任《ふにん》しているのだ。討伐伯が何たるかなんて、今更問いかけるまでもない。それは、人間に害なす魔物の討伐を一手に引き受ける魔術師に与えられる称号である。

「まさか、その、魔物の討伐にお出かけですか？」

「まさかも何も、それ以外に理由があるはずがないだろう」

「で、でも、こんな時間ですし」

「まだ昼だが。そもそも時間帯は関係ない。伝書鳥《でんしょどり》が僕の部屋に飛んできたら、僕はいかなる時も出陣することになっている。今日は北方の荒野に魔物の群れが集っているという報告があったから、その対応だ」

「あ、さ、さようですかぁ。じゃあ、その、他の皆様とは町で合流なさる？」

どうしよう。うまく言葉が出てこない。それでもなんとか会話を続けようとしている自分がやけに滑稽《こっけい》に思えて仕方がなかった。

せわしなく胸の前で両手の指を絡ませたりほどいたりを繰り返しながら、なんとか笑顔を取《と》り繕《つくろ》って問いかける。オルテンシアスが魔物の討伐に出向くならば、おそらくは町の自警団や、常駐している国から派遣された騎士達と一緒のはずだ。ヒューエルガルダ領は他の領地よりも魔物の数が多く、領民は、特に冬になると活発化する彼らを前にして日々の生活を悩まされているると聞いている。だからこそ、オルテンシアスが討伐に向かうのは何一つ不思議なことではないし、彼だけではなく、他の戦士も駆り出されるはずだ。

少なくともミュゲは、そう思っていた。この、時点までは。

「いいや」

「え」

オルテンシアスはあっさりとかぶりを振る。そこには何の疑問もためらいもなく、逆にミュゲの方が戸惑ってしまう。『いいや』、ということは、つまり。

「まさか、たったお一人で!?」

そんな馬鹿な、と、思わず声を張りあげてしまった。

嘘《うそ》だと言ってほしかった。馬鹿にしてくれたってよかった。オルテンシアスがそうやって、何も知らないこちらのことをだまそうとしただけならば、自分は「下手《へた》な冗談ですねぇ」と笑い返すことができたから。

それなのに、オルテンシアスは、笑ったのだ。おそらく出会ってから初めて見せてくれたその微笑《ほほえ》みは、あきらかに皮肉げな、どうしようもない自嘲《じちょう》が込められた、あまりにも悲しいそれだった。

「僕の《毒》は、魔物ばかりではすまないからな」

「あ……」

そうだ。オルテンシアスが生まれ持った彼の魔術である《毒》は、彼自身にも制御ができないと聞いているし、実際にそんな場面を何度か目にしている。だからこそミュゲは、解毒剤《げどくざい》を持たされ、今日もまたそれを服用していた。

結局のところ、そうやってオルテンシアスの《毒》を自分でも遠ざけているミュゲには、その《毒》で魔物に対抗する彼に、かける言葉が見つからない。

どんな言葉だって、きっと彼には届かない。

でも。それでも。

「……っ、旦那様っ！」

「だっ⁉」

そのままさっさとミュゲの隣を通り過ぎようとしたオルテンシアスの、背に流された長い乳白色の三つ編みを、気付けば引《ひ》っ掴《つか》んでいた。ビィンッと背筋《せすじ》が反るほどにその三つ編みを引っ張られたオルテンシアスの口から悲鳴がこぼれ、あっとミュゲは慌てて手を放す。

「あ、あああああ、すみませんごめんなさい！」

「謝るくらいなら最初からやるんじゃない、この馬鹿娘！」

「はいいいいいい！」

これぱかりはさすがのミュゲも心の底から謝るより他はない。ただ彼の足を引き留めたくてした、というには、少々どころではなく乱暴すぎた。若干涙をにじませて「まったく……」とぼやくオルテンシアスの姿に、ぎゅっと胸が詰まる。このまま彼を見送りたくはなかった。

「……とにかく、僕は行く。言っても無駄だろうが、きみは余計な真似《まね》をしないように。いいな、僕は言ったからな」

「旦那様」

「…………なんだ」

「これを、受け取ってもらえませんか」

「は……？」

ミュゲがポケットから取り出した『それ』を前にして、オルテンシアスは瞳を瞬《またた》かせた。思ってもみなかったことを言われたとばかりの反応に構わず、彼の手を取って、ほとんど無理矢理、ミュゲの手のひらに収まる大きさのポプリを握らせる。

小花柄の布地で作られた小さな袋の中身を、匂いが消えるたび何度も繰り返し入れ替えて、ミュゲの瞳と同じ若葉色のリボンで結《ゆ》わえたポプリだ。鼻孔をくすぐる花の香りに戸惑ったように瞳を揺らすオルテンシアスに、ミュゲはにっこりと笑ってみせた。

その笑顔に鼻白《はなじろ》む彼の美貌を見上げて、全力で両端の口角をさらに引き上げる。

「おまもり、です。どうか、ご武運《ぶうん》を」

「……」

考えたこともなかった。彼がたった一人で戦いに出向いていたなんて。討伐伯という立場上、当たり前のことだったのに。能天気に「今日も旦那様は元気に引きこもっていらっしゃるなぁ」なんて思っている場合ではなかったのだ。そうやって彼が〝引きこもっていることができる〟ことが、どれだけ喜ばしいことであったかを、今更になって思い知る。

そんな自分が、それこそ『今更』だとは思うけれど。調子がいいにもほどがあると、解っている、けれど。

それでも、どうか、どうかと。どうか、ご武運を、と。どうか、ご無事で、と。

いっそ滑稽《こっけい》なくらいに願わずにはいられなくなるこちらの気持ちを、オルテンシアスは知っているだろうか。

きっと、いいや、確実に知らない。気付いてもいないし、考えたこともないのだろう。その証拠にほら、彼は戸惑いもあらわにこちらを見下ろしている。「この馬鹿娘はまた何を言いだしたのか」とその表情が物語《ものがた》っている。まったく失礼な旦那様である。

そうして結局オルテンシアスは、それ以上は何も言わず、一人で屋敷を後にした。残されたのはもちろんミュゲ一人きり。お互いにひとりぼっちでお揃いですねぇ、なんて、これこそまったく笑えない冗談である。

ああそうだとも、そう、笑えない。これっぽっちも。

いっそついていけたらよかったのに、ついていったとしてもミュゲが持つ手札は《花》の魔術のみ。足手まといにしかならないだろう。生まれてこの方、《花》の魔術師であることを厭《いと》ったことはなく、誇るばかりだった。ミュゲは《花》を愛している。

けれど、今ばかりはその無力が悔しくてならない。待つことしかできず、その無事を祈ることしかできない自分が、こんなにも悔しい。

「旦那様……」

——どうか、ご無事で。

言葉にならない願いを込めて、両手を組み合わせ、ただ祈る。

そうして、どれほどの時間が流れたのだろうか。玄関の前で両膝をつき、オルテンシアスの無事を天の国に住まう両親に祈り続け、それから、しばらく。

すっかり夜のとばりが下りた頃のことだ。

……ガタン、と、玄関の扉の向こうから、確かな物音が聞こえてきた。

「っ旦那様⁉」

慌てて立ち上がり、震える足を叱咤《しった》して扉に飛びつく。もどかしくなるくらいに強張《こわば》っている手をなんとか動かして、そのままその扉を開け放した。

ひゅおお、と、冷たい外気が一気に吹き込んでくる。そして、一拍遅れて、ミュゲの身体《からだ》を包み込んだのは。

「旦那様‼」

そう、オルテンシアスだった。外気ですっかり冷え切った彼の身体が、そのままミュゲの元へ倒れ込んでくる。あれだけ丈夫そうに見えていた彼の外套はぼろぼろで、あちこち血がにじんでいる。

なんとか体勢を立て直して彼の顔を覗《のぞ》き込《こ》むと、そのかんばせからはぞっとするほどに血の気が失《う》せている。苦痛に歪《ゆが》んだオルテンシアスの表情に、さあっとミュゲもまた顔から血の気が失せるのを感じた。

「だ、旦那様、旦那様……！　しっかりなさってください！」

「や、かまし、い」

「旦那様ぁ！」

かすかな罵倒《ばとう》に対して悲鳴のように呼びかける。その必死の呼び声に対し、オルテンシアスの伏せられていた長い睫毛《まつげ》がふるりと震えて、金糸雀《カナリア》色の瞳が厳しい光を宿し、じろりとにらみ付けてきた。

「……聞こえて、いる。離れろ」

「離れろって……！　そんな意地を張っていらっしゃる場合じゃないでしょう⁉　は、早く、早く手当てを……！」

「離れろと言っているんだ、頼むから！」

「っ！」

先ほどのミュゲの呼び声よりも、よっぽど悲鳴らしい悲鳴のように、オルテンシアスは声を荒げた。びくっと身体を震わせながら、それでも自分から離れようとしないミュゲに、彼は続ける。

「痛みで、《毒》がいつも以上に制御できなくなっている。いくら解毒剤を飲んでいるとはいえ、今の状態の僕の《毒》に耐えうるだけの解毒剤を作れる魔術師など、シエ家にはもういない。僕は、一人で大丈夫だ。だから、離れ……」

ろ、と。彼の台詞《せりふ》は、そうやって締めくくられるはずだったに違いない。けれどそれは叶《かな》わなかった。

オルテンシアスはそのまま意識を手放し、今度こそぐったりとして、ミュゲにどっと倒れかかってきた。

「あ、ちょ、おっとととと ぉ……！」

オルテンシアスはおそらくは男性にしては細身であり、はっきり言ってしまえばかなり華奢《きゃしゃ》な部類に入るのだろうが、それでもちゃんとした成人男性だ。ミュゲ一人では意識のない彼の身体を支えきれず、そのまま一緒になってずるずると座り込む。

とりあえず二人揃ってべっしゃりとその場に倒れ伏すことだけは避けられたようだ。ほっといったん一息吐いて、改めてよし、と、オルテンシアスの身体を抱え直す。

「離れろって言われたって、放っておけるわけないじゃないですか」

　オルテンシアスはミュゲのことを馬鹿だ馬鹿だと繰り返すけれど、オルテンシアスだって大概だ。何せ彼は、ミュゲがここで彼のことを放置していけるものだとばかり思っているらしいのだから。

　見くびらないでいただきたいものですねぇ、と憤慨《ふんがい》するミュゲは、そこでふと、自身へと向けられている視線に、大変遅ればせながらにして気が付いた。

「ん？」

　オルテンシアスを抱えたまま、彼の肩越しにそちらを見遣《みや》る。そうして、そこ……つまりは、開け放たれたままの玄関の扉の向こうにいたのは。

「あらぁ？」

　これはまた随分とかわいらしい……と、感激を通り越して感心してしまうような、ふかふかのもふもふだ。

　大きさは、ミュゲが両腕で抱え上げるのがやっとであると、思われるほどか。真っ白な毛並みに、美しい灰色の斑紋《はんもん》が目立つ、黄色くまんまるな、満月のような目が愛らしい何かである。猫に似ているが、確実に猫ではない。とがったそれではなく、なだらかな曲線を描く丸い耳をこちらへと向けて、ひくひくと桃色の鼻先をひくつかせたそのもふもふは、太い四肢を動かしてのっしのっしと近付いてくる。

「もしかして、魔物さんでいらっしゃいます……？」

そんなまさかというヤツであるが、他に選択肢が見当たらない。だってどう見ても猫ではないのだ。とても似ているが、あきらかに違う。

もしかして、オルテンシアスが討伐に向かった魔物のうちの一体が、この屋敷まで追いかけてきたのだろうか。

だとしたら事である。ひゅっと恐怖で喉が鳴った。今すぐ逃げだしたくなる衝動にかられた。

――でも。

この腕の中には、オルテンシアスがいる。傷付き意識を失ってしまった彼を、どうして置き去りにして逃げることができるというのだろう。

「～～～～っは、《花よ》！」

せめてもの対抗措置として、オルテンシアスを庇《かば》いながら唱えた。子供だましだとは解っているが、それでも少しでも気が逸《そ》らせればそれでいい。オルテンシアスを抱えて逃げるのは至《し》難《なん》の業《わざ》だろうが、だからといって一人で逃げるだなんてありえない。

――下町育ちを舐《な》めないでくださいよぉ！

今こそここでありとあらゆる全力を尽くすべき時だ。ミュゲの声に応えて、季節も種類も問わない花々が一斉に咲き誇り宙を舞う。

さあ、今だ。覚悟を決めて表情を引き締め、オルテンシアスを抱え上げて立ち上がろうとする。そのままいざ走りだそうとした、の、だが。

「…………ええっとぉ……？」

ふんふんふんふんと鼻をひくつかせ、周りをうろつき続けていたその魔物（仮）が、花の雨の下、ミュゲの視線の先で、ごろんと腹を見せてきた。ゴロゴロゴロゴロと喉を鳴らすその姿、どう見ても敵意は感じない。むしろ好意的と断じるべき姿である。

「花が好き、なんでしょうかねぇ？」

んん？　と首を傾げると、魔物（仮）は「そうだ」とでも言いたげに「なぁお」と低く鳴いた。なんだかよく解らないが、そういうこと、で、いいようだ。

ならば次にミュゲがすべきことはたった一つである。

よいしょ、と改めてオルテンシアスの片腕を自らの肩にかけ、その身体を抱え起こし、彼の寝室に向かって彼の足先を引きずりながらも歩きだす。魔物（仮）がその後を軽い足取りでついてくるが、これ以上構っていられない。

そうしてミュゲは、一歩一歩、ゆっくりとではあるが確実に前へ前へと進み、最終的に汗だくになりながらもやっとの思いでオルテンシアスの寝室へとたどり着いた。

真冬にあるまじき状態であり、同時に、いくら想定外であるとはいえ、乙女《おとめ》として異性と触れ合う状態としてはてんで落第点《らくだいてん》の見苦しさであるとも自覚している。だが、それらの件についてもっともとやかく物申《ものもう》してくれるに違いない相手の意識は、現在ない。

一向に目覚める気配がないオルテンシアスの様子にまた不安が込み上げてくる。だが、それでもなお耳のそば近くで聞こえる彼のかすかな呼吸の音だけを頼りに、ぐっと唇を引き締めた。

なんとか片手で扉を開けて、彼の寝室に押し入り、ほとんど自分ごと倒れ込むようにして、彼をベッドに横たえさせた。

一瞬の逡巡《しゅんじゅん》ののちに、えいやっと覚悟を決めてオルテンシアスのぼろぼろの外套をはぎ取る。あちこちが鋭い刃物のような何かで切り裂かれたようになっている外套の下の上衣《うわぎ》も似たようなもので、さらにその下の肌には、血がにじむ裂傷がいくつも走っていた。

あまりの痛ましさに焦りが募るが、ここで気ばかりが急《せ》いても仕方がない。落ち着いて、オルテンシアスの手当てをしなくては。

自分に何度も「落ち着きなさいミュゲさん」と繰り返し言い聞かせながら、ミュゲは室内を見回して、棚の上に置いてある救急箱を見つけた。

当たり前のようにそこに置いてあるという事実がただ悲しいと思う。でも、そう思うなればこそ余計に、少しでもオルテンシアスの助けになりたい。

できる限り迅速《じんそく》に、かつ的確に、を目指しながら、てきぱきと彼の傷に薬を塗り込み、包帯を巻いていく。

「……私が、《薬》の魔術師だったら、よかったんですけどねぇ」

一通り目に付く傷の手当てを終えてから、ぽつりと呟《つぶや》く。

シエ家でどんな扱いを受けてもそんなこと一度だって思わなかったというのに、今この時ばかりは自分でも驚くほど切実にそう思わずにはいられない。

自分が《薬》の魔術師であったならば、オルテンシアスのこの怪我《けが》のすべてを、たやすく癒《い》やしてみせただろうに。それができない自分が、こんなにも悔しい。

「――――《花》よ」

祈るように口にしたその言葉に従って、ミュゲの両腕いっぱいに花々が咲き誇る。季節も種類も問わないが、共通しているのは、それらがすべて真白い花々であるということだ。

雪よりもなお白い花の香りが、寝室を満たし、ゴロゴロゴロゴロゴロ、と、ミュゲの足元で魔物(仮)が喉を鳴らし始める。こんなところまでついてきていたんですか？　と問いかけたくなったが、なんだか馬鹿らしい質問であるような気がして結局やめた。

そして、自らが咲かせた真っ白な花々を、オルテンシアスの枕元にまず飾った。

「つくづくほんっとうに綺麗《きれい》なお顔ですこと……なんて、言ってる場合じゃない、かぁ」

気付けば随分と血色がよくなりつつあるオルテンシアスの寝顔を見下ろして、誰にともなく苦笑する。それから、やっと笑みを浮かべるだけの余裕を取り戻しつつある自分に、ほうと安堵《あんど》した。

長い睫毛を伏せて昏々《こんこん》と眠る彼は、白い花がとてもよく似合う人なのだ。初めてそう気付けた気がした。ミュゲはどんな花のことも等しく愛しているが、中でも特に白い花が好きだ。両親が授けてくれた自分の名前が、白い花――〝スズラン〟を意味するからだろうか。両親はミュゲの桃色の髪と若葉色の瞳を見て、ピンク色のスズランからあやかって〝ミュゲ〟という名前をくれたそうだけれど、それでもミュゲは、白いスズラン、そして白い花の方に、どうしても惹《ひ》かれてやまないのだ。

あまり深く考えたことはなかったけれど、とにもかくにも白い花は、あらゆる花々の中でも特に身近であり、特別であり、愛《いと》しいとすら思える花なのである。

ああ、そういえば。

「アジサイにも、白い品種がありましたねぇ」

〝オルテンシアス〟の由来になったに違いない花の姿を思い出して、思わずくすりと笑う。男性の名前にするには随分と優美な、けれどその名前がこれ以上なく似合う人の周りに、彼が目覚めた時にせめてものなぐさめになるようにと、せっせせっせと花を生み出してはオルテンシアスの周りに敷き詰めるように並べていく。

どれもこれも白い花だけれど、それぞれ趣《おもむき》の異なる、はっとするような美しさを誇る花々だ。こんなにも花がお似合いの殿方なんて初めてかもしれない。そう伝えたら、オルテンシアスはまた「馬鹿か?」とミュゲのことを罵《ののし》るだろうか。それでもまったく構わないから、早く目覚めてほしいと願うのはわがままなのか。

「旦那様……」

ベッドの横の椅子《いす》に座り、両肘をついてただ彼の目覚めを大人《おとな》しく待つ。だからきっと、何をするでもなくただ待つだけのミュゲが、『それ』に気付けたのは、足元で大人しく毛づくろいをしていたはずだった魔物（仮）のおかげだった。

どうやら魔物（仮）は、ミュゲの花が気になって仕方ないらしい。あふれんばかりの花々でいっぱいのベッドに飛び乗ろうとしたところを「こぉら！」とミュゲが止めると、そのかわりにサイドテーブルに飛び乗ってしまう。あ、と思う間もなく、その上に積み上げられていた山積みの書類が、どさどさと音を立てて滑り落ちた。

「あらぁ、もう、いたずらっこさんですねぇ」

ミュゲに頭を撫《な》でられながらとがめられても、魔物（仮）はどこ吹く風でオルテンシアスの枕元の花々に前足を伸ばす。その前足をひょいと受け止めて、かわりに同じく白い花々を山と生み出して足元にこんもりと山を作ってやると、魔物（仮）は嬉《うれ》しげにその中に飛び込んだ。

とりあえずこれでよし、と、大きいわりに愛嬌《あいきょう》たっぷりの姿に笑ってから、『それ』――つまりは魔物（仮）が落とした書類を拾い集め始める。

几帳面《きちょうめん》な筆跡は、きっとオルテンシアスのものだろう。難しい顔で黙々と文字を書きつづる彼の姿が目に浮かぶようだ。何の気もなしに、あえて言うならばただページの順番を整えることを目的として、その書類に目を通していたミュゲは、とあるページではたと固まった。

――冬季期間におけるヒューエルガルダ領・王都間の行商の依頼書。

まず目を引いたのは、一番上に記されたその一文だった。ミュゲがよく知る、王都の大商業ギルドに宛てたと思われる依頼書だ。

雪深いヒューエルガルダ領と王都は、真冬の間の交易はほぼ断絶すると言っても過言ではない。ミュゲがこの地にやってこられたのは、シエ家を通じて手配された商業ギルドが所有する雪にも耐えうる堅強な馬車のおかげだが、そんな馬車はその辺にほいほいとあるようなものではない。一般的にはよほど権力のある大貴族が個人の物として所有するか、前述の通り大商業ギルドがギルドの共有の私物として所有するか、という扱いである。

だからこそ冬の間はめったにやってこない王都の商業ギルドの馬車が、今年は特に雪深いせいで、次回の来訪の見通しがまったく立っていなかったとは、この地にやってきた時点でミュゲはちゃんと理解していた。

そう、それを理由にして、言い訳にして。雪が解けるまでは。春になるまでは。そういう期限付きで、この屋敷で使用人として居を構えていたのだ。

だがこの依頼書から察するに、どうやら近く、王都から商業ギルドが行商にやってくるらしい。王都から何かと入用になる冬のこの時期に、しばらくぶりにこの地に行商がやってくるのならば、きっと領民は誰もが素直に喜ぶだろう。

オルテンシアスがそのつもりでこの依頼書を作ったならば、「やっぱり旦那様は優しいなぁ」

とミュゲはにっこりしてしまうだけだ。

けれど、問題はその後だった。

――王都への復路において、女性を一名、王都へと運ぶように。

そう、後に続けられたその一文は、決して見逃せないものだった。

どうして、とわななく唇を他人事《ひとごと》のように感じた。だって。

――女性の名は、ミュゲ・シエ。

――王都に彼女を運び次第、貴ギルドにおいて、彼女の仕事の手配を頼みたい。

そういう風に、その依頼書は、締めくくられていたのだから。

この依頼書はつまるところ、行商の依頼の目的であると同時に、ミュゲを、春を待たずに王都に送り返すための依頼書でもあるということだ。しかもご丁寧にも、王都で職にあぶれないよう、オルテンシアス・シエ討伐伯の名の下における紹介状という形でもあるらしい。

思ってもみなかった内容が生真面目《きまじめ》な文字でつづられるその書類を何度読み込んでも、その内容は変わらず、言葉を失って呆然《ぼうぜん》とする。

　オルテンシアスの唇が薄く開いて、そこからかすかなうめき声がこぼれたのは、その時だった。

「う……」

「あ、だ、旦那様っ！　お目覚めになられたんですね……！」

「あ、ああ……って、どうしてきみがここにいる⁉　離れろと言っただろう⁉」

　動揺をあらわにして、オルテンシアスは上半身を起こそうとする。そして彼は、自分の周りを飾る真白い花々に気付いたのだろう。息を呑《の》んで固まる彼の身体をそっと押し返して、ミュゲはしたり顔で笑う。

「今日までの旦那様がご存じの私が、本当に大人しくそのお言葉に従うとお思いですか？」

「…………」

　自分で言っておいてなんだが、これ以上ない説得力にあふれた反論だろう。

　オルテンシアスもそう思ったらしく、整ったかんばせを怪我の痛みのせいではない理由でしかめ、そのままぐったりとベッドに沈む。そのわずかな振動に、はらり、と白い花弁《かべん》が舞った。

「もう本当に何なんだきみは……。こんな風に花で飾って、僕が死んだとでも思ったか？　生《あい》憎《にく》だったな、惜しいことに生き延びたぞ。手向《たむ》けの花が無駄に……」

「はーいはいはいはいはい、そこまでですぅ！」

　なげやりにぼやき始めたオルテンシアスの唇に、ビシッと人差し指を突き付ける。虚を衝《つ》かれて口をつぐむ彼をじっとりとにらみ付け、ミュゲはそうしてようやく、本当にようやく緊張と不安がほどけていく自分を感じて、そのままくしゃりと顔をゆがめた。

「ご無事、では、ないですけれど。でも、帰ってきてくださって、ありがとうございます」

心からの感謝を込めて、深く頭を下げる。今の顔を見られたくなかった。

安堵のあまり、膝の上で握り締めた拳の上に、ぽたぽたと涙が落ちる。オルテンシアスを困らせてしまうことが解っていても、どうしても涙が止まらない。

そうやってこうべを垂れたまま肩を震わせるミュゲに対し、オルテンシアスは何も言わない。

ほらやっぱり困らせている。

——ねえ私、心配したんですよ。不安だったんですよ。

——でもね、でも、帰ってきてくださったから、それでいいんです。

そう伝えればいいのだろうか。そうしたら目の前の彼は「そうか」と納得してくれるだろうか。それとももっと困らせてしまうのだろうか。

なんだか後者のような気がしてならないから、ミュゲはぐしっと手の甲で涙をぬぐって、なんでもないふりを装って顔を上げる。

「怪我の手当ては、私ができる範囲でさせてもらいました。どこか痛むところはございませんかぁ？」

「……いや、今は落ち着いている。…………った」

「え？」

「っだから！　助かったと言っている！　礼すらまともに言わせてくれないのかきみは！」

「きみじゃなくてミュゲですぅ！　お礼を仰《おっしゃ》ってくださるなら、態度で示してください！

はい、どうぞ！　私の後に繰り返してください！　さっ、ミュゲと！」

「馬鹿か！」

「馬鹿じゃなくてミュゲですってばぁ！」

それなり以上に身体を負傷《ふしょう》しているだろうに、どうやら思ったよりもオルテンシアスは元気そうだ。改めて深く安堵を覚えながら、そうして遅ればせながらにして、手に持っていた書類の存在を思い出す。

あ、と手元を見下ろすミュゲの視線の先に何があるのか気付いたのだろう。オルテンシアスが、整った眉をひそめた。

「見たのか」

「……はい」

短い問いかけに対する答えは一つしかない。こくりと頷《うなず》くと、「ならば話は早い」とオルテンシアスはいつもの無表情……そう、努めて取り繕われた無表情を顔に張り付けて、ミュゲの手から書類を奪っていった。

「そういうことだ。きみは王都に帰れ。一か月後に王都の商業ギルドの馬車がやってくることになるだろうから、それに乗るといい。異存《いぞん》はないな」

取り付く島もなく断じられてしまった。真正面から言い切られ、あ、と思わず口をつぐむと、彼は皮肉げに口の端をつり上げる。

「これできみは自由だ。シエ家には僕からうまく伝えておく。何も気にすることはない」

大丈夫だから、と、オルテンシアスは続ける。やはり取り付く島がない。彼の中ではもう完結してしまっている結論らしい。

だが、取り付く島はなくても、そこにはまだ一本の藁《わら》があるような気がした。だってほら、彼の瞳に宿る光は、まだ確かにミュゲに対して未練を残してくれている。

気のせいなんかじゃない。気のせいであっても構うものか。ミュゲは確かに見つけたと思ったその藁を、なんとしてでもこの手で確《しか》と掴んでみせたかった。

だからこそ、震えそうになる声を叱咤《しった》して、口を開く。

「嫌です」

「……は？」

「嫌ですぅ。頼まれたって帰りません！　少なくとも春になるまでは、お世話になります！」

「はぁ!?」

何を言いだすのかと目を剥《む》くオルテンシアスの顔をにらみ付ける。まさかミュゲが断るとはちっとも思っていなかったらしい彼は、不意打ちを受けたように瞳を揺らした。そのまなざしを逃すものかと、ミュゲは懸命に言葉を重ねた。

「どうせ旦那様のことだから、『僕のそばは危険だ』だとか、『わざわざシエ家の命令に従う必要はない』だとか、そういうつまんないことを思ってらっしゃるんでしょ」

「つまらなくはないだろう⁉」

「つまんないですぅ！　旦那様はいつだってとても優しい方だってこと、私、知ってます。でも、これは優しいんじゃないです。ただの旦那様の自己満足ですよぉ」

「っ！」

自己満足、という一言に、オルテンシアスは口を引き結んだ。

ほら見ろ、わざわざミュゲが指摘するまでもなく自覚があったのではないか。

だったらもうミュゲは遠慮しない。言いたいことを言わせてもらうだけである。

「私、嫌々ここにいるんじゃありませんよ。旦那様も、町の皆さんも、とっても優しくって、毎日すごく楽しいんです。そりゃあ、たまには嫌なことだってありますし、不満がないわけじゃないですけど」

「……嫌なことも不満もあるんじゃないか」

「そんなのどこでだって、生きていれば当たり前じゃないですかぁ。七回転んでも八回立ち上がればいいだけの話ですし、死ぬこと以外はかすり傷ですよ、旦那様」

ね？　と笑みを深めてみせると、今度はオルテンシアスの顔が、先ほどのミュゲよりももっとずっとぐしゃぐしゃになる。

怒り、悲しみ、悔しさ、戸惑い――さまざまな感情がごちゃまぜになってそこにある。

はくはくと彼の薄い唇があえぐように動いて、そしてとうとうたまらなくなったように、その口から怒声がほとばしった。

「きみは、何も知らないだろう!!」


――――ゴォッ!!


「っあ……っ!」

しまった、と顔にでかでかと書いて、オルテンシアスがこれ以上ないほど青ざめた。彼の左手から噴き出した毒霧は、あっという間に寝室を満たしてしまう。

毒霧を身体にまとわりつかせながらも、彼のまなざしはミュゲへと向けられていた。その瞳に宿るのは、先ほどの表情からはてんで想像もつかないような、心からの心配と、それから、どこかすがるような、頼りない光だ。

――ずるい人ですねぇ。

そう思った。だからミュゲはためらうことなく、毒霧のことなんてまったく構わずに、いまだかつてない毒霧の中にいるオルテンシアスに飛びつくように抱き着いた。

「な、は、離れろ！　早く部屋から出ていけ!!」

「嫌ですったら嫌ですぅ！」

慌てて自分を引きはがそうとしてくるオルテンシアスに、負けじとミュゲは抱き着き続ける。

ここでオルテンシアスを一人に……独りに、なんて、させたくなかった。私は、ミュゲは、ここにいるんですよ。大丈夫なんですよ、旦那様。

祈りにも似た想《おも》いでぎゅうと両腕に力を込める。オルテンシアスの抵抗が、不意に力のないものになったのは、ミュゲの想いが伝わったからか。そうだったらいいのに。

おずおずと、まるで壊れ物に触れるように背に回された彼の手が嬉しくて、それはもしかしたら余計に彼を苦しませることになってしまっているのかもしれないとも思うと痛む心は確かにこの胸にあったけれど、それでも手放しがたくて。そばに、いたくて。

どうかこの想いが、願いが、オルテンシアスに届けばいいのに。そう祈らずにはいられない。

だからミュゲは、オルテンシアスがミュゲに触れてくる手を、びくりと震わせたことに対して、反応が遅れた。

「な……なん、だ、これは……？」

間近で聞こえてきたのは、驚愕《きょうがく》すらも大きく通り越してしまった、というのがふさわしいような、ただただ呆然とした声だった。

そのオルテンシアスの声に、ミュゲもまた、遅れて気付く。周りで起きている、あきらかな変化に。

「――――わあ！」

そしてミュゲは歓声をあげた。オルテンシアスはやはり呆然としたまま目を見開いている。

色だ。彩である。ありとあらゆる色彩が、ミュゲとオルテンシアスを中心にしてあふれていた。気付けば毒霧はすっかり消え失せていて、かわりに二人を囲むのは、ミュゲが咲かせた白い花……白かったはずの、花だ。

確かに真白かったはずの花弁が、どれもこれもすべて、さまざまな色彩に染まっていた。赤、青、黄、桃、緑、橙《だいだい》、紫――――いくら挙げ連ねてもたらない、数え切れないほどの多彩な色、そして香りで、寝室中がいっぱいになっている。

「い、いやそれよりもミュゲ！」

「えっ、は、はい？」

色の洪水に圧倒されながらも、オルテンシアスがガッと勢いよくミュゲの両肩を掴んできた。

反射的に姿勢を正せば、彼は鬼気迫る勢いでミュゲの顔を覗き込んでくる。

「あ、今、名前……」と指摘したくなったけれど、オルテンシアスの顔が間近にある状態ではどうにも言葉にできない。あまりの近さに気恥ずかしさが募り、らしくもなく顔が赤くなる。

だが、彼を遠ざけようにも肩を掴まれていてはこれまたそれも叶わなくて。

そしてオルテンシアスには、そんなミュゲの反応に気付く余裕はないようだった。

「身体は無事か⁉　先ほどの僕の《毒》は、解毒剤程度でどうにかなる範疇《はんちゅう》を超えていたはずだ！　意識ははっきりして……いるな、いやだが後から影響する場合も……」

「あ、えっと、大丈夫です！　本当に、本当ですよ、この通りぴんぴんしてます……って、あ」

「そ、うか。よか……っ⁉」

こんなにも元気です！　とばかりに両手で拳を握ってみせるミュゲに、オルテンシアスは安堵の息を吐く。だが、そんな彼の表情は、次の瞬間凍り付いた。ミュゲの足元で大人しくしていた魔物（仮）が、ベッドの上に飛び乗ってきたからだ。

「ッ、グレイゴーストの幼体か⁉　なぜここに……！」

ミュゲを庇うように自身の元に抱き寄せて、オルテンシアスは低くうなった。ますます近くなる距離に、ミュゲの胸が大きく跳ねる。

だがオルテンシアスの様子から察するに、そんな場合ではないのだろう。彼の厳しい顔と、なんとも愛らしい表情でベッドの上の花々に鼻先を寄せている魔物（仮）の姿を見比べて、ミュゲは首を傾げた。

「ぐれいごーすと？」

「僕が今日討伐に向かった魔物の総称だ！」

なるほど、だからこんなにもオルテンシアスは動揺しているわけだ。確かにこれ以上ないはずの自らの城と呼ぶべき寝室に、もっとも忌避《きひ》すべき存在が堂々と居座っていたら焦るに決まっている。

とはいえ、ミュゲにはどうしても、同じような反応は返せなかった。危機感がなさすぎると言われても、ここは反論させていただきたい。だってこの魔物（仮）は、最初から一貫して、なぜかとても大人しく、そして。

「あらぁ、でもですよ、旦那様。この子、とっても人懐《ひとなつ》っこくって……あ」


——ぱくり！


魔物（仮）もとい、グレイゴースト、という種の、その幼体と思われる魔物は、おもむろにベッドの上で咲き誇る鮮やかな花に食いついた。

ぱちくりと目を瞬かせるミュゲと、目を見開くオルテンシアスをおきざりに、ぱくぱくぱくり！　と、際限など知らぬとばかりに花々を食べていってしまう。見た目は猫科の肉食獣に近いはずだというのに、そんなことはお構いなしの様子だ。

さもおいしそうに食べるその姿はいっそ気持ちがよいほどで、思わずふふと笑みがこぼれる。

「かわいい……。ほら、こちらもいかが？　桃色に染まった百合ですよぉ」

オルテンシアスの腕から離れ、ちょうど手元にあったもともとは白かったはずの百合を差し出す。きゅるんと魔物の瞳が瞬き、硬直するばかりであったオルテンシアスがようやくハッと息を呑んだ。

「ミュゲ!?　何を言っててっ!?」

「はい、どうぞ。あらら、そんなに急がなくてもたくさんありますからねぇ」

だが今度はそんなオルテンシアスだけをおきざりにして、ミュゲが差し出す花々を、魔物は次から次へと食べ続ける。

そうして、やがて腹が満ちたのか、そのふかふかのお腹《なか》を天井に見せて、ごろごろとベッドの上で喉を鳴らし始めた。敵意を感じないどころか好意しか見当たらず、「まんぞく……」という幸福な吐息が聞こえてきそうな勢いである。

「ふふふ、ミュゲさんの花は魔物さんにもご好評なようで。ああでも、旦那様の分がなくなってしまいましたねぇ……。だったらここはお任せを！」

左手を高く掲げるミュゲに、ぎょっとオルテンシアスが目を見開くが、お構いなしにミュゲは笑みを深めた。

「さあご覧《らん》あれ！　《花よ》！」

「馬鹿やめろ！　うわっ!?」

ミュゲの言葉に応えて、締め切られた寝室に、真白い花の雨が降る。ミュゲが花々の中でももっとも愛する、真っ白な花々だ。

同時に、現在進行形で動揺しすぎているあまりか、オルテンシアスの左手から毒霧がぶわりと噴き出す。その薄暗い毒霧は、そのまま部屋に広がり、降り続ける花々を蹂躙《じゅうりん》しようとする。

サッとオルテンシアスの顔色が、怪我のせいではない理由で青ざめた。彼はきっと、今度こそミュゲを毒で冒してしまうと思ったのだろう。

……だが、彼が危惧《きぐ》した状況にはならなかった。

――白い花と薄暗い毒霧。

それらは、触れ合うと同時に、まるで溶け合うように一つになり、白かったはずの花は色とりどりの花に変化していくからだ。

あらゆる色を宿した花々が、オルテンシアスの上に降り注ぐ。かぐわしい香りに包まれながら、彼の薄い唇が、呆然としながらわなないた。

「な、ぜ」

「はい？」

「なぜ、枯れないんだ」

「え」

「枯れるどころか、色が変わるなど……」

信じられない、と、ほとんど音にならない声音でオルテンシアスは呟いた。あら、とミュゲは唇を尖《とが》らせる。

「色が変わるのは確かに不思議ですけれど、枯れるだなんてそんなぁ。私の《花》はそんなにやわじゃございませんよぉ」

ただでさえ、ミュゲが生み出す花は、日持ちがすると評判だ。今この場で咲いたばかりなのだから、まさかここですぐに枯れるはずがない。

ねぇ？　と今もなお本人が見せ付けてくる魔物のふかふかのお腹を撫でながら小首を傾げると、オルテンシアスは「違う」と鮮やかに咲き誇る花々を見下ろした。

「僕の《毒》を前に、枯れなかった花なんて存在しない。何もかも、無残《むざん》な姿で散るばかりだったんだ。それ、なのに」

それ以上はもう言葉にできなかったらしく、ただ顔を覆うオルテンシアスに、ミュゲは「んー」としばし悩んだ後、両手で椀を作り、また「《花よ》」と呟いた。

瞬きののちに現れたのは、白のアジサイ。ばらばらになったそれらが、わさっと山盛りになってミュゲの両手にいっぱいになる。

そのアジサイを、ミュゲはオルテンシアスの乳白色の髪の上に、雪を降らせるようにはらはらと落とす。息を呑むほどに真っ白で、けれど決して冷たくはない、優しい雪だ。

オルテンシアスが、顔を覆っていた手を落とした。その手が、自身の髪に積もり、まるで最初からそうあるべきであったかのように見事に飾り立てている一輪を、そっと持ち上げる。

無言でただそれを見つめ続ける彼に、ミュゲは心からの感嘆を込めて、うっとりと笑った。

「とってもお似合いですよ。旦那様はやっぱり、とびきりの美人さんですねぇ」

「……いい歳をした男が、花が似合うと言われてもな」

「あっそれ偏見ですよ！　老若男女《ろうにゃくなんにょ》どんな方でも、ちゃーんとその方にぴったりの、お似合いの花があるんですからね！」

「……そう、かもしれないな」

「かもしれないじゃなくてそうなんですぅ！」

もう！　と肩を怒《いか》らせるミュゲに、オルテンシアスは小さく笑った。


——……あ。


ひゅ、と、思わず息を呑んだ。

だって、彼の笑顔が、あまりにも綺麗だったから。

まるで固く閉じていたつぼみがほころび、初めてその美しい花弁を世界に知らしめるような、ほんの一瞬の、けれど圧倒的に美しい笑顔だったから。

だから、彼の頬を一筋の涙が伝っていったことを、ミュゲは指摘することができないまま、ただ見惚《みほ》れることしかできなかったのだ。

第３章　雪は残れど

オルテンシアスが魔物の討伐より負傷して屋敷に帰還した夜以来、ミュゲは自ら彼の世話役《せわやく》を買って出た。もちろんオルテンシアスには、それはもうかた〜〜〜く固辞《こじ》されたが、これだけは譲れなかった。

——私、使用人ですから！

——そのお怪我《けが》じゃ、お食事だって作れないし、包帯の取り換えにも困られるでしょう？

——大丈夫ですよぉ、私、ちゃんとできますから。

などとさんざん言い連ね、ごねにごねた。ここで退《ひ》いてなるものかという強い意志のもと、オルテンシアスがベッドの上から動けないのをいいことに、ずいずいと迫った。

——そういう問題じゃない！

——だから《毒》が……！

対するオルテンシアスはというと、彼は彼でこんな具合《ぐあい》にこれまたごねにごねてくれた。

だが、ミュゲが「こんなことを言いたくないんですけど、私、この子と二人で出かけちゃいますよぉ?」と、例の夜から、すっかり屋敷に居ついてしまった、グレイゴーストの幼体を抱き上げて笑顔で脅し……ではなく、涙ながらに懇願《こんがん》したところ、「それだけはやめろ!」とオルテンシアスはとうとう悲鳴、ではなく音を上げた。

というわけで、ミュゲは晴れて彼の世話役を拝命《はいめい》したのである。

「だから、自分でできると言っているだろう! 何度言わせるんだきみは!?」

「旦那様、はい、あーん」

「旦那様こそ、いい加減諦めてくださいよぉ」

さ、どうぞ。そう続けて笑いかけると、オルテンシアスは口に苦虫をこれでもかと詰め込まれたかのような顔をした。それでも彼の美貌には陰りがなく、これはこれで魅力的だと素直に思えるのだから美形とはすごい。

もはや何度目かも解《わか》らなくなったこのやりとり。オルテンシアスの場合、もうこうなると、諦めが悪いと言うよりも往生際が悪いと言うべきだろう。

本日の昼食は消化のいいミルク粥《がゆ》だ。彩りにミュゲが咲かせたキンセンカの花びらを散らしたそれをスプーンですくって差し出し、「どうぞ」とにっこり笑顔で駄目押しする。

オルテンシアスは非常に遺憾《いかん》そうな表情でのろのろと口を開いた。これも最近はいつものやりとりである。

——だいぶお元気になられたけど、油断は禁物ですよねぇ。

ベッドの上で上半身を起こして、ミュゲの手を借りて食事を続ける姿に、うん、と改めて一つ頷《うなず》く。夜着から覗《のぞ》く彼の肌にはいまだあちこち包帯が巻かれている。当初よりは随分と減ったけれど、依然として彼は怪我人だ。

——本当は、お医者様にちゃんと診てもらいたいんですけども……。

ミュゲの素人《しろうと》見立ての手当てよりも、きちんとした医師の手当てを受けるべきだと言っているのに、「《毒》を暴走させて、無関係の人間を巻き込んだらどうする」とオルテンシアスは絶対に譲らなかった。

彼の言うことはきっとごもっともなことだ。自らを顧《かえり》みずに他者を気にかけるその姿は、とてもご立派なもので、やはりオルテンシアスはとても優しいのだと思う。それは彼の尊ぶべき美点だろう。けれど。

——優し『すぎる』のは、問題だと思いますよぉ。

だから、これくらいの〝お世話〟は甘んじて受けてもらうべきだ。ねぇ？　という気持ちを込めて、視線をちらりと床に落とす。

「あらら、ニィナちゃん、ご飯のおかわりをご所望ですか？」

ミュゲが腰かけているベッドに横づけされている椅子《いす》、その隣。そこで、すっかり屋敷に居ついてしまったグレイゴーストの幼体が、そのまんまるな瞳をきらきらと輝かせながら、じぃとこちらのことを見上げていた。

ミュゲがニィナと名付けた魔物の前にあるのは、綺麗《きれい》に空っぽになった皿だ。つい先ほどまではミュゲの言う『ご飯』が山盛りになっていたはずなのだが、早くもぺろりとたいらげてしまったらしい。しかもこの様子、まだまだ足りない、もっともっとと言いたげである。

あらあらとミュゲは破顔《はがん》し、オルテンシアスは渋面になった。

「旦那様、お願いしてもよろしいですか？」

「……ここで僕が渋って、襲われたらたまったものではないからな。いいか、決してこいつのことを認めたわけじゃないんだぞ」

ミュゲの問いかけに、やはり渋面のまま、オルテンシアスは溜息《ためいき》を吐いた。彼の言うことは実にごもっともな理由なのだが、ミュゲにはどうにもこうにも言い訳のように聞こえてならないのは気のせいだろうか。

――素直じゃないですよねぇ。

本当に拒絶するつもりなら、たとえ自身の今の状態が満身創痍《まんしんそうい》であったとしても、オルテンシアスは断固としてミュゲの『お願い』を撥《は》ねつけるに違いない。けれどそうしないのは、彼が少しずつニィナのことを自身の世界に受け入れつつあるからなのではないだろうか。

ミュゲに危機感がなさすぎるのだとオルテンシアスは言うに違いないから、ミュゲはこの件については深く突っ込まないようにして、彼の優しさ、本人に言わせれば『甘さ』というべき彼のやわらかな心に甘えて、さっそくいつもの言葉を口にする。

「《花よ》」

短く呟《つぶや》いたその言葉に応えて、ミュゲの腕の中にさまざまな花々が大量に現れる。季節も種類も問わない花々だが、共通しているのは、それらがすべて真白い花弁《かべん》のものであるということだ。ふわりと広がるかぐわしい香りに、ニィナが「なぁお！」と期待に満ちた声をあげる。そのやはり愛らしいとしか言えない姿に笑ってから、ミュゲは腕の中の白花をオルテンシアスに向けた。

「旦那様、お願いします」

「…………《毒よ》」

いかにも渋々といった様子で、オルテンシアスが左手を白花にかざして呟いた。その左手から薄暗い毒霧があふれるが、それは決してミュゲやニィナを害することはない。

毒霧はそのまま、まるで溶けるように白花に吸い込まれていく。同時に白花は、その白を、さまざまなあらゆる色彩へと変化させていく。そうしてできあがったのは、本来それらが持たざるはずの、あまりにも美しい、色とりどりの花弁の花々だ。

毎度のことながらお見事だなぁと思いつつ、ミュゲはそれをニィナの前に置かれた皿によそう。「なぁお」とさも満足げに鳴いたニィナは、さっそくその色彩豊かな花々に食い付いた。まさに一心不乱とでも言うべき、胸がすくような、気持ちのいい食べっぷりだ。

「ふふ、おいしいでしょう？　私と旦那様の合作ですもんね、おいしいに決まってますよ

ねぇ？」

にこにこと笑み崩れながら、手を伸ばしてニィナの頭を撫《な》でていると、ふと視線を感じた。言うまでもなくオルテンシアスだ。彼は大層もの言いたげな様子で、複雑そうにミュゲとニィナ、そしてニィナが食べている花を見比べている。

「……やはりいい加減、その魔物をどうにか………」

「どうにかって、私にですかぁ？　無理ですよぉ。討伐しようにも私は花しか出せませんし、屋敷を追い出したとしてもそのまま町に行っちゃったら事件ですし、北方の荒野の群れに戻そうにも私じゃ連れていけませんし。だったらもうこの屋敷に囲っておくのが一番だと思いますよぉ。幸いなことに、ご飯にも困りませんしね！」

「………僕の《毒》に染まった、君の花が餌とは、とんだ悪食《あくじき》だ」

「美食家なんですよぉ。いやぁ、びっくりですよねぇ」

うんうん、と頷くと、オルテンシアスは再び深々と溜息を吐いた。つまりはそういうことである。

現状として屋敷に閉じ込めておくより他はない魔物、もといニィナだが、そのニィナの好む食事が、なんとミュゲの花……それも、もともと白い花弁であったそれを、オルテンシアスの毒霧により色を鮮やかに変化させたものだったのだ。

初日でオルテンシアスの寝室の例の花々を食べ尽くした姿に、もしかして、と、ミュゲがオルテンシアスに頼み込んで白花を《毒》で染めてもらって試してみたところ、これが大当たりだったというわけである。それ以来、ニィナの食事はその花となり、となると当然ミュゲとオルテンシアスは毎日毎食、それぞれの魔術を行使することとなった。

当初は今以上に自身の《毒》の魔術を使うことを避けようとしていたオルテンシアスだったが、ミュゲの《花》だけではニィナはご機嫌になりこそすれ、食べるまでには至らないと知れると、「…………………………仕方ない」と、それはそれは重々しく苦渋《くじゅう》の決断を下してくれた。

さすがのミュゲもその姿に心が痛まないわけではなかった。いくらなんでも怪我人にさらに心労をかけるのはどうかと悩んだ。けれど、オルテンシアスの、ニィナが彼の《毒》に染まった美しい花々を食べる姿を見つめる目が、思いのほか穏やかなものだったから、ミュゲは「なるようになれ、ってことで！」と今日もまた彼に《毒》の魔術の行使を頼むのだ。

「旦那様の《毒》を、私の《花》が吸い取ってるんですかねぇ？　しかも白い花限定？　うーん、不思議なこともあるものですねぇ」

「そんな都合のいいことがそうそうあるものか」

「いやでも、理由は解らないにしろ、そうとしか考えられないじゃないですかぁ。ご意見あるならばぜひどうぞ？」

「…………」

ミュゲが小首を傾《かし》げてみせると、オルテンシアスはまたまた苦虫を噛《か》み潰《つぶ》したような顔になった。ほら見ろ、自分だって「もしかしなくてもその通りなのではないか」と思っているくせに。

相変わらずニィナはご機嫌に花を食べている。元は気性が荒いのだというグレイゴーストだが、その様子からはちっともそんな姿は想像できない。これには当初、オルテンシアスも心底驚いていたようだった。なんなら今もなお信じがたいものがあるらしく、彼のニィナを見るまなざしには、穏やかながらもやはりほのかな驚愕《きょうがく》が残っている。

「――――僕の《毒》が、討伐以外に役立つとはな」

自嘲《じちょう》をはらんだ複雑そうな声音に、ミュゲはむっと眉をひそめた。「ヤな言い方ですねぇ」と思わず呟いて、すぐに、あ、と口を押さえる。

しまった、嫌味なんて言うつもりはなかったのに。そう後悔しても遅い。

怒らせてしまっただろうか、と、恐々とオルテンシアスを改めて見つめたミュゲは、そこにあったまなざしにぱちりと瞬《まただ》きをする。だってこちらを見つめてくるオルテンシアスの金糸雀《カナリア》色の瞳は、驚くほど凪《な》いでいたからだ。

「だが、事実だ」

当てこすりではなく、心からそう思っているに違いない声音だった。

短い台詞《せりふ》だったが、そこにはミュゲが思っていた以上に重く、なんとも苦しく、そしてどこかさびしげな響きが宿っていた。だからこそ言葉が見つからなくなってしまいそうになったけれど、でもそのままにはしておけなくて、つい問いかけてしまった。

「……旦那様の《毒》は、そんなにも恐ろしいものですか？」

聞いてはいけない質問であったかもしれない。けれど、一度口にしてしまったらその言葉はもう取り返すことはできないし、きっとこれこそがずっと自分が抱いてきた疑問だったのだと遅れて理解したから、撤回しようとは思えなかった。

ミュゲの知る限り、オルテンシアスは自身の《毒》の魔術を厭《いと》っていたし、気を抜けば感情に左右され暴走させてしまうからこそ、彼はヒューエルガルダ領に討伐伯として赴任することになったと聞いている。本来であれば、シエ家の次期当主として、王都エスミラールで何不自由ない暮らしをしていただろうに。そう、すべて、《毒》の魔術のせいで。

――――でも。

それでも、と、ミュゲは思わずにはいられないのだ。

「旦那様が《毒》を制御できなくたって、私みたいに周りの人が解毒剤《げどくざい》をちゃんと飲んでいればすむ話じゃないですか。たったお一人で暮らされなくたって、ましてや魔物の討伐にまでお一人でなんて……」

そう、確かに時折オルテンシアスは《毒》を暴走させることがある。けれど、その場に立ち会ったミュゲは無事だ。解毒剤を常用しているからこそだとは解っているが、逆を言えば、解毒剤があれば、彼の《毒》を恐れなくてもよくなるはずではないか。

そんなミュゲの言い分は、オルテンシアスにとっては今更のものであったらしい。彼は長く濃い睫毛《まつげ》に縁どられた金糸雀色の瞳を伏せて、小さく溜息を吐いた。

「そう簡単な話ではないんだ」

「じゃあどういう話ですか？」

「きみは本当に遠慮がないな」

「それが取り柄《とりえ》です」

「……きみと話していると、僕が悩んでいるのが馬鹿馬鹿しくなる時がある」

「あらぁ、光栄ですぅ」

「褒めてない」

「そうですかぁ？」

「だからそうだと言って……ああもう、本当にきみは……」

またオルテンシアスは溜息を吐いた。先ほどよりももっと大きく深い、諦めがにじむ吐息だった。

「――《毒》の魔術は、《薬》の魔術を細分化した中でも下等なものだとされるのは知っているな？」

「はい」

オルテンシアスがまっすぐにこちらを見つめてきたから、自然と姿勢が正される。

きっと、彼は、とても大切な、彼にとって重要極まりない話をしようとしてくれているのだ。

その瞳に宿る光の真摯《しんし》さを前にしたら、下手《へた》な冗談なんて言えるわけがない。

つい神妙《しんみょう》な表情になると、そんなミュゲの珍しい表情が面白かったのか、彼は小さく笑った。

失礼な、と思ったけれど、今は沈黙が金。ミュゲは大人《おとな》しくオルテンシアスの言葉の続きを待つ。

一瞬、惑うように金糸雀色の瞳は揺れたけれど、ミュゲが真剣に耳を傾けていることはオルテンシアスにも伝わっているらしく、彼も怜悧《れいり》な美貌を引き締めて、再び口を開いた。

「その言葉の通りの、『下等魔術』ならばよかったのかもしれない。《薬》の魔術で対応できるような……いいや、魔術に頼らずとも、市販の薬でも解毒できるような、弱い《毒》だったなら、きっと僕の状況は今とは違っていたんだろう。よくなるか、悪くなるかは……まあ、どうだろうな」

くつり、と喉を鳴らして、オルテンシアスは自らの左手をそっと持ち上げた。シエ家の紋章が刻まれたその手袋の下の手のひらには、彼の《毒》を示す《御印《みしるし》》が存在しているのだろう。

ついじぃとその左手を見つめるミュゲの視線をあえて無視して、彼は一言続けた。

「だが、違った」

凪いだ水面に、小石を投げ落とすように。そのかすかな、けれど確かな声は、この寝室に静かに広がっていった。

「僕の《毒》は、市販薬どころか、並大抵の《薬》の魔術では解毒できないものだ。自分で言うのもなんだが、効果が強力すぎるんだろう。そんな《毒》を制御しきれない僕が、王都にいられるはずがない。ましてや、シエ家の当主になるなんてもってのほかだ。だから僕は、成人と同時に、討伐伯としてこのヒューエルガルダに赴任した」

改めて本人の口から語られた彼の現状に、ぎゅっと胸が詰まった。

最低限の言葉でしか語ってくれないけれど、成人する前の彼の王都での暮らしは、シエ家に半年間世話になったミュゲには、たやすく想像できた。きっと、ではなく確実に、孤独な日々であったに違いない。

気付けば膝の上で両手を握り締めていた。オルテンシアスは当たり前のように語ってくれたが、そんな悲しいことを『当たり前』だなんて思ってほしくなかった。それに。

「でもですよ、旦那様。旦那様の《毒》がいくら強力でも、私、ぜんぜん平気なんですけど。頂戴《ちょうだい》した解毒剤の効果ですよね？　ってことは、ちゃんとシエ家には、旦那様の《毒》を制御するすべがあるんじゃないですか？」

そうだとも。ミュゲは王都から持ってきた解毒剤を現在進行形で服用しており、幾度となくオルテンシアスの《毒》を撥ねのけている。シエ家にはちゃんと、オルテンシアスの《毒》に対抗するすべが存在しているのだ。

それなのに追い出すなんて、とミュゲが込み上げてくるムカムカした何かを扱いあぐねていると、オルテンシアスは「それなんだが」と頷いた。

「僕もその件については驚いている。大方、僕が去った後で、シエ家の《薬》の魔術師の誰かが、魔術と薬草を合成でもして作ったのか……。魔術こそが至高であり、薬草に頼るなど凡才のすることだと考えている彼らが、それを許したとはあまり思えないがな。それよりもむしろ、よほど〝優秀〟な《薬》の魔術師そのものを、改めて産ませ……いいや、作り上げたと考える方がいいかもしれない。その魔術師の手によるものである可能性が高いだろう。ご苦労なものだ」

皮肉と侮蔑《ぶべつ》がにじむ声音だ。オルテンシアスにここまで言わせるとは、やっぱりつくづくシエ家はなっかなかになっかなかな一族なんですねぇ、と、ミュゲは神妙な顔の裏で、シエ家での暮らしを思い返してうんうんと頷く。

オルテンシアスの瞳が、遠い過去を見つめるように、すぅっとすがめられたのは、その時だった。

「僕の《毒》を解毒できるのは、姉の《薬》だけだった」

「……お姉様？」

性だった」

「ああ。美しく、聡明《そうめい》で、誰よりも優秀な《薬》の魔術師として、〝神童〟とまで謳《うた》われた女性だった」

心からの賞賛と、憧憬《どうけい》と、寂寥《せきりょう》と、わずかな積怨《せきえん》。さまざまな感情が入り混じる複雑そうな声で、オルテンシアスは『姉』について話しだした。

「本当に、非の打ちどころのないほど優秀な人でね。彼女がいてくれたからこそ、僕は今以上に《毒》が制御できなかった幼少期も、王都の屋敷で暮らすことを許されていた。かわいがられた覚えはないし、もともと彼女は心優しい人間でもなかったのだろうと今なら解るが……だが、それでも、不出来な弟を気にかけてくれるだけの情がある人だった。《薬》の魔術師になれなかった、毒をまき散らすことしかできない僕にとってのシエ家での唯一の〝味方〟が、あの人だったんだ」

まるで他人事《ひとごと》のような口ぶりだ。ミュゲはただ聞き入ることしかできないでいる。

オルテンシアスはきっと、姉である女性のことを、心から慕っていたのだろう。だからこそこんな風に、自分の感情を押し殺して、〝他人事〟として受け止めることで、自分を守り続けてきたのだ。

そう、そんな女性がいたのならば、王都を追われる羽目になんて陥《おちい》らなかったはずだろう。それなのになぜ、とミュゲが抱いた疑問は、すぐに氷解《ひょうかい》することとなる。

「姉がいる限りは僕の《毒》は管理できると父は……シエ家当主は思っていたようだ。だが、姉が失踪《しっそう》したことで、話は変わった」

――……えっ、失踪？

思ってもみなかった言葉に目を見開くミュゲに、オルテンシアスは苦笑する。

「そう、文字通りの失踪だ。姉は自分が成人するのを待たずに、シエ家から突然出奔《しゅっぽん》した。シエ家の血筋の女性の中でも特に注目株で、だからこそ一挙一動が監視下に置かれていたというのに、気付いた時にはどこにも彼女はいなくなっていた。父は一族総出で姉を探したが、一向にその足取りは掴《つか》めなかったそうだ」

さすがだろう、と、いっそ誇らしげにすら聞こえる声音で彼は続けるけれど、ミュゲはそれが彼の精一杯の強がりだと気付いてしまった。

だって、彼の《毒》を唯一解毒できる存在がいなくなってしまったということは、シエ家に残されたオルテンシアスは、今度こそ本当にひとりぼっちになってしまったということなのだから。

「そ、れで、どうなったんですか？」

自分の握り締めた拳が、震えているのが解った。けれどオルテンシアスには伝わらず、彼は静かに笑みを深める。すべてを諦めざるを得なかった者の笑い方だった。

「うん？　ああ、想像の通り、知っての通りだ。僕は晴れて毒をまき散らす問題児として、成人と同時に討伐伯としてこの地に赴任することになったと、そういうことだ」

「そんな……っ！」

ひどい、と、声にできないまま唇が震えた。オルテンシアスは不思議なものを見るような目になって、こちらを見つめてくる。ミュゲの反応がどうにも理解できないと言いたげだ。

ああ、そうだ、彼はどうしてミュゲがこんなにも悲しくなっているのか、理解していない。できないのだ。彼の今までの環境が、彼にそうさせてしまったのだろう。

「誰にも期待できず、誰からも期待されない。それが僕の人生だ。今までもこれからも、ずっと……」

「――――馬鹿!!」

「は？」

気付けばミュゲは怒鳴っていた。オルテンシアスは何を言われたのか理解できなかったようで瞳を瞬かせており、足元ではニィナが「うるさい」と言いたげにじぃと見上げてくる。

それらを構うことなく、ミュゲは椅子からガタン！　と立ち上がり、ベッドの上のオルテンシアスに迫る。ぎょっと身を引く彼に、さらにそれ以上の距離を詰めて、ミュゲは声を荒げた。

「旦那様は私のことを馬鹿だと仰《おっしゃ》いますけど！　旦那様だって大概《たいがい》の相当の大馬鹿者です！」

「……なぜ、僕が馬鹿だと？」

返答によってはこちらにも考えがあるぞ、と言いたげにオルテンシアスは低く問いかけてくるが、ちっとも怖くない。それよりも、腹の奥底からたぎる怒りが、ミュゲのことを突き動かしていた。

「だってあんまりにも見る目がないじゃありませんか！　旦那様も、シエ家の皆さんも！」

そう、オルテンシアスも、シエ家も、オルテンシアスのことを軽んじすぎている。何も解っていない。

彼の美点は、《毒》などには冒されない、もっと尊いところにあるのに、どうして気付いていないのだろう？　まだ少ししか一緒にいないミュゲだって気付けたのに、どうして肝心の本人が気付けていないのか、つくづく不思議にならざるを得ない。

「旦那様はね、ご自分が思っていらっしゃる以上にとっても優しいんですよ。お姉様のことを責めればいいのにそれもなさらず、シエ家の皆さんのことも恨まずに、ただご自分の中で完結されているそのお姿、は～～～～、なるほど、ご立派なものですとも！　でも、でもですよ！」

ぼふっと拳をベッドに叩《たた》きつけ、ミュゲはオルテンシアスをにらみ付けた。

その勢いがあまりにもすさまじいせいか、オルテンシアスがびくりと肩を揺らしたが、構わずにさらに声を張りあげる。

「旦那様は、もっと怒っていいんです！　赦《ゆる》さなくていいんですってば！」

「……！」

金糸雀色の瞳が大きく瞠《みは》られる。ミュゲの台詞の内容は、彼にとって思ってもみなかったものらしい。

ほら、優しい。優しすぎる。だからミュゲは彼を放っておけない。

そして、それは、ミュゲばかりではなく。

「ご存じですか、このヒューエルガルダ領の皆さんも、旦那様のことを慕《した》っていらっしゃるんですよ!? 魔物の脅威《きょうい》に怯《おび》えなくてよくなったのは、旦那様のおかげだって！ そりゃやっぱり《毒》は怖いけど、でもでも、だからって旦那様を慕う気持ちに嘘《うそ》はないって！」

そうだとも。王都から来たよそ者のミュゲが、町で花売りとして成功できた一番の理由は、ミュゲがオルテンシアスの屋敷で世話になっているからだ。オルテンシアスが地道に討伐伯として、この地を守り続け、領民からの信頼を勝ち得てきたからこそだ。でなければ、閉鎖的な北方の辺境で商売などできたはずがない。

オルテンシアスはいまいち信じていないようだけれど、ミュゲはちゃんと証拠だって持ち合わせている。

「ほら！　食後のデザートの林檎《りんご》だって、旦那様の状況を知った皆さんがわざわざ届けてくださったんですよ。もちろんこれだけじゃありませんからね。昨日、お身体《からだ》を拭く時にお湯に浮かべた柚子《ゆず》だって差し入れですし、あとはこれはもう少し回復なさってからお渡ししようと思ってたんですけど、お見舞いのお手紙だってたくさん届いているんですよ！」

「そんな馬鹿なことが……」

「馬鹿じゃないですぅ！　だから馬鹿なのは旦那様ですよ！」

まだ言うかこの旦那様は。

真面目《まじめ》で頑固《がんこ》なところも彼の美点として数えられるのだろうけれど、そのせいで頭がガッチガチになっているのは本当にいただけない。

本当にただオルテンシアスが〝《毒》をまき散らす問題児〟の討伐伯としか見られていないならば、お見舞いの品々なんて届けられなかっただろうし、そもそも普段の食料や書状のやりとりだって、もっとわびしいものになっていたに違いないのに。

「旦那様は、ぜんぜんそういうことに気付いていらっしゃらないみたいですけども!!　びっくりするくらいに、ちゃーんと、旦那様は認められていらっしゃるし、慕われていらっしゃるし、心配されていらっしゃるんですよ！　ご理解いただけましたら、旦那様はこれからはもう少し周りをごらんになるべきです!!」

酸欠《さんけつ》になりそうな勢いで怒鳴りつけたせいで、ミュゲはぜーはーと肩で息をする羽目になった。それもこれもどれも何もかも、鈍すぎるオルテンシアスが悪いのだ。

もう！　となかば八つ当たりだと解っていながらも再び彼をにらみ付ける。そしてミュゲは、後悔した。

「まさかきみに、説教されるとはな」

オルテンシアスは、笑っていた。自嘲でも皮肉でもない、心からの、くすぐったげなその笑顔。

とても綺麗な、憑《つ》き物《もの》が落ちたかのような、すっきりとした笑顔に、図らずも見惚《みほ》れてしまったミュゲは、心臓が大きく跳ねるのを感じた。

――ずるい！

このタイミングでそんな顔をされてしまったら、もう何も言えなくなってしまうではないか。なんてずるい人なのだろう。どうしようもなく熱が集まってくる顔を見られたくなくて、ミュゲは椅子に座り直して、ベッドに突っ伏した。

「うううううう……」

「お、おい……、みゅ、ミュゲ？」

「だいじょうぶですぅ……ただ悔しいだけなんで……」

先ほどまでの勢いをどこへ放り投げたのかと聞きたくなるような姿で、突っ伏したままうなるミュゲに、オルテンシアスが困惑したように呼び掛けてくる。この期に及んでもなお、名前を呼んでもらえて嬉《うれ》しいなどと思ってしまう自分がやはり悔しくて、ミュゲはしばらく顔が上げられなかった。

「なぁお」とミュゲの足にすり寄り、さらなる花のおかわりを要求してくるニィナのふかふかのぬくもりすらも、今のミュゲには何のなぐさめにもならなかったのである。

＊＊＊

やがて、オルテンシアスは無事に回復した。それはつまりミュゲの〝世話役〟としての役目の終了を意味する。

大変申し訳ないことに少しだけ残念に思ってしまったミュゲだが、それをいつまでも残念だと悔やむことにはならなかった。

なぜならば、回復してからのオルテンシアスは、ミュゲと食事をともにするようになったからだ。

——どういう心境《しんきょう》のご変化ですか!?

——…………嫌なら、別に僕は……。

——っ嫌じゃないです！　うっ、うれ、嬉し、すごく嬉しいです！

そんなやりとりがあったのだが、何はともあれ、オルテンシアスは当たり前のようにミュゲと同じテーブルにつき、ミュゲが作る食事を、ミュゲと一緒に食べるようになったのである。

ミュゲの用意する食事は、いつだって花に満ちている。

たとえば朝食。焼きたてのパンに添えられているのは、キンモクセイのジャム。付け合わせのソーセージには塩漬けの桜が添えられ、サラダには野菜の上にポリジやベコニア、カーネーションが飾られる。

たとえば昼食。討伐伯は魔物の討伐ばかりではなく、民間で行われる自衛策や、討伐した魔物にまつわる資料のまとめなどの事務仕事も求められる。そのため、大抵昼は軽くすませたがるオルテンシアスのために、ミュゲはこんがりと焼き上げた鶏肉《とりにく》に、香辛料に似た風味のナスタチウムをしのばせたサンドイッチを用意した。

午後の休憩の際のお茶にはほっと一息吐《つ》けるようにとカモミールティーを。そのお茶請けにはスミレの砂糖漬け。

そしてある日の夕食には、白身魚のソテーにライラックを散らし、付け合わせは香り立つジャスミンが飾られたサラダ、だけでは成人男性のオルテンシアスには物足りないであろうから、菜の花の揚げ物と、デザートには薔薇《バラ》の花弁が閉じ込められたゼリーを。

あまりの花尽くしに当初はオルテンシアスも戸惑いをあらわにしていた。だが、その味が確かなものであると解るとすぐに慣れたらしく、文句一つ言わないどころか、いつも食後にきちんと「おいしかった」と伝えてくれるようになった。

たった一言であったとしても、ミュゲはどうしようもなく嬉しくて仕方がなかった。そう、何もかもが嬉しかったのだ。

自分が作った食事を食べてくれることも、一緒のテーブルに着いてくれることも、わざわざちゃんと感想も言ってくれることも。

だってそれは、ミュゲが今までどれだけ願っても、決して手に入らなかったものだからだ。

「母さんと最後に食事して、以来かも」

夕食の下準備をしながら、ぽつりと呟いてみて、うん、と頷く。やはりそうだ。母を亡くした十三歳の時以来、誰かと一緒に食事をしたことなんて一度もなかった。王都で花売りとして商いをしていた時は、お恥ずかしながら誘われたとしても外食する余裕なんてなかったし、シエ家に引き取られてからは誰かと一緒に以前の問題で、ろくに食べさせてもらえなかったものだ。

だからこそ、食事について、深いこだわりを持ったり、執着《しゅうちゃく》したりするのを、意図的に避けてきた自覚はある。でも、今となってはそれは本当に遠い過去の話のようだと思う。

今のミュゲは食事がいつも楽しみだ。用意するのも、食べるのも。だってそれはミュゲだけが存在するひとりぼっちの食卓の話ではなくて、オルテンシアスという、同じものを分かち合ってくれる存在がいるからだ。

ふふふふ、と思わず笑みをこぼすと、足元で丸くなっていたニィナが首をもたげる。「どうしたの？」と言いたげなまなざしに、ミュゲはいったんナイフを置いて、ちょこんとその場にしゃがみ込み、ふんわりとしたニィナの頭を撫でた。

「ニィナちゃんもいてくれるってこと、忘れてませんからねぇ」

そう、オルテンシアスが回復し、自由に動けるようになってもなお、いまだにニィナは屋敷に居座っている。屋敷の主人であり討伐伯であるオルテンシアスは渋い顔をして、「こいつの仲間達を刺激することにもなりかねないから、討伐はしないが……そう、しないんだが、だからこそ群れに帰すべきだ」と言い張っていたのがつい先日の話だ。

だがしかし、そのニィナ自身が、ミュゲの後を常について回り、「この屋敷こそ我が城である」という様子なものだから、それこそ下手に『刺激する』こともできず、オルテンシアスは頭を抱えていた。

なお、ニィナの食事は依然として、ミュゲが生み出し、オルテンシアスが毒霧で染めた、二人の合作とも言える、白から鮮やかな色に染まった花々である。今朝は、朝食に用意した青いチューリップが特にお気に召したらしく、何度もせがまれて、ミュゲはにこにこ笑い、オルテンシアスは最終的に遠い目になっていた。

「そういえば、旦那様、最近《毒》を暴走させていらっしゃらないなぁ」

オルテンシアスと食事をともにするようになってからというもの、それ以外の時間も不思議とともにすごすことが増えた。

その中で、彼にとってはとんでもないとしか思えないらしいミュゲの行動を叱るために声を荒げることはあれど、以前のように制御できない《毒》で部屋をいっぱいにする、なんてことはなくなった。むしろ、ミュゲの花だけを限定的に染めるための毒霧を操るなど、その制御の腕前は大きく向上しているように思える。

だとしたらそれは、とてもいい傾向なのではなかろうか。オルテンシアスがこのまま完璧に《毒》を御すことができるようになれば、きっと……と、そこまで思ったところで、リリンッと、壁に取り付けられている、玄関と繋《つな》がる呼び鈴が音を立てた。オルテンシアスのみが暮らしていた頃は存在しなかったそのからくりは、ミュゲが自ら「使用人としてお客様をお迎えしなくてはいけませんから！」と彼を説き伏せて設置してもらったものである。

とはいえ、その呼び鈴が鳴るのは、週に一度食料を持ってきてくれる配達人がやってくる時と、ヒューエルガルダ領の領主からの書状が届けられる時くらいなものだ。そう、そのはず、だったのだが。

「あらぁ？」

食料は昨日届けられたばかりだ。ならば領主からの書状である可能性しかないのだが、今日はオルテンシアス本人が、自らもろもろの報告のために領主邸に足を運んでいる。

だからこそ、領主から何かしらわざわざ連絡があるとは考えにくい。

「どなたでしょうかねぇ？」

ミュゲがこの討伐伯邸で暮らすようになってしばらく経過するが、前述以外の来訪者はこれが初めてだ。オルテンシアスが不在の今、勝手に対応するのはためらわれるものがあるが、だからといって無視するのはもっとまずいだろう。うーん、としばしの逡巡《しゅんじゅん》ののち、ミュゲはさっさと手を洗って玄関へ向かうことにした。

当たり前のようにニィナがついてこようとしたが、そこは大量に花を生み出し、山となった花々を前にして、「さぁどうぞ?」と促してやった。食料にはならないただの花だが、ニィナはそれらを寝床としてはいたくお気に召したらしく、ご機嫌に花の山の上で丸くなる。これでよし、と頷いたミュゲは、今度こそ玄関へと足を急がせた。

「はぁい!　お待たせいたしました。どなた様です……」

「――――少しはマシになっているかと思えば、やはりまだ礼儀がなっていないわね」

「そうおっしゃいますな、エリナ様。生まれ持った資質というものは、たとえエリナ様のご教育があったとしてもそうそう直せるものではございませんよ」

「……へ?」

ミュゲが皆まで言い切る前に、扉を開けるなり言い放たれた言葉には、ふんだんに鋭い針があしらわれていた。聞き覚えのある声にぎくりと身体が硬直するのを感じる。それでもなんとか扉の向こうの客人へと視線を向ける。

そこに立っていたのは、錫《すず》色の髪に山吹色の瞳を持つ二十代後半と思われる女性と、白髪の頭に帽子をかぶり、からし色の瞳に眼鏡《めがね》をかけた、背の低い老年の男性だ。そして二人の背後には、シエ家の紋章が刻まれた、このヒューエルガルダ領の真冬の雪深さにも耐えうるだけの堅牢《けんろう》さを誇るに違いない、重厚な馬車が停車していた。

ミュゲは、自身の喉がひゅっと音を立てるのを他人事のように聞いた。

どうして、と凍り付くミュゲを、エリナと呼ばれた女性――そう、その名をエリナ・シエという、かつてシエ家においてミュゲの教育係であった、《薬》の魔術師でもある彼女は、記憶と何一つ変わらない嘲《あざけ》りに満ちた冷たい瞳で見つめてくる。その隣に立つ老年の男性――シエ家に集められた女性を〝管理〟する役目を当主から任されている、その名をアンジャベル・シエという男性が、にやにやと笑いながら、その口を開いた。

「久しいですな。オルテンシアス様はご在宅で？」

「え、あ、だ、旦那様は、その、今はご領主様の元へ……」

反射的にそう答えると、にんまり、と、アンジャベルのいやらしい笑みが深まった。わざとらしく眼鏡のずれを直した彼は、ねばつく視線でこちらのことを見つめてくる。

「ほう、『旦那様』？　なるほどなるほど、心配しておりましたが、なかなか仲がよろしくやっていらっしゃるようで何よりですな」

「…………」

あ、なんか今、すごい勘違いされた気がしますねぇ？　と思ったが、訂正するよりも先に、エリナがミュゲを押しのけるようにして屋敷の中に入ってくる。おっとっと、と後方によろめくミュゲを睥睨《へいげい》して、エリナはわざとらしくぶるりと身体を震わせた。

「ああ寒いこと。まったく、こんな寒空の下にいつまでも高貴な客人を置いておくなんて、相変わらず本当に気の利かない娘ね。ほら、さっさと居間にでも案内なさいな。いくら出来の悪いあなたでも、それくらいできるでしょう？」

「……はぁい、お任せくださいませぇ」

「返事は短く『はい』。語尾を伸ばさない。ただでさえ締まらない顔が、ますます間抜けに見えるわ。基本中の基本だと何度も教えたでしょう。ああもう、定規《じょうぎ》を持ってこればよかったわ」

エリナの態度は、いっそびっくりするくらいに王都にいた時と何一つ変わらない。彼女が今日はあの定規を持っていないことにほっと安堵《あんど》する。まさか王都ばかりかこのヒューエルガルダ領でも定規でびしばしされるのは心の底から遠慮したい。

そんな彼女に、ここでミュゲが「旦那様のご不在中に勝手なことはできませんよぉ」と反論しても、聞く耳を持ってもらえないであろうことは容易に想像ができた。エリナに続いて当たり前のように屋敷に入ってくるアンジャベルも同様だ。わあ、お二人とも本当に相変わらずですねぇ、といっそ感心しつつ、ミュゲはへらりと笑って、とりあえず応接間でもある居間へと二人を案内する。

ミュゲに手伝わせて外套《がいとう》を脱いだエリナとアンジャベルは、さっさとソファーに腰を下ろした。続いてミュゲもまた向かい合うように座ろうとしたところ、「ちょっと」とエリナの鋭い声が割り込んでくる。

「客人であるわたくし達をもてなそうという気概はないのかしら。ああそれとも、オルテンシアス様の妻となって、わたくし達よりも偉くなったつもり？」

「……………少々お待ちくださいますかぁ？」

「だから語尾を伸ばすなと言っているでしょう。本当にもう、いちいち癇《かん》に障《さわ》るったら」

――エリナ先生、本当に相変わらずでいらっしゃるなぁ。

繰り返すが、いっそ感心してしまうくらいである。つくづく、彼女がこの地まで定規を持ってこようとしなくてよかったものだ。とにもかくにも一礼し、ミュゲは厨房《ちゅうぼう》へと向かうと、すっかり花々の寝床の中でまどろんでいるニィナを起こさないように細心の注意を払いながらティーセットを準備し、再び居間へと足を急がせた。

「お待たせしました」

語尾を伸ばさないように注意しながら、エリナとアンジャベルの前にあたたかな紅茶で満ちたティーカップを出す。アンジャベルはさっそく茶菓子と一緒に紅茶に舌鼓《したつづみ》を打ち始めるが、エリナは一切手を付けようとはしない。「随分と貧相なもてなしね」と小さく呟く彼女に「はあすみませぇん」と頭を下げつつ、今度こそミュゲもまたソファーに腰を下ろす。

「ええと、先ほども申し上げましたけれど、今、旦那様はご領主様の元にお出かけしていらっしゃいまして。お帰りになるのはもう少し後かと思うんですけど……」

王都から真冬のヒューエルガルダ領に、わざわざシエ家所有の馬車を使ってまでやってくるなんて、それ相応の理由があるのだろう。そしてその理由はきっと、ミュゲばかりではなく、オルテンシアスにも関係するのではないか。だからこそ言葉尻を濁して二人を窺《うかが》うと、エリナは忌々《いまいま》しげにフンと鼻を鳴らし、アンジャベルはあからさまに安堵を見せた。

「オルテンシアス様がいらっしゃらないならちょうどいいわ。別にこの娘に確認するだけでも十分だもの」

「ええ、まったくです。あの方がいらしたら、我々がしたい話など、しようにもできないといったところですからなぁ」

やけにもったいぶった言い方だ。別に嫌味や当てこすりを言われているわけではないはずだというのに、妙に不快感をともなう言い回しに感じて、思わず眉をひそめそうになる。

――旦那様に会いに来るのが目的だったわけじゃないってこと、ですかねぇ？

――私でも十分って、なんでしょうか。

いったい何の話が始まろうとしているのだろう。書状ではなく、わざわざこの地に足を運んでまで、この二人が確認したいことだなんて、そうそうあるとは思えないのだけれども。

んん？　と首を傾げてみせると、エリナがアンジャベルにそっと目配《めくば》せを送り、心得たようにアンジャベルが深く頷きを返してミュゲのことを見つめてくる。お世辞にも心地よいとは言いがたい、なんとも気色の悪い視線だった。

「単刀直入にお聞きしましょう。オルテンシアス様とはいかがですかな？」

「へ？　いかが、と言われましてもぉ……？」

何がどうしてどういう『いかが』なのか。いかがも何もなく、普通に屋敷の主人と使用人として、最近はそれなりによい関係を築いておりますが、と正直に答えればいいのだろうか。いや、たぶん駄目だろう。アンジャベルの眼鏡の向こうのからし色の瞳が、舐《な》め回すようにミュゲの身体を這《は》いまわり、なんとも居心地が悪い。その視線こそが、ミュゲに正直に答えることをためらわせるのだが、そんなこちらの反応は、エリナにとっては気に食わないもの以外の何物でもなかったらしい。

「マナーもろくに覚えられないくせに、かまととぶるのだけはお上手《じょうず》だこと」

「まあまあ、そうおっしゃいますな、エリナ様。いくら下賤《げせん》な育ちの娘とはいえ、一応は年頃の女性ですからなぁ、いくらご当主様からのご命令とはいえ、そうそう夜の事情を他人にぁけっぴろげに話すのは抵抗がございましょう。いやはや、これは私めの気遣い不足でしたな」

「別に今更恥ずかしがるまでもないでしょう。元より下町で花を売っていたような娘よ？　いくらわたくしが指南《しなん》したとしても、培ってきた育ちの悪さは取り繕《つくろ》えないわ。ほら、解ったらさっさとお話しなさい」

「……ええええええっとぉ………」

なんだろう。いやなんだも何もない。もしかしてもしかしなくても、私、ものすご〜〜〜く下世話《げせわ》な話をするように言われてますよね？　とミュゲは大きく目を見開き、ぽかんと大口を開けて固まった。そうして硬直したまま、ようやく、自分がこのヒューエルガルダ領にやってきた理由を遅れて思い出す。

最近すっかり忘れていたが、そうだ。そもそも自分は、オルテンシアスとの間に子供を儲《もう》けることを期待されて……いや命じられて、この地にやってきたのだ。彼にその気が一切なかったからこそその話はなかったことにされていたが、それはあくまでも彼と自分の間だけの話で、シエ家には伝えられていない話である。

あのオルテンシアスがわざわざシエ家にその報告をするとは到底考えられず、ミュゲだってそんな必要性はないだろうと筆を執るような真似《まね》はしなかった。

なるほど、どうやらそれがまずかったらしい。ミュゲの教育係であったエリナと、シエ家に連なる女性の〝管理人〟であるアンジャベルがわざわざやってきたのは、つまりは、そういう……ミュゲとオルテンシアスの〝子作り〟の進捗《しんちょく》を確認するためだと、そういうわけだということか。

――うわ～～……。よくやりますねぇ……。

さすがのミュゲもドン引きである。だがエリナもアンジャベルも、恥ずかしげもない平然とした表情で、こちらの言葉を待っている。二人にとっては、いいや、シエ家にとっては、こんな話題すら当たり前の責務であるのだろう。繰り返すがドン引きだ。

「……旦那様には、大変よくしていただいておりますよぉ」

そう、これ以上なくよくしてもらっている。衣食住完備の生活は、シエ家にいた頃よりもよっぽど快適だし、何より、オルテンシアスとすごす時間は不思議と心地よい。最近はなんだかやけに鼓動が速くなったり、顔が熱くなったりすることもあるけれど、それすらも楽しいと思える日々だ。

だからこその、『よくしていただいてる』という返答だったのだが、案の定エリナとアンジャベルは違う意味に受け取ったらしい。アンジャベルはいやらしい笑いをより深め、エリナは自分で聞いておきながらさも不快げに瞳をすがめる。

「オルテンシアス様も男であったというわけですなぁ。いやはやいやはや、あのお綺麗なお顔の下で、ちゃーんと女性にご興味をお持ちであると。このアンジャベル、安心いたしましたぞ」

うんうん、と頷くアンジャベルの姿はやはり不快極まりないものだが、ここで話を引き延ばしたいわけでもないので、ミュゲはへらりと笑うだけに留《とど》めた。

もういいだろう。話はこれでしまいだ。満足してくれたならばさっさとお引き取り願いたい。そう、できるならば、オルテンシアスが帰宅するよりも前に。

よーしまずはティーセットを片付けるところから始めましょうかぁ！　と、ミュゲがわずかにソファーから腰を浮かせた、ちょうどその時。はあ、と、これみよがしな溜息を、エリナはその唇から吐き出した。

「あのいけ好かない〝神童〟の弟は、毒以外のものもまき散らせたのね。ああいやだわ、なんておぞましいのかしら。下賤な《花》の魔術師と役立たずの《毒》の魔術師をつがわせたって、いくらご当主様のご命令とはいえ、ろくな子供が生まれるはずがないわ。ご当主様は何を考えていらっしゃるのかしら？」

「まあまあ、そこまでになさいませ、エリナ様。オルテンシアス様は確かに所詮《しょせん》毒虫でしかございませんが、あれでも血筋だけは本物です。ご当主様もそこに賭けられたのでしょう」

「随分と分の悪い賭けね。血筋以外は何一つ持ち合わせないどころか、自身の魔術の制御すらままならない、魔術師としては底辺以下のオルテンシアス様よ？　今更何を期待しろと言うの？　ああでも、そうね、だからこそこういう女をあてがうべきというところ……」


——————バシャッ！


「きゃあっ⁉」

「ぎゃっ⁉」

エリナとアンジャベルから短い悲鳴があがった。

その頭から紅茶を被《かぶ》った姿を前にして、二人に向かってエリナが手を付けようとしなかったティーカップを立ち上がりざまに思いきり勢いをつけて傾けたミュゲは、笑顔である。それはもう満面の笑顔だ。そんな笑顔の裏で、「冷めた紅茶じゃなくて熱々の紅茶にすればよかったですねぇ」と考えているミュゲを、エリナがすさまじい表情でにらみ上げる。

「な、何をするの!?　これだから下賤《げせん》な育ちの娘は……っ」

「はぁい、すみませぇん。おっしゃる通り、育ちが悪いものでしてぇ」

にこにこにっこり。心からの笑顔とともにミュゲがそう言い返すと、なぜかエリナの顔が青ざめた。隣のアンジャベルも同様である。あらら、どうなさったんですかねぇ、と内心で呟きながら、ミュゲはやはり笑顔のまま口を開いた。

「旦那様は……オルテンシアス様は、とっても素敵な殿方です。ええ、それはもう、とってもお綺麗で、とってもかっこよくって、何よりとぉってもお優しくって！　私なんかにはもったいない旦那様です」

そうだとも。オルテンシアスほど素敵な男性に、ミュゲはこれまで出会ったことがなかった。当たり前のようにミュゲを心配してくれる人。当たり前のようにミュゲのために怒ってくれる人。当たり前のように、不器用ながらも、ミュゲにその優しさを向けてくれる人。それがミュゲにとってのオルテンシアス・シエだ。

だからこそ不思議でならない。

エリナもアンジャベルも、いったい誰の話をしているというのだろう？

少なくとも旦那様のことじゃないことだけは確かですねぇと内心で頷きながら、やはり笑顔でミュゲは続ける。

「オルテンシアス様のすばらしさは、魔術に関係なく、あの方の本質そのものにあると思っておりまして、だからこそ私はとっても果報者だなぁと毎日感謝するばかりなんですが、そうですねぇ。元を正せば、私がオルテンシアス様に会えたのは、エリナ先生と、アンジャベルさんのおかげですもんね！　お礼をお伝えするのが遅くなってしまい申し訳ありません、お二方。本当にありがとうございますぅ」

エリナから幾度となく定規で叩かれながら仕込まれた、淑女としての完璧な一礼を決めてみせる。次の瞬間、パンッという乾いた音とともに、頬に衝撃が走った。思い切り顔を打たれたのだ、と気付いてそちらを見ると、顔を真っ赤にしたエリナが、憤怒《ふんぬ》の炎をその山吹色の瞳に宿してこちらをにらみ付けてくる。

「こ、これ、これだから下賤な育ちの娘は……っ！　あなたなんて我らが尊きシエ家の恥、いいえ、シエ家の名を名乗るのもおこがましいと思いなさい！　アンジャベル！　本当にこの娘はシエ家の血筋なの!?　信じられないわ！」

「そ、そのはずなんですがなぁ……。このような狼藉《ろうぜき》、私めも自信がなくなってまいりました」

さんざんな言われようである。そもそも望んでシエ家の末席に名を連ねたわけではないミュゲとしては痛くもかゆくもない。張られた頬はじんじんと熱をはらんで痛むけれど、それでもなお笑顔は崩さない。そんなミュゲに、エリナの顔が赤を通り越してどす黒くなる。

「定規程度では育ちの悪さが矯正できないなら、いいわ、思い知りなさい！　《薬よ》！」

左手をミュゲへと向けて、鋭くエリナが叫ぶ。ツンと鼻に付く香りに、これはさすがにまずいかも、と思えども、自身の行動を撤回する気も謝罪する気もさらさらないミュゲは、ただ身構える以外には何もしない。そして、おそらくは《毒》として自身の《薬》の魔術を行使しようとしたエリナが、ミュゲに嘲笑《ちょうしょう》を向けた、次の瞬間。

「失礼する」

――――ドカッ!!

居間の扉が、とんでもない勢いで開け放たれた。正確には、蹴り開けられた、というべきか。

ミュゲばかりか、エリナもアンジャベルもびくっと身体を震わせてそちらを見遣《みや》る。そして、ミュゲは瞳を瞬かせ、残りの二人はさっと顔を青ざめさせた。

「待たせたことを謝罪しよう。エリナ女史、アンジャベル。久しいな」

扉を破壊せんばかりの勢いで蹴り開けた長い足を下ろし、悠然と居間に入ってきたその人物。言うまでもなくこの屋敷の主人たる、オルテンシアス・シエ、その人である。

――あらぁ？

ミュゲは彼のその顔を見つめて、再び瞳を瞬かせる。

オルテンシアスは、笑顔だった。ミュゲが見たこともないような、それはそれはいい笑顔である。とびぬけて綺麗な、冷然とした美貌が冴《さ》えわたる、はっと息を呑《の》まずにはいられないような笑顔だ。それなのに、なぜだろう。彼が一歩前に進むたびに、居間の温度がどんどん下がっていくような気がしてならない。

不思議ですねぇ、とただ彼の姿を見つめることしかできないミュゲを一瞥《いちべつ》したオルテンシアスは、一瞬、なんとも言いがたい、本当にどう表現していいのか解らない、実に複雑極まりない表情を浮かべた。その唇がわずかにわななないたが、そこから音がもれることはなく、彼はそのままその金糸雀色のまなざしを、もはや顔を真っ青にしてがたがたと震えているエリナとアンジャベルへと向けた。

「お、お久しゅうございます、オルテンシアス様」

震える声音とともに、アンジャベルと一緒になって一礼するエリナを見つめたオルテンシアスは、そうして、ことり、とそのこうべを傾けた。彼の長い乳白色の三つ編みの髪が、ゆらりと揺れる。

「今更何用か、とは、聞くまでもないが。それよりも、エリナ女史」

「は、はい」

「我が屋敷で、我が妻であるミュゲに対する狼藉《ろうぜき》、これについて如何様《いかよう》に申し開きをするつもりだ？」

――えっ、『妻』？

さらりと聞き逃がせないことを言われて思わずオルテンシアスを見上げた。だが、気付けばミュゲの隣に立って、その腕をこちらの腰に回してそっと抱き寄せてくれている彼は、静かに、それでいて何よりも冷たくエリナを見つめるばかりで、何も答えてはくれない。

あららら？　と戸惑うミュゲを置き去りに、もはや顔色を真っ白にしたエリナは、もうほとんど聞こえないような声量で「っそ、それ、は」と続けて、そのまま沈黙してしまう。

オルテンシアスは、笑みを深めた。誰もがうっとりするに違いないと断ずることができるほどに美しく、そして同時に、誰もが凍り付くに違いないとも断ずることができるほどに冷たい、酷薄《こくはく》な笑みだ。

「アンジャベルという実験台もいることだし、ちょうどいい。エリナ女史の《薬》と、僕の《毒》。ここでその効果を比べてみるのも一興か？」

「――――――――ッ!!」

「ひっ！　ひいいいいいいっ!!」

オルテンシアスの絶対零度《ぜったいれいど》の響きを宿したその言葉に、エリナは声なき悲鳴をあげて居間から飛び出していき、その後を情けない悲鳴をあげながらアンジャベルが追いかける。二人分の足音はどんどん遠ざかり、玄関の扉がけたたましい音を立てて開け放たれる音が聞こえてきて、それからわずかな時間の後に、馬車の車輪の音が遠ざかっていく。どうやらエリナとアンジャベルは去っていったらしい。

嵐みたいだったなぁ、と、思いつつ、ミュゲは再び視線をオルテンシアスのかんばせへと持ち上げた。ちょうど彼の視線はこちらへと向けられていて、ばちんっと音を立てて二つはぶつかり合う。そして遅れて、ミュゲは自分がオルテンシアスに抱き寄せられていることを思いだした。

「あ、ええとぉ……」

「…………」

どうしましょ、と言葉を探しているうちに、オルテンシアスの方が動いた。ぎこちない動きで、そっとミュゲから彼は離れていく。それをミュゲが名残惜《なごりお》しく思う間もなく、彼は「きみは」とその薄い唇を開いた。

「馬鹿か。エリナ女史はそれなりに優れた《薬》の魔術師だ。僕の《毒》とは比べるべくもないが、それでもきみを害するに十分な《薬》を行使できるんだぞ。下手に刺激するなど馬鹿のすることだ」

「あ、はい、そういうことなら、旦那様のおかげでこの通り助かりまして……って」

はた、と、そこまで言って気が付いた。てっきりミュゲは、オルテンシアスが今さっき帰ってきたばかりなのだと思ったのだが、この言いぶり。もしかしてもしかしなくても。

「旦那様、わりと早い段階から、私達の会話を聞いていらっしゃいました？」

「…………………」

オルテンシアスは無言で目を逸らした。つまりはそういうことらしい。

あらあら、と、ミュゲは申し訳なくなった。彼にとってはお世辞ですら面白いとは到底言えない話を聞かせてしまった。あんな会話をしていたら、そりゃあ帰ってきたとしても、この居間になんて入ってこられませんよねぇ、と眉尻を下げると、オルテンシアスは何やらもの言いたげにこちらのことを見下ろしてくる。その視線に気付いて、「どうなさいました？」と問い返せば、彼はぐっと唇を引き結んで、それから。

「……礼を言う」

「はい？　なんでですか？」

「なんでもいい。解らないなら別に構わない」

「えええ？」

なんだそれは。意味が解らない。けれどなんだかどうにも嬉しくて、思わずふにゃりと相好《そうごう》を崩すと、オルテンシアスはさっと目を逸らして咳払《せきばら》いをした。

そして彼は、視線を逸らしたまま、さらに続ける。

「それから、きみの姓はなんと？」

「え、シエですけどぉ？」

「違う。もともとの、本来のきみの姓だ」

「あ、ああ、はい、アルエット、です」

　そう、アルエット。春の空の下で美しく愛の歌をさえずる鳥を意味する名だ。シエ家に奪われ、もう二度と、名乗らせてはもらえなくなってしまった姓だ。

　それがどうかしたのかとオルテンシアスの様子を窺えば、彼は「アルエット」と小さくその名を反芻《はんすう》して、ミュゲのことをようやく真正面から見下ろした。

「ならば、きみはこれからは、シエではなくアルエットを名乗れ。ミュゲ・アルエットと。ミュゲ・シエなどよりもよほど、きみに似合う名前だ」

「……！」

　今度こそミュゲは大きく目を見開いた。

　そんな勝手に？　ご当主様の許可は取られたんですか？　そういう風に問いかけたい気持ちはあったし、実際に口にすべき質問であるのだろう。

　けれど、言えなかった。目の奥が熱くなって、ぐぅと喉が奇妙な音を立てる。そのまま堰《せき》を切ったようにほとばしりそうになる衝動をなんとか堪《こら》えて、ミュゲは笑った。自分でも明らかにそうと解る、へたくそな笑い方だ。

「あらぁ、旦那様、いいんですかぁ？　私のこと、やぁっと奥さんって認めてくださったのに？」

「なっ⁉　だ、誰がそんなことを……！」

「ご自分でおっしゃったんじゃないですかぁ。私を、『我が妻』って。えへへ、照れちゃいますねぇ」

そう、オルテンシアスははっきりとそう言ってくれた。ミュゲのことを抱き寄せて、はっきりと宣言してくれたのだ。それなのに今更「アルエットと名乗れ」なんて、随分勝手がいい話ではなかろうか。

――私が、旦那様の奥さんだなんて。

――嬉しい、とか、思っちゃったりするじゃないですか。

自然と赤らみ熱くなる顔に。にまにまと笑みを湛《たた》えてオルテンシアスを見上げる。その途端、彼の白皙《はくせき》の美貌にカッと朱が差した。らしくもなくあぐあぐと口を大きく開閉させた彼は、それからやっと「違う！」と声を震わせる。

「あ、あれはその、い、勢いというか、エリナ女史達を黙らせるための方便《ほうべん》だ！　いちいち本気にするんじゃない！」

「嫌ですよぉ旦那様、そんな、照れちゃって」

「照れてない！　だから違うと……違うと言っているだろう！」

すっかり顔を真っ赤にして、オルテンシアスは「違う」を繰り返している。何もそこまで否定しなくたっていいだろうに、という勢いだ。そうやってあんまりにも彼が焦っているものだから、ミュゲはここまでにすることにした。もう十分だから、意地悪するのはやめてあげようと、そう思った。

「ふふ、解ってますよぉ。ありがとうございます、旦那様」

「……本当に解っているのか？」

「はい、旦那様。私は、ミュゲ・アルエットです」

心からの笑みを浮かべて、淑女として完璧な一礼を、他の誰でもない、オルテンシアスその人に捧《ささ》げる。

エリナやアンジャベル、そしてシエ家そのものに奪われた自分が、やっと戻ってきた気がした。本当の自分で、やっとオルテンシアスの前に立てた気がした。彼が安堵をにじませ、どこか満足げに「……それでいい」と頷いてくれたから、余計に嬉しくて。でも。

――ミュゲ・シエも、悪くないと思うんですよ。

だってそれは、オルテンシアスの妻に与えられる名前だ。オルテンシアスのそばにいることを、許された名前だ。

――でも、旦那様は、ミュゲ・アルエットがいいんですね。

喜ぶべきか、悲しむべきか。自分でもちっとも解らなくて、解らないふりをして、決して彼には言えないことをひっそりと思って、その感情の名前に気付かないまま、ミュゲはオルテンシアスに、「それでは今後もよろしくお願いいたします！」と頭を下げるのだった。

そうして、エリナやアンジャベルの来訪の一件が過ぎ去ってから、ミュゲの日常には、少々異変が生じた。

「《花よ》。はい、お願いします旦那様」

「……ああ。《毒よ》」

「あらぁ今度は紫ですかぁ。紫のハナミズキは初めてですねぇ。はい、どうぞニィナちゃん。あ、旦那様、そのにんじんは乱切りにしてくださいます？」

「解った」

片手間に《毒》の魔術を行使するかたわらで、綺麗に皮をむき終えたにんじんをこちらの指示通りに乱切りにするオルテンシアスの姿に、ミュゲはなんとも複雑な気持ちになる。元は白かったはずの、今は紫に染まったハナミズキを嬉しそうに食べるニィナの頭を撫でてから、ミュゲはミュゲでたまねぎの皮をむく。ちらりと横目で隣を窺いつつ、どうしてこうなっちゃったんですかねぇ？と内心で首を傾げた。ミュゲの視線の先には、生真面目《きまじめ》な表情で二本目のにんじんに取りかかるオルテンシアスがいる。

——当たり前に、お部屋から出てきてくださるようになったなぁ。

彼が自室に引きこもって、できる限りミュゲと顔を合わせないようにしていたのが、今となっては遠い昔の話のようだ。

今やオルテンシアスは、食事はもちろんのこと、執務の合間を縫ってはミュゲの顔を見に来てくれて、とうとう自ら家事の手伝いすらしてくれるようになったのである。

――旦那様に使用人の手伝いなんてさせられません！

――手伝いも何も、もともと僕が一人で賄《まかな》っていたことだ。

全力で固辞しようとしたミュゲの言葉を一刀両断にして、そのままオルテンシアスは、ちょうどその時ミュゲが下ごしらえをしていたじゃがいもとナイフを持っていってしまったものだ。慣れた手つきで皮をむき、器用に芽を取り除いていく彼の姿に、ミュゲもそれ以上は何も言えなくなってしまって、現在に至るというわけである。

「なんだ」

「へっ」

「言いたいことがあるなら言えばいい」

「え、あ、お上手ですねぇ…？」

「慣れていると前にも言っただろう」

当たり前のようにそう言われて、そうですねぇ、としか返せない自分はこんなにも気が利かない人間だったのかとミュゲは反省せざるを得ない。家事の手伝いどころか、ニィナのための食事の準備――すなわち、《毒》の魔術の行使すらも厭わなくなった彼の心の変化。いったい何が、と思えども、それを問いかけるすべはない。別にいいか、と、納得すらしている自分がいることに、ミュゲはもう気付いていた。

——だって、嬉しいんですもん。

オルテンシアスと日常を共有できることが、こんなにも嬉しい。だから、それでいい。もっともっと、なんて、求めてはいけない。そう自分に言い聞かせて、ミュゲはたまねぎに包丁を入れる。鼻の奥がツンとしたのは、そのたまねぎのせいなのだ。

＊＊＊

「……って、思っていたんですけどねぇ」

オルテンシアスとともにすごす時間が、格段に増えてから、数日。今以上を求めるなんて分不相応だと、解っているつもりなのに。それなのに。

「いつか、一緒に町にお出かけ、とか……」

《毒》の暴走から引き起こされる事態を危惧して、必要時以外は徹底して屋敷に引きこもっているオルテンシアスの隣に並んで、町を歩けたら。

考えるだけでえへへへへへへと締まりのない笑顔がこぼれた。なんて素敵な考えだろう。

だって最近はすっかりオルテンシアスの魔術の暴走はなりを潜めていて、一緒にいられる時間もたっぷりあって、ならばお出かけだって不可能なことではないのではないか、なんてぜいたくなことを考えてしまう。

でも。

「……春、に、なるまでだけ、なんですよねぇ」

先達《せんだつ》て、オルテンシアスはミュゲの了承も取らずに、ミュゲを王都に送り返す算段《さんだん》をしていたが、幸いなことにその話は今は保留になっている、らしい。少なくともオルテンシアスがその話を蒸し返そうとしないから、それをいいことに、ミュゲは「商業ギルドの召致《しょうち》計画はともかく、私が王都に戻るのはなしです！」と勝手になかったことにしている。

けれど、それ以前の、最初に約束した、『雪が解けるまで』という期限についてはまた別だ。

この約束については、ミュゲが自分で言い出したことであるだけに、オルテンシアスに「時期が来たから帰れ」と言われたら、それに逆らうすべはない。

「……」

もしゃ。もしゃもしゃもしゃ。ミュゲは無言でニィナの身体をめいっぱい撫でくり回す。

ニィナがごろごろと喉を鳴らしてすり寄ってくるのをいいことに、好き勝手にそのもふもふかふかの身体に触れて、込み上げてきたさびしさをなかったことにしようとする。

「…………いっそのこと、またニィナちゃんと一緒に脅すしかありませんかね」

「またどんな恐ろしいことを言っているんだ……」

「うひゃっ⁉」

突然背後から降ってきた声に、びっくぅ！　と身体が跳ねた。気持ちよさそうに撫でられるばかりだったニィナが、細めていた目をぱちりと開けて、ミュゲの背後を見上げる。その視線につられて振り仰ぐと、実に複雑そうな表情でこちらを見下ろしているオルテンシアスと目が合った。

「だ、旦那様？　どうなさいましたか？　お夕飯はもう少しお待ちいただけると嬉しいんですけどぉ。あ、小腹がお空《す》きでしたら、今日のお茶請けにお出ししたパンジーのクッキーがありますよ。よければお茶をご用意しましょうか？」

先ほどの発言をごまかすように言葉を重ねるミュゲを、オルテンシアスはもの言いたげに見つめてくる。なんだかいつもとは様子が違う。

彼がまとう雰囲気に確かな緊張を感じ取り、ミュゲは立ち上がって改めて彼を見上げた。

「旦那様、もしやお身体の調子を崩されましたか？　いくらもうお怪我が治っていらっしゃるとはいえ、見えないところでまだご負担が……」

「違う」

「え」

短く、けれど確かに否定されて、ぱちくりとミュゲは瞳を瞬かせる。ならばわざわざ彼が厨房にやってくる理由とはなんだろう。腹を満たすわけでも、調子を崩してミュゲを呼びに来たわけでもないならば、いったい何が。

「ええっとぉ……」

私、どうしたらいいですかねぇ？　という気持ちを込めて首を傾げると、オルテンシアスはその白皙の美貌を朱に染めた。想定外の反応である。

あらぁ？　とさらに首を傾けたミュゲは、そして気付いた。

オルテンシアスが、左手に何かを持っている。どうやら小さな箱だ。しかも、綺麗な黄色いリボンで愛らしく蝶結《ちょうむす》びにされている。

誰かへの贈り物だろうか。他者との関わりを避けようと常に気を張っているオルテンシアスが、誰かに……その包装の愛らしさから察するに、おそらく女性に、贈り物。

――あらぁ……！

思わずミュゲは笑みをこぼした。

もしかしたら、ミュゲの知らないうちに、オルテンシアスに想《おも》い人《びと》ができたのかもしれない。そう思わずにはいられなかった。いきなりすぎる突飛《とっぴ》な考えだと言われても文句は言えないが、このオルテンシアスの顔を見てほしい。顔を赤くして、すっかり緊張しきり、懸命に言葉を探しているこの様子。いつもの冷たい美貌に、確かな熱が宿ったような姿だ。

こんなお姿も魅力的なんだから困っちゃいますねぇ、と、思いつつ、ミュゲはふふふと笑いかける。その途端、オルテンシアスはますます顔を赤くして、やがてグッと唇を引き締め、その左手の箱を差し出してきた。

「これを」

「あ、はい」

反射的に受け取ってしまった。

なぜ自分に渡してくるのか解らない。両手で箱を持ってしげしげとそれを眺めても、そこにあるのは丁寧に包装された、どこからどう見ても贈り物である箱である。

──もしかして、もしかしなくても？

ハッとミュゲは天啓《てんけい》を得た。オルテンシアスは、この贈り物の配達を、ミュゲに頼みに来たのだ。

いくら最近《毒》の暴走が起きていないとはいえ、それでも彼は優しくて、だからこそ臆病《おくびょう》になってしまう人だから、想い人のことを思うと自ら届けにいくなんて真似はできないのだろう。だからこそミュゲの出番だ。なるほどなるほど、そういうことだ。

──女性に贈り物をするのに、他の女の手を借りるなんて、気の利かない方ですねぇ。

とは思ったけれど、きっとこれが今のオルテンシアスの精一杯なのだろうから、ミュゲはその件については触れないことにした。ちくちくとなぜだか胸が痛むけれど、それに気付かないふりをして、ミュゲはドンと自らの胸を叩く。

「お任せください、旦那様！　このミュゲ、しっかりばっちり、旦那様からの贈り物をお届けしてまいります！　あ、もしよければなんですけれど、私、花束をご用意しましょうか？

せっかくですもんねぇ、リボンと合わせて黄色でまとめた花束なんて……」

「……待て、どうしてそうなる」

「ええ？」

金糸雀色の瞳が、心底不可解なものを見るように見つめてくる。ついでになんだかオルテンシアスはショックを受けているようだった。

こちらに向けられるまなざしに、どこか傷付いたような光が宿っていることに気付いたミュゲは慌てて頭を下げた。

「す、すみません、出過ぎたことを言いました！　そうですよね、せっかくの旦那様の贈り物に、私がわざわざ花束なんて用意したら、相手方のお嬢さん、きっと面白くないですよね！

本当にすみません、私、考えなしで……」

「違う！」

「っ!?」

皆まで言わせてもらえず制止され、ミュゲはひえっと口をつぐんだ。そしてらしくもなく恐る恐るオルテンシアスを見上げる。

彼はやはり顔を赤くしていて、まとう雰囲気は緊張をはらんでいて、けれどそのまなざしはどこまでも真摯に、ミュゲのことを見つめていた。

「それは、きみのものだ」

「……はい？」

「だ、から！　僕が！　きみに……ミュゲ、に、用意したものだと言っているんだ！　わざわざ言わせるんじゃない！」

「え、ええ、ええええええ？」

うそ、信じられない、そんな馬鹿な。

あらゆる否定の言葉で頭の中がいっぱいになり、ぽかんとミュゲはまぬけに大口を開けて固まった。

そんなこちらのことを、オルテンシアスはじれったそうに、羞恥《しゅうち》と……それから、ほんの少しの期待を込めて、もうこれ以上ないほどに顔を真っ赤にさせて見つめてくる。

その表情を前にして、ようやく硬直から解けたミュゲは、両手の上に収まっている小箱と、オルテンシアスの顔を幾度となく見比べた。

「わ、たしに？」

「ああ」

「これ、私が、頂いていいんですか？」

「そうだと言っている」

「ど、どうしてまた……」

突然すぎる贈り物だ。受け取る理由がないし、そもそも彼がこんなものを用意してくれる理由もないだろう。

おろおろと見るからにうろたえだすミュゲに、オルテンシアスは顔を赤くしたまま渋面《じゅうめん》を作り、重々しく口を開いた。

「おまもりへの返礼を、していなかっただろう」

ぱちり、と。思ってもみなかった言葉に、ミュゲの若葉色の瞳が大きく瞬く。

「え、あ、お、おまもりって……？」

彼の言う『おまもり』なんて、ミュゲには一つしか思い浮かぶものがなかった。だからこそ余計に戸惑わずにいられず、自然と語尾が跳ね上がり、その台詞は疑問形となる。

それをオルテンシアスは、ミュゲが「そんなもの渡した記憶がない」と言っていると判断したらしい。むっと彼の整った眉がひそめられたけれど、それでも彼の声はもう荒げられることはなかった。

「きみがくれたんだろう。これを」

オルテンシアスが懐《ふところ》から取り出したのは、若葉色のリボンで結ばれたポプリだった。

ふわりと鼻孔をくすぐるのは、間違いなくミュゲが生み出した花々の香り。そう、オルテンシアスがグレイゴーストと呼ばれる魔物の群れの討伐に出向かんとした昼、ミュゲが押し付けたものだ。彼の言葉の通り、『おまもり』だと言い張って。

まさかまだ持っていてくれたとは思ってもみなかった。だからこそ信じられなくて、今度はそのポプリと、贈り物の箱を見比べる。あきらかにつり合いが取れていない気がした。もらえるものはもらっておく精神のミュゲだが、どうしてだろう、今ばかりはこの贈り物を本当に受け取っていいのか、迷わずにはいられなかった。

——ど、どうしよう……。

またしても固まるミュゲの足元で、なぁんとニィナが「なにしてるの？」と言いたげな声をあげる。何してるも何もただ悩んでいるんですよぉ、と泣き言を言いたくなる。

そうしていつまで経《た》っても動かないミュゲに対して、オルテンシアスの方が待っていられなくなったらしい。彼の手が、すっと目の前に差し出される。

「いらないなら返せ」

「いいいいいいいいります！　返しません!!」

ともすればそのまま奪い返されてしまいそうだったので、ミュゲは慌てて小箱を両手で包み込み、抱き締めるように自らの方に引き寄せた。そこでやっと自分が、オルテンシアスからの贈り物を、もう決して手放せなくなっているのだということに、気付かざるを得なかった。

本当にいいのだろうか、と、オルテンシアスを見上げる。そして、息を呑んだ。

彼は安堵したように、その唇を緩めていた。ともすれば微笑《ほほえ》みにも見える、こんなにもやわらかい表情を見せ付けられてしまったら、もうミュゲの中には、この贈り物を手放すという選択肢なんて存在しない。両手の上に鎮座《ちんざ》する小箱を前に、そっと口を開く。

「あ、開けて、いいですか？」

「もうきみのものなのだから好きにしろ」

「は、はい」

オルテンシアスの声音はまだ硬く強張《こわば》っていて、彼の緊張がまざまざと伝わってくる。だからなのか、ミュゲもまたどきどきと鼓動が高まっていくのを抑えきれない。図太いだの図々《ずうずう》しいだのと評される自分が、こんなにも緊張することなんてそうそうないに違いない。

小箱を飾るつややかな黄色いリボンの端を、ちょいとつまむ。こんなにもかわいらしく蝶結びされているリボンをほどくのは大層もったいないことのような気がした。けれど、オルテンシアスのまなざしが、無言ながらも今か今かと急《せ》かしてくるものだから、えいやっとリボンをほどき、そしていいよ、小箱の蓋《ふた》を開けた。


「——髪飾り？」


ぽろりとこぼしたその言葉に、「ああ」というオルテンシアスの短い肯定が返ってくる。

そう、小箱の中に鎮座していたのは、美しい髪飾りだった。

可憐《かれん》なスズランを模したそれは、花の部分が白蝶貝《しろちょうがい》、茎と葉は白銀《しろがね》の地金、そしてその花を結《ゆ》わえるリボンは黄金で作られている。精緻《せいち》に作り込まれたその姿はただ美しく、きらきらと箱の中でまばゆいばかりの、けれど決して眼《め》を射ることはない優しい輝きを放ち続ける。

「綺麗……」

装飾品に疎《うと》いミュゲでも、一目で一級品と解る見事な品だった。やはりあきらかに手作りのポプリとはつり合っていない。けれど、眺めれば眺めるほど、髪飾りから目が離せない自分がいた。

思わず呟いた賛辞《さんじ》に、ほっと安堵したような息を小さく吐いてから、オルテンシアスは皮肉げにふんと鼻を鳴らした。

「いつも一つにひっつめてばかりだろう。年頃の娘のくせに」

だからだ、と彼は続ける。馬鹿にされているとは思わなかった。思えなかった。だってどう考えてもその台詞は、不器用な彼の素直でない言い訳にしか聞こえなかったからだ。

「こんな綺麗なの、もったいないです。似合いませんよぉ」

「着けてみなくては解らないだろう」

あまりにも美しい髪飾りを前にして、反射的に気後れしてしまったミュゲに、オルテンシアスはさらりと続けた。着けてみろ、と、言葉にされなくてもそうはっきりと言われていることが解る。

なぜだか逆らいがたい圧力を感じて、ミュゲはおずおずと、まずはいったん髪飾りの入った小箱を調理台の上に置いた。

「じゃ、じゃあ失礼して……あ、あれ？」

オルテンシアスの言葉の通り、今日もいつもと同じくうなじでひっつめていた桃色の髪を、まずはほどく。そして、慣れない手つきでまずは三つ編みを始めたのだが、これがうまくいかない。

いつもの髪型ではこんなにも美しい髪飾りにはふさわしくないことは確かだったから、平々凡々な自分でももう少しなんとかしたいところだ。とはいえ、これまでそういう方面とはほとんど無縁だったのがミュゲだ。今すぐにこの髪飾りに似合う髪型を、なんて言われても困る。

まずは三つ編みにしてからシニヨンにまとめて、正面からも見えるように耳の上あたりに髪飾りを、と思ったのだけれど、なんとかしようとすればするほど髪はぐちゃぐちゃになっていく。

――な、情けない……！

オルテンシアスの前でこんな醜態《しゅうたい》をさらすなんて、と、あまりの恥ずかしさに涙がにじんでくる。

らしくない。まったくもってらしくない。こんなのミュゲさんじゃありませんよぉ、と自分に言い聞かせても、何の意味もない。ただいたずらに髪がもつれていくだけだ。

「……来い」

「え、あ」

「僕に背を向けろ」

「は、はい！」

そんなミュゲを無言で見つめているばかりだったオルテンシアスが、不意にミュゲを引き寄せた。慌てる間もなく命じられ、その言葉の通りに彼に背を向ける。

なんですかどうしましたかどうするつもりですか。そう問いかけることもできずに大人しくしていると、自分のものではない手が、髪に触れるのを感じた。

この場で自分のものではない手と言ったら、オルテンシアスの手しかない。ひえ、とおののくミュゲのことなど完全に無視して、彼は器用に手早く、ミュゲの桃色の髪を編み上げていく。

そして、しばらくして。

「髪飾りを」

「ど、うぞ」

有無を言わさない台詞の通りに、背後のオルテンシアスに、後ろ手に髪飾りを渡す。彼はすかさず受け取ってくれて、ミュゲの正面に自ら回り込んだ。そして、彼の手が、ミュゲのこめかみに触れ、いっそうやうやしいとすら評することができそうなほどに、丁寧な、慎重《しんちょう》な手付きで、髪飾りが飾られる。

間近で見るオルテンシアスのかんばせはやはり美しくて、そして今そこに浮かべられている表情は、今まで見たこともないような、誇らしげなそれだった。

「できたぞ」

「あ……」

そうは言われても、鏡も何もないこの厨房では確認しようがない。ええと、と視線をさまよわせ、それからミュゲは目を瞠る。

すぐそばの窓に、知らない女性が映り込んでいる。桃色の髪が、左右から編み込みにされ、うなじの上で交差するようにまとめられている。決して手が込んでいるわけではないけれど、丁寧に作られたのだと解る髪型だ。そして顔の横を飾るのは、もちろん美しいスズランの髪飾りである。

そう、窓に映る素敵な髪型の女性は、間違いなくミュゲだった。

「わぁ……！」

にわかには信じがたくて、思わず窓に飛びついた。すると窓の中の女性も間近に飛びついてくる。そっと窓硝子《まどガラス》に触れると、また同様に。指先から伝わる外気の冷たさが、これが幻ではないことを教えてくれる。

王都での生活は、正直なところを言えば、食べていくのがやっとだった。ミュゲが用意できる花の値段なんて結局たかが知れているのだから。

それでいいと思っていた。生きていけたら十分だと。でも、同じ年頃の女性が美しく着飾る姿を見て、何も思わなかったわけではない。うらやましい、だなんて思うのは、あまりにも恥ずかしくて情けなくて、なけなしの矜持《きょうじ》がしくしくと痛んだ。だから自分には関係のない、縁のない世界なのだと見切りを付けていた。

だがきっと、ミュゲはうらやましいと思ってよかったのだ。いつか、叶《かな》うなら。そう願ってよかったのだ。

だってその『いつか』は、こうして今、ミュゲの元にやってきてくれたのだから。

「えへ、えへへへへ。似合いますか？」

頬を薔薇色に紅潮《こうちょう》させながら、オルテンシアスに問いかける。だらしなく笑み崩れている自覚はあったけれど、彼はそれをとがめることはなく、ツンと澄ました顔になる。

「悪くはないんじゃないか。僕の見立てなんだからな」

「えへ、へへへへへ、そうですよねぇ。嬉しい、すごく嬉しいです。本当に、本当に、嬉しいんですよ、私。どうしましょう、私ってば、こんなに果報者でいいんでしょうか」

「髪飾り一つで大袈裟《おおげさ》すぎるだろう」

「そんなことありませんよぉ」

ああ、そうだとも。自分はなんて果報者なのだろう。嬉しくて嬉しくてたまらない。そっと指先でこめかみを確かめて、ひんやりとした感触にまた笑みをこぼす。

「ありがとうございます、旦那様。大切に、します」

「勝手にしろ」

「ふふ、はい、勝手にします」

力強く頷きを返すミュゲに、オルテンシアスはかすかな、けれど確かな、満足げな笑みを返してくれた。

その笑顔に、ああ、ともう一度内心で吐息をこぼす。もう十分だと、そう思えた。

たとえ雪が解けて、春が来て、この土地を離れなくてはならなくなったとしても。この髪飾りがあれば。オルテンシアスの微笑みを、思い出にできるのならば。きっとミュゲは、どこへ行ったとしても大丈夫だ。どこでだって、自分は果報者だと思って生きていける。

＊＊＊

その日以来、ミュゲの日常には、また一つ変化が生じた。何が変わったかなど言うまでもない。髪型が、である。

一つにまとめてひっつめるだけだった桃色の髪は、たゆまぬ努力により練習を重ねた結果、自分ででも器用に編み上げ、シニヨンにすることができるようになった。そうやってまとめた髪を飾るのは、もちろんスズランの髪飾りである。

それはミュゲの桃色の髪によく映えて、鏡や窓硝子に映り込む自分の姿を見るたび、ついつい締まりのない笑顔を浮かべてしまう。

「えへへへへへ」

「……また見ているのか。よく飽きないな」

「だって嬉しいんですよぉ」

　今日は町へ出かけずに、屋敷の花の総入れ替えをしているところだ。先日までのテーマは、明るく淡い色の花々でまとめた『妖精が集《つど》う庭』だったから、お次は鮮やかな濃い色の花々で『極楽鳥《ごくらくちょう》の楽園』を目指したい。

　そう思って、窓際に腰かけていそいそと主に真夏に咲く花々……たとえば向日葵《ヒマワリ》やハイビスカスなどを用意していたのだが、その窓に映る自分の姿を今日も今日とてちらちらと見てしまう。窓の向こうの雪よりも白く美しいスズランの髪飾りを見るたびに、ミュゲの心は躍った。

　そんなミュゲの様子を、オルテンシアスは当初は気恥ずかしげに見つめていたが、それが何日も続くと、彼の表情や声音にはあきらかに呆《あき》れがにじむようになった。

　今だってそうだ。執務の休憩に自室から出てきた彼は、ミュゲと、その足元でまどろむニィナの姿を見つけると、しみじみと呆れまじりの溜息を吐いてくれた。

　ミュゲの存在を受け入れ、慣れて、その上で呆れてくれる彼の姿が、余計にミュゲを喜ばせていることに、はたして本人は気付いているのだろうか。いいや、気付いていないに違いない。

「旦那様、先ほど、町から今週の食材が届きまして。なんと！　菜の花を山盛り頂戴したんですよ。今夜はこちらとカブで、心も身体もあたたまるシチューにしようと思います！」

「菜の花？　もうそんな時期か。きみが咲かせたのではなく？」

「……あ、や、やですよぉ旦那様。こんなことで嘘なんてつきませんってば。初物だそうですよ、『討伐伯様にぜひに！』って配達の方も仰って……ね、ニィナちゃん」

足元で自らの肉球を舐めているニィナに同意を求めると、相変わらず真意の掴めない魔物は、「なぁお」と短く同意してくれた。

オルテンシアスにとってはこの話題はさして気にかかるものではなかったらしく、「そうか」と頷くばかりに留め、そのまま彼は厨房へと消えていく。飲み物でも取りに行ったのだろう。

普段であれば「私が用意しますよぉ」とその背を追いかけるのに、今のミュゲにはそれができなかった。いつも通りに振る舞えていたか、どうしようもなく不安だった。


——もうそんな時期か。


その何げない一言に、思わずぎくりとしてしまった自分がいた。菜の花の初物が出回り始めるということは、つまり、春の訪れが近いということだ。それが意味するところはすなわち、ミュゲの王都への帰還、オルテンシアスとの別れを意味する。

最初からそういう約束であり、契約だった。解っていたことだった。けれどいずれ必ず来《きた》るその日を思うだけで、ぎゅうと胸が潰されるような感覚に襲われる。

「大丈夫、って、思ってたんですけども」

こめかみを飾る髪飾りの存在を、改めて確かめるように、そっと手をやった。ひんやりとしたつややかな感触。これがあれば大丈夫だと、そう思っていたはずだったのに。ミュゲは、こんなにも果報者なのに。

それなのに、もうこんなにも……と、そこまで思って、はあと溜息を吐いた。らしくないですよねぇ、とつい自嘲して、そんな自分がやはり『らしくなく』て、ますます憂鬱《ゆううつ》な気持ちになる。

「ニィナちゃぁん、なぐさめてくださいよぉ」

よいしょっと両手でニィナを抱き上げて、そのふかふかのお腹《なか》に顔を押し付ける。幼い魔物は非常に迷惑そうに身をよじったが、ミュゲが放す気がないと気付くと、すっかり諦めて大人しくなった。

それをいいことに、ともすれば込み上げてくる涙を隠すために、ただあたたかなぬくもりに酔いしれる。とくとくと聞こえてくる鼓動が心地よくて、けれど同時にどうにもさびしい。

――こんなにもあったかいのに。

ああそうだ、このぬくもりとも、春になればさよならなのだ。

巡る季節の中でも春がもっとも慕《した》わしい季節だったはずなのに、今はこんなにも春なんて来なければいいのにと願っている自分が不思議だった。

――あったかい。

――でも、寒い。

――寒くて寒くて、たまらない。

――――――――――あれぇ？

なんだろう、この感覚は。

そう思う間もなく、ミュゲの手から力が抜けた。ニィナがミュゲの手から滑り落ちるように逃れ、スタッと見事な着地を決める。わあ、さすがニィナちゃん。そう褒めようとして、できなかった。

ぐるぐるぐるり。視界が回る。そのままミュゲの身体は、重力に逆らえなくなった。受け身を取ることもできずに、バタン！　と頭から倒れ込む。

痛くてたまらないのに、それ以上に寒くて凍えてしまいそうだ。なんだろう、これは。どうしよう。せめて起き上がりたいのに、全身が重くてそれも叶わない。

ニィナがフンフンと鼻を鳴らしてミュゲの顔を覗き込んでくる。大丈夫ですよぉ、と言いたくても、言葉にできない。

ああ、どうしたら……と、倒れ伏した状態のまま、思考だけはやたらと冷静に考え込んでいると、厨房の方から足音が聞こえてきた。

「こら、何の音だ？　またきみは何をして……っミュゲ!?」

「だん、なさま」

大丈夫です、と、今度こそそう言いたかったのに、やはり言葉にならなかった。

厨房から出てきたオルテンシアスがぎょっと目を見開いて、その手に持っていたカップを取り落とした。がしゃん、と、それなりに値が張るに違いないカップが砕け散る。

もったいない、とどこか遠くでそう思うミュゲの身体が、駆け寄ってきたオルテンシアスによって抱きかかえられる。繊細な容姿をしているくせに、こういうところは男の人なんですねぇ、と、場違いにも感心してしまう。

「……っなんて高熱を……！　馬鹿か、こんな状態になるまで気が付かなかったのか⁉」

「す、すみませ……」

「謝っている場合か！」

じゃあどうしろって言うんですかぁ、と問いかけるよりも先に、身体が宙に浮いた。オルテンシアスに抱き上げられたのだと、一拍遅れて気付く。

――おひめさま、みたい。

こんなにも綺麗な人に、横抱きにされるなんて。まるで絵物語の中の姫君にでもなれたような気分になって、思わず笑う。途端に、金糸雀色の瞳に、ぎろりとにらみ付けられた。

「このまま運ぶぞ」

けれどオルテンシアスは、今の状態……そう、とんでもない高熱を出しているミュゲにお小言を食らわせるほど、ひとでなしではないのだ。ミュゲが逆らうどころかろくに反論すらできないのを確認するまでもなく、さっさとそのまま歩きだしてしまう。

ニィナがとととと、と、ついてくるのが、視界の端に映った。オルテンシアスは努めてミュゲに負担をかけないように歩いてくれているらしく、伝わってくる振動は、ただゆらゆらとして、ゆりかごのように心地よい。

だから、とは言い訳だと解っていても、ミュゲはもう抗《あらが》うこともできずに、意識を手放した。

＊＊＊

ミュゲ、ミュゲ、と、優しく呼びかけてくれるその声に、自分が夢を見ていることに気が付いた。

優しく心地よい響きは、もう覚えていないと思っていた父と母の声だ。

人は誰かを忘れていく時、まずその声から忘れていくのだという。だからミュゲが両親の声を忘れてしまったことは不思議なことでもなんでもなくて、責められるべきことではない。

ただミュゲ自身が悲しくて、さびしかっただけだ。

きっと自分の名前をあの二人以上に心を込めて呼んでくれる人なんて、後にも先にも現れないに違いない。ずっとそう思っていたし、それでいいと思っていた。仕方のないことだと諦めて、〝花売りさん〟と呼ばれるだけで満足して、そうやって生きていくのだろうと。

シエ家に引き取られてからもそうだった。いいや、もっと酷《ひど》かったと言うべきか。〝花売りさん〟と呼ばれるどころか、〝おい〟とか、〝そこの娘〟とか、《花》ごときの役立ず〟とか、わりとさんざんな呼び方をされてばかりだった。でもそれでもやはり仕方のないことだと諦めて、にこにこと笑顔で「はい」と返事をした。


——だから、嬉しかったんですよ。


オルテンシアスに、『ミュゲ』と呼んでもらえたことが。

それはミュゲにとっては、本当に本当に嬉しくてならない奇跡だったのだ。たとえオルテンシアスにとってはそうするより他がなかったからこその、ただの符号としての『ミュゲ』にすぎないのだとしても。それでも誰かに、名前を呼んでもらえることの喜びを、久々に思い出したものだ。

ミュゲ、ミュゲ、と、優しい呼びかけは今もなお続く。

祈るようなその響きに、うっとりと聞き惚れて、そうして「あれ?」と何とはなしに首を傾げた。

——父さんでも、母さんでもない、声。

そう、この声は、両親の声ではない。忘れてしまった二人の声を、今なお否定するのは余計にさびしいことだ。けれど同時に、それは、ミュゲのことをこんな風に呼んでくれる新たな誰かが存在するということでもあって、戸惑わずにはいられない。

両親でなかったのだとしたら、誰がこんな風に自分のことを呼んでくれるのだろう。

そんな相手なんて、今の自分には、もう誰もいないはずだった。

ああ、でも、そうだ。

たった一人、そう、たった、一人だけ……。


「――――旦那様?」


自分の声が、自分のものではないようだった。あれぇ? と、続けて発した声も、大層かすれている。夜風にさらわれてしまいそうなくらいにか細くてか弱い、力のないそれだ。

知らない内に閉じていた瞳を開く。最初に目に入ったのは、オルテンシアスの屋敷において貸し与えられている客室の天井で、やっと自分がベッドに寝かされていることに気付く。そしてその隣の椅子に、オルテンシアスが腰かけて、組んだ両手に自らの額を押し当てて沈黙していることにも、また。

遠い何かに祈るような姿は静謐《せいひつ》な美しさを湛えて尊さをまとい、知らず知らずの内に見惚れてしまう。

小さく唇をわななかせたミュゲのかすかな声を、彼は遅れて認識したらしい。数拍ののちに彼の垂れていたこうべがバッと持ち上げられて、そのまま顔を覗き込まれる。

「起きた、の、か」

金糸雀色の瞳に浮かぶのは、安堵と後悔だった。あ、と思う間もなく、オルテンシアスの手が伸びて、いつの間にかほどかれて、汗で頬に張り付くミュゲの長い桃色の髪を払ってくれる。

手袋越しにでも解る、冷えた手だ。その冷たさは、彼がきっと長く緊張を強《し》いられていたからこそのものであり、それだけ長い間、ミュゲの意識がなかったことを教えてくれるようだった。

「わた、し……」

どれほどの間、意識がなかったのだろう。ぼんやりと熱でかすむ頭で懸命に考えてみても答えは出ない。そのかわりに、オルテンシアスが、あっさりと答えをくれた。

「丸一日、意識がなかったんだ。町の医師の見立てでは、慣れない土地での生活の疲れが一気に出たのだろうと」

「あ、えへ、へ、私、実は繊細で……」

そうか、まさか丸一日も。我ながらびっくりするような失態《しったい》である。情けなくて申し訳ないことこの上ない。

だが、それはそれとして、オルテンシアスは、自身が大怪我を負った時は決して医者を呼ぼうとはしなかったくせに、ミュゲのためにはわざわざ呼び寄せてくれたのか。

ありがたく嬉しいことだ。けれど、そうやって彼に気を遣わせてしまったことがもっと情けなくて申し訳ないから、せめてもの強がりで笑ってみせたかった。

下手な冗談だという自覚はある。それでも今にも泣きだしそうなその顔を、厳しい渋面を作ることでごまかしている彼に、少しでも笑ってほしかった。

それなのにオルテンシアスは、ミュゲに皆まで言わせず、「あるいは」と苦く続ける。

「高熱の原因は、僕の《毒》のせいかもしれないと。医師は言葉を選んでくれたがな、要は僕の毒霧が身体に蓄積され、それが一気に表出した可能性もあるそうだ」

「っ⁉」

笑ってほしいと思っていたのは確かだけれど、そんな風に自嘲してほしかったわけではない。

オルテンシアスの《毒》のせいだなんて、そんなことがあるはずがない。

おそらく彼は、町の医者に責められたわけでも咎《とが》められたわけでもないのだろう。ただ彼自身が、その可能性を指摘されたことで、大きな後悔に苛《さいな》まれているのだ。

それでもなお、ミュゲの安否を気遣って、ミュゲが目覚めるまで祈りながら待っていてくれた彼の心に、少しでも寄り添いたくて、ミュゲはからからになった喉から懸命に声を絞り出す。

「やですよぉ、旦那様の《毒》のせいなわけないじゃないですかぁ。ほら、お忘れですか？　私、ちゃぁんといつも解毒剤を飲んでるんですよ？　今更毒に負けるはずが……」

「……解毒剤とは、これのことか？」

「あ」

オルテンシアスが取り出したのは、黒の硝子に花の彫刻が施されている小瓶だ。ミュゲがこの屋敷に来た時、彼に見せたもの。オルテンシアスが軽く振ってみせても、それは何の音もしなかった。当たり前だ。

……だってその小瓶の中身は、もう、とっくに、すっかり空になっていたのだから。

言葉を失うミュゲに、完全に無表情になったオルテンシアスは低く問いかける。

「解毒剤がなくなったのはいつだ？」

言い訳を、したかった。昨日です、つい最近です、と、嘘をつきたかった。

けれど金糸雀色の瞳はどこまでも真剣に、ミュゲのことを労《いたわ》り、案じ、だからこそ嘘も冗談も許さないと語っていたから、もう駄目だった。

気付いたらミュゲは「二週間前です」と正直に答えてしまっていた。

にしゅうかん、と、オルテンシアスは静かにその言葉を反芻し、瞳を伏せた。そのまま彼は黙りこくってしまい、恐ろしいほどの静寂が部屋に満ちる。そうしてやっと、彼は、もう一度瞳を開いて、ミュゲを見下ろした。その瞳に宿るのは、確かな怒りだ。

「なぜ黙っていた?」

「だ、だって」

「だっても何もないだろう。……いや、もう今更か。だが、これで解ったな?」

「え」

「僕の《毒》がどういうものか。僕自身が気付かないうちに、他者を……そう、きみを、追い詰めることができるものだと。いくら馬鹿なきみでもいい加減に理解できただろう」

「そん、な」

ことはない、とは、言えなかった。オルテンシアスのまとうあきらかな怒気が、ミュゲからそう反論するだけの気概《きがい》を奪っていく。

これで彼がただ、向こう見ずなばかりのこちらに対して怒っているだけであるのならば、まだよかった。けれど違うのだ。彼は、ともすればミュゲが、命を落としていたかもしれない、という、彼自身ですら覆《くつがえ》すことができない可能性、ありえたかもしれない未来を恐れ、だからこそその現在を悔やみ、深く傷ついている。

——だいじょうぶ、なのに。

こんなことでオルテンシアスからの、なけなしの信頼を失おうとしていることに、ミュゲは今更ながらにしてぞっとした。そして「だからこそ」と、言い訳と解っていながらも内心で呟いて、唇を噛む。

だからこそ、言えなかったのだ。言いたくなかったのだ。

解毒剤を使い切ってしまったことをオルテンシアスが知ったら、きっと彼はミュゲのことをまた遠ざけようとするに違いないと、そう思ったから。ただミュゲがオルテンシアスのそばにいたくて、それだけのわがままを叶えるために沈黙を選び、結果として彼を深く傷付けてしまった。

「氷水と、医師から処方された薬を置いていくから、起き上がれるようになったら飲むように。僕に看病されるほど、きみはやわではないだろう？」

最後に笑って付け足された皮肉は、冗談にしてはあまりにも下手なものだった。そんな風に悲しそうに、さびしそうに言われたって、ちっとも笑えない。

オルテンシアスは優しくて、優しすぎるからこそ、自分のことを傷付けることで他人を守ろうとしてしまう。そんなこと、もう随分と前に気付けていたはずなのに、ミュゲはここにきて、自分の過《あやま》ちを知った。

こんなつもりじゃなかった。そばにいたいだけだった。でも、それがオルテンシアスにのしかかる重荷を増やすことになるだなんて、考えてもみなかった。

彼はミュゲのことを馬鹿だ馬鹿だと繰り返すけれど、もう反論できない。そう、自分はなんて大馬鹿者なのだろう。

「明日、また医師の手配をしてあるから、彼に任せる。町で療養《りょうよう》するといい」

それはつまり、出ていけ、ということだ。

そうと認識した瞬間、さあっと熱が頭から引いていった気がしたけれど、オルテンシアスはちっとも気付かない様子で、椅子から立ち上がろうとする。

行ってしまうのだ、と、思ったら、もう駄目だった。

「ま、って……！」

「っ馬鹿！　大人しく寝ていろ！」

鉛のように重くふらつく身体を起こして、去ろうとするオルテンシアスにすがりつく。ミュゲのこの行動は、彼にとっては想定外のものだったらしい。しっかり罵倒《ばとう》しつつも、慌てて支えてくれる彼の腕にしがみついて、いやいや、と、幼子のように首を振る。

「いや、いやです、だんなさま」

声が震える。ぶわりと涙があふれた。同時に、真白い花々が宙から現れ、雪のように降り注ぐ。とめどなく積もり始めた白花の群れに、オルテンシアスがまた声を荒げようと口を大きく開けたが、それがかえって悪手であると気付いたらしく、宥《なだ》めるようにミュゲの背を撫でてくれる。

「……落ち着け。落ち着くんだ、ミュゲ。魔術で下手に体力を消耗するな」

「いやです」

「ミュゲ」

「いやなんです」

頼むから、と、弱り切った声で小さく続けるオルテンシアスに、何度もかぶりを振り返し、その腕をぎゅうと抱き締める。

涙で濡れた視界の中で、彼の輪郭《りんかく》と、花々の白だけが、やけに鮮明だった。

綺麗ですねぇ、と、どこか遠いところで他人事のように思う。涙はいまだ止まらない。ぼろぼろと泣きじゃくりながら、だんなさま、と、唯一許された宝物の響きを口にする。

「おいていかないでください」

父も母も、ミュゲをおいていってしまった。仕方のないことだった。いつもミュゲはおいていかれる側で、見送ることしか許されなかった。そう、仕方のないことだったのだ。

でも、いくらそう諦めていたとしても、もう繰り返したくないと願い祈る自分がいることに気付いてしまった。気付かせてくれたのは、今、ミュゲのことをなんとか諦めさせようとしている、優しすぎる人だ。突き抜けた優しさがいっそ残酷であることを教えてくれた人だ。

なんて酷いのだろう。なんて意地悪なのだろう。だからもうミュゲは遠慮することなく、今まで誰にも許してもらえなかった、ミュゲ自身ですら許せなかったわがままを口にすることにした。

「ひとりに、しないで」

さびしいのは、もう嫌だった。ぐしゃぐしゃに泣きじゃくる顔がどれだけ見苦しいか、なんて、考える余裕はない。ただ一緒にいてほしくてぎゅうぎゅうとオルテンシアスの腕を抱き締め続けるミュゲは、彼もまた泣きだしそうな顔になっていることに気付けなかった。

オルテンシアスは、その衝動を抑えるためだろうか。深く息を吸って、吐き出してから、じれったくなるくらいに重々しく口を開いた。

「……きみが、眠るまでだぞ」

どこまでも途方に暮れたその声に、どうしようもなく安堵した。

オルテンシアスの腕を抱き締めていた手から力が抜けて、そのままぱったりとベッドに再び倒れ込む。慌てたオルテンシアスが、こちらの安否を確かめるためか、そっと額に手をあてがってくれた。

冷たく心地よい手に、ふふ、と、先ほどまで泣きじゃくっていたのが嘘のように笑みがこぼれる。

――ああ、なんて。

「優しい、手ですねぇ」

「っ!」

ずっとこのままでいられたらいいのに。いまだに真白い花々を生み出し続けながら、そう夢うつつに希《こいねが》うミュゲの言葉に、オルテンシアスの白皙《はくせき》のかんばせが一気に赤くなる。

彼にとっては自身のその反応は不本意極まりないものだったのだろう、ぐっとこらえるように歯を食いしばった彼の左手から、次の瞬間、毒霧が噴き出した。あらぁ、と、ミュゲは重い瞼《まぶた》を瞬かせる。

いくら最近落ち着いていたといっても、それはあくまでも彼の心の平穏が保たれていたからこそのものであったことを思い知らされるような気分だった。

今のオルテンシアスの心は乱れ、だからこそ《毒》の魔術は彼の心を超えて暴走してしまう。そうさせているのは、間違いなくミュゲだ。それを申し訳ないと思うと同時に、ほんの少しだけ嬉しいと思ってしまったこの心に、幸いなことに彼が気付く様子はない。

今度こそサッとオルテンシアスの顔色が変わるが、毒霧はミュゲに届くよりも先に、その周りに降り積もる白い花々を鮮やかに染め上げるだけで消えていく。

色とりどりの花々が鮮やかに美しく咲き誇り、「なぁ！」と、ベッドの足元でまどろんでいたニィナが歓声をあげてさっそくその花々に食い付いた。ぱくぱくとさもおいしそうに花々を食べるもふもふの姿に、オルテンシアスはドッと疲れ切った顔で、ベッドに突っ伏した。

「きみも、ニィナも、いったいなんなんだ。危機感がなさすぎるだろう。こら、ミュゲ、聞いているのか？　……ってまさか、寝た、だと……？」

嘘だろう、どこまで危機感がないんだ。そうオルテンシアスが呆然《ぼうぜん》と呟くのを遠くに聞きながら、ミュゲはふわふわと夢見心地のままえへへと笑って、また意識を手放すのだった。

――それから、五日が経過した。

ミュゲにとっても、オルテンシアスにとっても、長い五日間であったと言えよう。

当初、必要最低限の接触でミュゲのことを避けようとしていたオルテンシアスだったが、さすがの彼も、口以外はすっかり病人となっていたミュゲのことを捨て置くことはできなかったらしい。彼は最終的に自ら、ミュゲの看病を買って出てくれたのだ。

もちろん屋敷に臨時の雇いの世話役を招くという案も考えなかったわけではないらしいが、ミュゲが「私にそんなお金を使わないでくださいよぉ」と遠慮がちにみせかけてその実きっぱりと、断固として断ったことで、腹を決めたようだった。

――僕が世話をするならば、文句はないな？

そうミュゲに宣言した時の彼の眼は、完全に据《す》わっていた。腹を決めたというよりは普通にブチ切れたと言う方がいいのかもしれなかった。あるいは開き直りとも言うのだろう。

ミュゲがいくら「めっそうもございません！」「恐れ多いですぅ！」と訴えようとも、彼は譲ってくれなかった。それどころか、底冷えをする笑顔でこう言ったものだ。

——僕の気持ちが解ったか？

と。怜悧な美貌に浮かべられたとんでもない迫力の笑顔に、ミュゲはひえ、とおののいた。

あっこれは、魔物討伐で彼が大怪我を負った際において、ミュゲがその世話役を無理矢理もぎ取った件を、ものすごく根に持っていらっしゃる……と気付いた時には、もう遅かった。

誰よりも《毒》の暴走を恐れているくせに、かといってミュゲのことを一人にすることもできない彼はやはり優しい。努めて自身の心の平静を保ちながら、細心の注意を払って《毒》を制御し、彼は何かとミュゲの世話を焼く。

食事の準備ばかりでなく、汗ばむ身体を拭くための桶《おけ》や湯など一式を用意してくれまでする彼に、いくら図太いミュゲでも慣れることはできない。ただただありがとうございます、と今もなお平身低頭《へいしんていとう》してお礼を言うことしかできずにいる。

「ほら」

「……あの、もう自分で食べられますよぉ？」

「ん？　何か言ったか？」

「…………なんでもないですぅ……」

取り付く島もない満面の笑みで問い返され、ミュゲはあえなく撃沈した。

あらぁ旦那様、そんな笑い方もできたんですねぇ、これは世間のレディが放っておけないヤツですよぉ、と、輝く笑顔を前に遠い目になりながら、促されるままにあーん、と口を開く。

そこにオルテンシアスが作ったくたくたになるまで煮込まれた具だくさんのスープをすくったスプーンが差し込まれる。おいしい、と、素直に思った。

「旦那様、本当にお料理がお上手ですねぇ」

「慣れているだけだ。必要最低限の調理法しか知らないぞ。料理がうまいというならば、それはきみだろう」

「私ですかぁ？　いやいやそんな……」

「あれほど食用花を使いこなしておいて何を言う。謙遜《けんそん》はすぎると嫌味でしかない」

「……気を付けますぅ」

どうやら心から褒められているらしいので、大人しくその言葉を受け取らせていただくことにした。

だがやはり、自分はそう料理がうまいわけではないと思う。ただ困窮《こんきゅう》が極まって、自分が生み出す花以外に食べるものがなくなってしまうという事態は往々《おうおう》にあって、必要に駆られてそれらを活用するすべを学んだだけだ。

だからきっと、本当の意味でちゃんと料理が上手なのはオルテンシアスの方なのだろう。けれど彼は素直ではないので、いくらミュゲが言葉を連ねてもまともに褒め言葉を受け取ってはくれないに違いない。

だからそのかわりに、もぐもぐとオルテンシアス手製のスープをしっかりと味わい、そのおいしさを噛み締めて、にっこりと笑ってみせる。

「今日もすっごくおいしいです。えへへ、旦那様、お夕食は何ですか？」

「今昼食を食べているのに、もう夕食の話か？」

「だぁって楽しみなんですもん！」

ねぇニィナちゃん、と、ミュゲが倒れて以来、すっかりミュゲの抱き枕になってくれている魔物に問いかける。

もふもふふかふかの魔物は、ぱくぱくむしゃむしゃとオルテンシアスの毒霧によって染まったミュゲの白花を食べるのをいったん中断し、ちらりと視線だけを持ち上げて「おかわりの話？」と言いたげに、まだ花の残る皿を鼻先でつついた。

「……つくづく食い意地の張ったやつだな」

「それだけおいしいってことですよぉ。ニィナちゃんはまだ小さいんですから、これからもっと食べなくちゃいけないんですし」

「……いや、食い意地が張っているのはニィナばかりではなく…………はぁ、もういいか……」

心底呆れたように溜息を吐かれてしまった。諦めのにじむ溜息だ。

その諦めの対象が、自分であることに気付かないでいられるほどミュゲは鈍くはない。むしろ自分の食い意地が張っている自覚はばっちりあるので、今更傷付くことだってない。

それどころか、「おいしいものをお腹いっぱい食べられるなんてそうそうない機会なんですから、私は全力でその権利を振りかざしますよぉ！」という気持ちで、ここぞとばかりに再びあーんと口を開ける。

オルテンシアスの目がつくづく呆れたと言いたげにすがめられたが、彼は何も言うことはなく、また口にスプーンを運んでくれる。

「本当にきみは……いやなんでもない。それよりも、そもそも僕はニィナの成長期をこのまま見守ってやるつもりはないぞ」

「ええ？」

「何を不思議がる。当たり前だろうが。近いうちにニィナは、群れに帰すつもりだ」

「……そうですかぁ」

オルテンシアスが万全の状態である今ならば、確かにニィナはもう群れに帰すことができるだろう。ここまで人馴《ひとな》れしてしまった魔物が、無事に群れに帰れるのだろうか、という不安はあるが、いつまでもこのままでいるわけにはいかないことも解っていた。

魔物は多くが群れで暮らし、同族意識が高いという。現状としてまだオルテンシアスの元に被害の報告は上がってきてはいないらしいが、いずれミュゲがニィナと名付けたこの魔物の幼体を探して、グレイゴーストの群れが人里を襲う、なんて可能性も十分にありうる。

「本来獰猛《どうもう》なグレイゴーストが、こうして花を好むとは、聞いたことがなかったな。いずれ魔術院に報告すべきか……」

花を食べたり、花と戯《たわむ》れたりするニィナの姿は、愛らしいとしか言いようがない、実に平和的なものだ。討伐伯として彼らと敵対してきたオルテンシアスにとっては、その姿はいまだに信じがたいものであるらしい。彼はなんとも複雑そうな顔でニィナのことを見つめている。

国内の魔術師を統括し、国のあちこちに分布する魔物の情報が集まる王家直轄魔術院にまでわざわざ報告しようとしているくらいなのだから、どうやらよっぽどこの事態は珍しいものであるらしい。

その珍しい事態における中心に居座るニィナはというと、オルテンシアスの疑念に満ちた視線など何のその、うっとりと瞳を細めて花に埋もれるばかりだ。やはり平和である。

――でも、魔物は、魔物ってことですよねぇ。

ミュゲはこれまでの人生で魔物に遭遇したことはない。基本的には彼らと人間は生きる領域が異なるとされる。たとえば王都などの栄えた町では、魔物が現れることなどほぼ皆無だ。その分辺境では、魔物の生活圏と人間の生活圏が重なり合うことで、互いを敵とみなし、だからこそ討伐伯のような存在が必要とされる。

非力な人間にとって、魔物は脅威以外の何物でもない。だからいずれ、こんなにもかわいらしいニィナも、人間に害をなす恐ろしい存在になりうるかもしれないのだ。

それでも現状として討伐しないのは、今のところニィナ自身が大層大人しくミュゲに懐《なつ》いているからであり、下手に討伐することで仲間を刺激することになりかねないことを危惧しているからだ。

そして根本的に、いくら魔物が討伐対象であるとはいえ、彼らもまた世界を構成する一つの要素であり、共生はできずとも共存はすべきである、という考えが、このエッカフェルダントに深く根付いているからであろう。

だからこそオルテンシアスは、ニィナを群れにそのまま帰そうとしているというわけだ。

――ニィナちゃんとも、お別れなんですねぇ。

思わず手を伸ばしてニィナの額をくすぐるように撫でると、ゴロゴロゴロゴロ、と喉を鳴らす音が返ってくる。ふふ、と思わずこぼした笑顔に、どうしてもさびしさがにじんでしまうのが自分でも解った。

オルテンシアスは、ニィナの今後について考え込んでいるらしく、さいわいなことにこちらの変化には気付かなかったらしい。それをいいことに、さっと彼の手からスープの器とスプーンを奪い取った。油断していたらしいオルテンシアスが止める間もなく、自ら口に運ぶ。

「おいしーい……。あったまりますねぇ……」

「こら、勝手に持っていくな」

「これくらいはもう大丈夫なんですってば。自分でできることは自分でした方が早く治るものですよぉ」

「僕の時はそれをさせてくれなかったきみが何を言うんだ」

「それはそれ、これはこれです。おかげさまで随分楽になりましたし、午前中にいらしたお医者様にも太鼓判を押していただきましたし、明日からはまた家事もお花も頑張りますねぇ」

そう、わざわざ町からやってきてくれた医者の見立てでは、ミュゲはもうほぼ全快しているといっていい状態であるらしい。大事に至らなくてよかったですな、と、老齢の男性は心からミュゲのことを心配してくれた。

もしかしたら……いいや、もしかしなくても、彼の心配は、こちらに対するものばかりではなくて、オルテンシアスにも向けられていたものだったに違いない。

《毒》の魔術師である討伐伯たる彼の事情を知っている上で、医者は自らこの屋敷に足を運んでくれて、「ミュゲさんの状態は……」と丁寧に説明してくれた挙句、「討伐伯様も、いくらミュゲさんが心配であるとはいえ、ご自分がご無理をなさってはいけませんぞ」と、懇々《こんこん》と言い聞かせていたくらいなのだから。百戦錬磨《ひゃくせんれんま》の医者の、厳しくも優しい説教を前にして、《毒》の討伐伯ともあろう青年は、たじたじになっていた。

――ほら、やっぱり旦那様のこと、皆さん、ちゃーんと見てくださっているんですよ。

それなのに彼はまだまだ自身のことを認めようとしないのだから、まったく困ったものだ。

彼の境遇を思えば仕方のないことなのかもしれないが、いい加減そろそろ、オルテンシアスには、自分自身を赦してあげてほしいと願わずにはいられない。

──こんなにも、おいしいご飯を作ってくださる方なんですから。

気付けばすっかりスープは空になっていた。それなりの量があったはずだが、自分でも驚いたことに、ぺろりと食べ切ってしまった。うん、やはり体力がばっちり回復しているということだろう。

「旦那様はお次はどんな花がお望みですか？　寝込んでいる間に私が用意できたの、ニィナちゃんの分の白い花だけでしたもんねぇ。どうでしょう、今度は……ううん、そうですねぇ、テーマを『ミュゲさんの回復祝い』なんてことにして、白い花を基調にした飾り付けを……」

「その必要はない」

寝込んでいた分を取り戻すためにも、まずはまた屋敷中を花々で、と心を躍らせるミュゲの言葉を、オルテンシアスがさえぎった。

それは、先ほどまでとは打って変わった、何の感情も読み取らせない、けれどだからこそ彼がミュゲに反論を許すつもりはないのだということを知らしめる声だ。

思ってもみなかった硬質な声音に、きょとん、とミュゲは大きく若葉色の瞳を瞬かせる。

「……ええと？　旦那様？」

どうしたんですか、と、問いかけるよりも先に、オルテンシアスが懐に手を差し込んだ。なんだろう、と思う間もなく彼が取り出したのは、一通の手紙だ。

無言で差し出され、反射的に受け取る。ミュゲのような平民が普段触れるどころか目にすることもない上質な紙は、しっとりとして触り心地がいい。その手紙の表面に、宛名はない。裏返してみると、これまたやはり上質な封蝋《ふうろう》で固く封がされていた。ミュゲ、そしてオルテンシアスがはめている手袋に刻まれた、『薬』と『十字』を意匠化した紋章。それは間違いなく、シエ家の家紋だ。

これはなんだろう。まさか。

「私への恋文ですかぁ？　やだなぁ旦那様、そういうのはちゃぁんと口で伝えてくださいよぉ」

「ひとまず黙れ馬鹿娘」

「はいごめんなさい！」

オルテンシアスの様子があきらかにいつもと異なる、硬く冷たいものになりつつあったから、それをなんとかしたくて言った冗談だったのに。いくらミュゲだってオルテンシアスから恋文をもらえると勘違いするほど馬鹿ではないのだから、どう考えたって冗談だと解り切っていた台詞だ。

それなのにオルテンシアスには、あいにくのことにまったく伝わらなかったらしい。ぎろりとにらみ付けられて、ひえっと息を呑んでベッドの上で姿勢を正してみせる。その姿に、オルテンシアスはそろそろ何度目かの溜息をまた吐き出した。

「きみと真面目な話をするのは、どうしてこんなに難しいんだ……？」

「そ、それほどでもぉ……」

「褒めてない」

「ですよねぇ」

えへへ、と、曖昧に笑い返すと、またしても疲れ切った溜息が返ってくる。そのままこうべを垂れるオルテンシアスは、ともすればそのまま沈没してしまいそうな雰囲気である。

どうやら彼は、彼なりにかなりの覚悟を持って、この手紙をミュゲに渡してくれたらしい。その出鼻を思い切りくじかれる形になって、呆れるも怒るも通り越し、一周回って悲しくなってしまったようだ。

「だ、旦那様……」

さすがに申し訳なくなってそっと声をかけると、オルテンシアスはやっと頭を持ち上げてくれた。そしてミュゲを見つめてくる彼の表情を見て、あ、と息を呑む。彼は、誰にも決して覆《くつがえ》させない、というような、確かな覚悟を決めた顔をしていた。

「その手紙は紹介状だ」

「……紹介状？」

耳慣れない言葉を繰り返すと、オルテンシアスは頷いて、さらに続ける。

「討伐伯は、その職務はとにかく、れっきとした爵位であり、そういう意味では僕は貴族の一員であるとは知っての通りだ。ヒューエルガルダ領は辺境だが、それでも一貴族からの紹介状ならば、どんな商業ギルドでも、ある程度の……そう、最低限以上の融通《ゆうずう》を、必ず利かせてもらえるはずだ」

「は、はあ……ええと……？」

オルテンシアスは何を言っているのだろう。いまいち理解ができなかった。いいや、違う。理解したくなくて、思考が考えるのを拒否しようとしている。そうして何度もオルテンシアスの顔と、彼が渡してきた『紹介状』を見比べる。

こちらの表情にあきらかな不安がにじんだことに、オルテンシアスは敏《さと》く気付いたのだろう。

安心しろ、とばかりに、彼はらしくもなく、本当に優しく、やわらかに、薄く微笑んだ。

「これできみが王都に帰ったとしても、路頭《ろとう》に迷うことはない。さあ、これで憂《うれ》いはなくなっただろう？　一週間後、ようやく王都からの商隊がこのヒューエルガルダ領に来ることになった。きみはその馬車に乗って、王都へ帰れ」

「――――っ！」

息を吞まずにはいられなかった。たった今耳にしたその言葉が信じられなくて、信じたくなくて、言葉を失う。

そして、気付いてしまった。今、こうしてオルテンシアスが向けてくれているその優しい笑顔が、彼が〝最後〟を覚悟したからこそのものだということに。ミュゲとの別れを目前にして、せめてもの手向《たむ》けとばかりに、彼は笑ってくれているのだ。ミュゲが少しだって、気に病むことがないようにと。

ああほら、やはり彼は優しい。優しくて、優しいからこそ、こんなにも残酷だ。

とうとうこの日が、この瞬間が来てしまったのだ。解っていたつもりだったのに、それなのに悲しむよりも怒るよりも先に、ただその衝撃に打ちひしがれている自分がここにいた。

「旦那様、は」

「なんだ」

「私に、王都に帰れと、仰っているんですか」

「……ああ、そうだ。いくらきみでも解るだろう？」

幼子に言い聞かせるような口ぶりに、カッと頭に血が上った。せっかく平熱に戻ったのに、また一気に高熱になってしまうような、そんな衝動が込み上がってきて、その勢いに任せて、紹介状をオルテンシアスに叩きつける。

我ながらなんて失礼な真似を、と一瞬後悔したが、それよりもただふつふつと湧き上がる怒りにはかえられなかった。

いくら勢いをつけて叩きつけたとしても、もちろんたかが手紙一通である。オルテンシアスに痛みを与えることはできず、それどころか、彼は平然とした顔でこちらのことを見つめ返してくる。その無表情に、唇を噛み締める。そう、彼が努めて無表情を取り繕っていることが解ってしまうから、だからこそ余計に怒りが込み上げてきた。

「嫌です」

「ミュゲ」

「嫌ですったら嫌です。私は、帰りません」

春になるまでは、とは、続けられなかった。けれど解っている。どう頑張ったって、ミュゲの主張は春になるまでしか通用しないことを。

この屋敷での滞在期間は、雪が解けるまで、春になるまでだという約束であり契約だ。そんなことは解っている。その件についてはミュゲが言いだしたことなのだから、もう覆せない決定事項なのだということも、理解しているつもりだった。

本当は、もっとずっと、と思っていたとしても、それはただのミュゲのわがままだ。叶わない望みだ。けれどだからこそ、せめて春までは粘るつもりだった。

そう、今はまだ冬なのだから。外では今日も雪が降り続いている。だから、まだだ。まだ帰らない。帰りたくない。ミュゲは、オルテンシアスのそばにいたい。たとえ彼を困らせるだけだと解っていても、譲りたくなかった。こんな形でいきなり別れを突き付けられるなんて、冗談でもごめんだった。

怒りは冷めやらず、ミュゲの若葉色の瞳には涙がにじむ。歪《ゆが》む視界の中で、オルテンシアスが、途方に暮れたような顔をしている。どうして、とその薄い唇がわななないた。

「きみがこの屋敷に縛られる理由などないだろう。今回きみが体調を崩した原因が、ただの疲れによるものだったとしても、それはたまたまだ。今度こそ僕の《毒》がきみの命を奪う結果にだってなりかねないんだぞ」

「で、も！　だって！」

オルテンシアスの言うことは正しい。彼は自分の魔術のことをちゃんと理解していて、だからこそその危険性から、ミュゲを遠ざけようとしてくれているだけだ。

そんな彼に反論するのは、ただ聞き分けのない子供が駄々をこねているだけのようなものでしかない。それでも諦めがたくて、ミュゲは自分でも信じられないくらいに必死になって、懸命に言葉を重ねる。

「私、大丈夫なんですよ。解毒剤がなくたって、ほら、最近の旦那様、《毒》を暴走なさることもほとんどなくなられたじゃないですか。いざという時は私だって逃げますし、お医者様にまたお薬を出していただきます！　だから、だから……！」

「ミュゲ」

「っ！」

「ありがとう。もう、いいんだ」

その笑顔は、あまりにも優しくて、だからこそどうしようもなくさびしいものだった。

ひゅ、と喉が鳴るのを感じた。たまらなくなって、ミュゲはベッドから身を乗り出して、椅子に座っているオルテンシアスに取りすがる。

「だめ、です」

「ミュゲ？」

「だめ、駄目ですよ、旦那様」

何度もかぶりを振って駄目だ駄目だと繰り返すミュゲを、オルテンシアスが戸惑ったように見下ろしてくる。そのかんばせを見上げて、ミュゲは泣きだしそうに声を震わせた。

「私がいなくなったら、旦那様、また独りになっちゃうじゃないですか……！」

初めてこの屋敷に来たあの日のことが、まざまざと思い出される。上品な調度品が並ぶ素敵な屋敷だと思ったけれど、なぜだかどこもかしこも閑散としている印象で、どうにもさびしいお屋敷だなぁ、と思ったものだ。

だからこそミュゲは、屋敷を花で飾った。なぐさめになれたら、癒《いや》しになれたら。そんな御《ご》大層《たいそう》なことを思っていたわけではなくて、ただ喜んでもらえたら、と、そんな淡い期待を抱いていただけだ。

所詮ミュゲの独りよがりだったとしても、それでも日々花に満ちていく屋敷の姿に、時折オルテンシアスがまぶしげに瞳を細めてくれる姿が嬉しかったのだ。

けれど結局彼の心には届かなかったのか。それとも、届いたからこその、この結果か。

旦那様、と呼びかけると、オルテンシアスはそっとミュゲを引きはがして、また笑ってくれた。さびしげでありながらも、確かな満足がにじむ笑顔だ。

その笑顔にまた言葉を失うミュゲを穏やかに見つめ返して、彼は「ああ」と頷く。

「確かに独りにはなるが、今までもそうだったのだから、なに、心配はいらない。大丈夫だ」

何が大丈夫なものですか。全然安心できませんよ、そんなの強がりですよ。

そう言いたくても、言葉にできない。だってオルテンシアスの表情は、声音は、心からの幸福に満ちたものだったからだ。

反射的に口ごもるミュゲと、枕元にミュゲがお守りとして置いているスズランの髪飾りを見比べてから、オルテンシアスは穏やかに続けた。

「誰かと暮らすのが、こんなにもにぎやかなものだとは知らなかった。きみには負担を強いたが、こうしてみると僕にとってはいい経験だった。いい、思い出ができた。だからもういい。十分なんだ」

彼は心から満足げにそう言った。なんてさびしいことを言うのだろう、と、ミュゲは呆然とした。他にどんな反応ができたというのだろう。

こんなことを言わせたくて一緒にいたわけではない。最初は他に行先がなかったからこそ、押しかけ使用人としてこの屋敷に居を構えさせてもらったけれど、でも気付いたら、この屋敷にいたいと思う理由はそればかりではなくなっていたのだ。

オルテンシアスがいてくれるからこそ、この屋敷にいたいと思うようになっていた。

けれどそれを今ここで伝えたとしても、きっとオルテンシアスは受け入れてはくれない。むしろ「きみがそこまで思ってくれるならばこそ」と、余計にミュゲを追い出しにかかるだろう。

何か、何か他に、理由を。この屋敷にいてもいいと許してもらえる理由を。

この五日間ですっかり寝ぼけてしまった頭を全力で回転させて、そうしてミュゲは、やっとの思いで口を開いた。

「シ、シエ家の！」

「うん？」

「シエ家の、ご当主様の、ご命令ですから！　その、赤ちゃんについては諦めてますけど、ご当主様の手前、もう少し私はこちらに滞在した方がいいと思うんです！」

自分でもみっともないと思わずにはいられないいくらいに必死になっていた。なんて下手な理由付けだろう。それでもこれが今のミュゲの精一杯だった。オルテンシアスの顔に苦笑が浮かび、「そんなことか」と彼は肩を竦《すく》める。

「心配しなくても、父上にはちゃんと通達しておく。僕はきみにアルエット姓であるべきだと言ったが、現実問題として、きみは確かにシエ家の血筋だ。父上はシエ家の女性であるきみを、僕の相手が無理だったと知ったら、改めてなんとしてでも同じくシエ家の男とつがわせようとするだろうが……そこは僕が、きみについての報告書でうまく書いておこう。僕の《毒》の前でなくとも、きみの《花》はただの花売りとして働く以上の使い道はないとでも伝えればなんとかなるはずだ。それでも追手が放たれる可能性があるから、もしかしたら王都を離れてもらう羽目になるかもしれないが、王都以外でも、紹介状を持ってきちんと商業ギルドを介せば、職にあぶれることもなく、家も借りることができるだろう」

「で、も」

「でもじゃない。解ったな」

これでこの話は終わりだ、とでも言いたげに、オルテンシアスは左手を挙げた。ぴしゃり、と言葉を打ち切られたのを感じる。

一週間後にミュゲがこの屋敷を去ることは、もう彼の中では決定事項であるらしい。そこにミュゲの意思なんてまるで関係なくて、けれど腹を立てることもできなくなる自分がいる。

だってオルテンシアスは、どこまでもミュゲのことを思いやってくれたからこそ、この選択を選んだに違いないからだ。

――でも。

――それでも！

「嫌です！」

「……おい、ここまで僕に言わせておいて、まだごねるのかきみは」

「ええごねますよ、ごねますとも！　嫌ですったら嫌です！　ぜぇったいに嫌ですぅ!!」

ここで引けるわけがなかった。オルテンシアスがミュゲのことを思いやってくれるのならばこそ、ミュゲだってオルテンシアスのことを放ってはおけない。

どうせ彼のことだから、ミュゲが去ったあとは、本人の言う通り、なんでもない以前と同じ日常を取り戻すのだろう。冗談ではなかった。勝手に『いい思い出』になんて昇華《しょうか》されたくない。思い出にされるよりも、これからももっと新たな思い出を作っていきたいのだ。

――何か。

――何か、他に、理由を。

――旦那様が、納得せざるを得なくなる、理由を！

ぐるんぐるんと懸命に頭を回転させる。そしてミュゲは、はっと息を呑んだ。

そうだ、思い出した。とっておきの隠し球がある。それこそが、ミュゲがこのヒューエルガルダ領に、オルテンシアスの元に来ることを決心した理由になったもの。

「私、頼まれているんです！」

そうだとも。これを言ったら、オルテンシアスだって納得してくれるに違いない。そんな期待をありありと顔に描き、表情を輝かせるミュゲに、彼はぱちりと瞳を瞬かせた。

「……何をだ？」

ともすれば恐る恐るにも聞こえる声音で問いかけられ、ミュゲは笑って胸を張る。

「旦那様のことを、よろしくお願いしますって」

「…………なんだと？」

オルテンシアスの声音に、訝《いぶか》しげな響きが宿る。誰がそんなことを、とでも言いたげな声音だ。彼にとっては思い当たる相手などいないのだろう。けれどミュゲは知っている。たった一人、そうやってオルテンシアスのことを気遣っていた存在のことを。

「僕のことを頼むなど、いったい誰が……」

「旦那様の、お姉様です」

「……！」

金糸雀色の瞳が、限界まで見開かれた。あねうえ、と、その唇が音もなく震えたのを見届けて、ミュゲは笑顔で深く頷く。

「シエ家で、私がこちらのお屋敷に来ることが決まったばかりの頃に、お手紙を頂戴しまして。それと一緒に、解毒剤も届けてもらえて」

そうだとも。その手紙と解毒剤が、知らない土地に行くより他はないミュゲの背中を押してくれたのだ。以前、オルテンシアスに姉がいること、そしてどんな女性であったかということを語ってもらったが、ミュゲは実はそれ以前から、その存在については知っていたのだ。

シエ家の使用人の女性が、こっそりミュゲに渡してくれた手紙の送り主が、オルテンシアスの『お姉さん』だったのである。もちろん彼女と顔を合わせたことはなく、手紙をもらって初めて認識した相手だ。まさか失踪している相手だとは思わなかったけれど、受け取った手紙の内容を疑ったことはない。シエ家が「お前ごときにもったいない」と用意してくれなかった解毒剤を用意してくれたこともあり、その手紙と解毒剤を信じて、ミュゲはこの地にやってきたというわけだ。

「だからですね、旦那様。私は……」

「――――なるほど」

一緒にいたいです、と続けるよりも先に、オルテンシアスの台詞によってさえぎられた。

思ってもみなかった低い声に「あれ？」と思う間もなく、彼は顔を片手で覆って続ける。

「僕の《毒》に対抗できる解毒剤など、どうやって用意したものかと思っていたが……はは、姉上の手によるものならば、納得だ」

なるほど、なるほど。そう繰り返して、彼はようやく顔を覆っていた手を下ろした。そこにある怜悧な美貌のかんばせに浮かぶ表情に、ミュゲは息を呑む。彼は、怒りと悲しみがごちゃまぜになり、その上で笑みを浮かべるという、とても器用な、いびつな表情を浮かべていた。

「つまりきみは、義務感で僕と一緒に暮らしていたわけか」

「え？」

何を、言っているのだろう。オルテンシアスの言葉に理解が追いつかず、ぽかんとまぬけ面をさらすミュゲを、彼はあきらかな嘲笑を浮かべて見つめてくる。

「いいや、義務感ばかりではないか。姉上からの手紙ならば、大方、きみは大いに同情でも誘われたんだろう」

きみは優しいからな、と、続ける声音は、冷たかった。そこに込められた嘲笑は、ミュゲに向けられたものではなく、オルテンシアス自身に向けられているものであるようだった。

「え、あ」

違う、そうじゃない。

そう言いたくても、もうオルテンシアスの耳には届かない。

彼は冷ややかにミュゲを見つめている。そのまなざしに射抜かれたように動けない。言葉も何もかも、凍り付いてしまったようだ。

「そんなもの、いらない。義務感も同情も不要だ」

余計にみじめになるだけだ、とオルテンシアスは吐き捨てる。金糸雀色の瞳に浮かぶ光が、深く傷付いていた。その傷を付けたのは、間違いなく自分だ。

そう気付いたミュゲは、あ、と口を押さえる。けれど発した言葉はもう取り戻すことはできなくて、口を押さえるというこの行動すら、オルテンシアスには〝図星を衝《つ》かれて口ごもった〟という反応にしか見えなかったらしい。今までになく冷たくなった彼のまなざしに、改めて身体も心も凍り付くようだった。

違う、そんなつもりなんてない。ただここに来る理由がそれで、それをそのまま、ここにいられる理由にしたかっただけ。

けれどオルテンシアスには、ミュゲのその言葉は、『義務感と同情』という形で受け取られてしまった。訂正しようにも、彼はすべてを拒絶する背中で、部屋を出て行ってしまって、残されたミュゲは、ただ呆然とベッドに座り込んでいることしかできなかったのだった。

第4章　花は咲いて

それからというもの、オルテンシアスがミュゲの前に現れることはなくなった。避けられている、どころの話ではなく、互いの存在そのものを認識しないように振る舞われているようだった。

やっと回復したのだからと、ここぞとばかりに腕を振るって食事を作っても、オルテンシアスがミュゲと同じ食卓に現れることはない。彼の自室まで運んでも、ただ一言「必要ない」と返ってくるだけで、あとは何をどう声をかけてもなしのつぶてだ。

居間のテーブルの上に白い花を山と積んでおくと、彼はちゃんとニィナのためにその白を自らの《毒》の魔術でもって鮮やかな色に染めておいてくれるけれど、それだけだ。たったそれだけのことが、今となってはミュゲとオルテンシアスの間にある、唯一の繋《つな》がりだった。

彼の顔を、もう一週間も見ていない。同じ屋敷に住んでいるはずなのだが、もしかして勘違いだったのか、とすら思えるほどだ。

図々《ずうずう》しく、図太く、しなやかに強靭《きょうじん》な、抜いても抜いても生えてくる雑草精神を自負しているミュゲだが、さすがにこれは堪《こた》えるものがあった。

オルテンシアスの気をなんとか引きたくて、それが叶《かな》わなくても、ミュゲが確かにこの屋敷にいることを知ってほしくて、この一週間というもの、次から次へと手を替え品を替えて、屋敷を花で飾り付けている。たったそれだけのことしかできない自分が悔しくて、けれど、この状態を招いたのは間違いなく自分だということも解《わか》っているから、余計に落ち込まずにはいられない。

——義務感も同情も不要だ。

今日のテーマの『黄昏《たそがれ》の一番星』に合わせて、橙《だいだい》色や紫色の花々を《花》の魔術で生み出すミュゲの耳元でよみがえる、その言葉。一切の感情を切り捨てた、けれどどうしようもない諦めがにじんだその声を思い出すだけで胸が潰れる思いだった。

違う、そんなつもりなんてない。そう伝えるだけでいいはずなのに、どうしてだろう、オルテンシアスには、ミュゲのそんな簡単な言葉では届かないような気がしてならなかった。

「どうしたらいいいんだろ……」

どれだけ言葉を尽くしたって、きっと、意味はなくなってしまったのだ。

オルテンシアスが『不要』だと言ったのは、ミュゲの義務感や同情ばかりではなく、ミュゲそのもののことを指しているのだろう。彼は、ミュゲのことを諦め、見放《みはな》し、切り捨てたのだ。その事実がただ悲しくてさびしくてたまらない。そしてそれ以上に、あの優しすぎる人にそこまでさせてしまった自分の愚かさが悔やまれてならない。

「私、本当に馬鹿だなぁ……」

オルテンシアスにとって、彼の『お姉さん』の話題は、きっとミュゲがおいそれと触れてはいけないことだったのだ。

理由はどうあれ、彼にとっては、かつての唯一の味方であり、結果的に彼を捨てる形となった人。彼女の手紙があったからこそミュゲはこの屋敷に来ることを決心したけれど、そんなことはオルテンシアスには関係がない。

そう、それこそ彼の言葉の通り、彼にとってはミュゲが義務感と同情にかられたからこそだと思われても仕方のないことなのだ。

「……黙っておけば、よかったんですかねぇ」

そうすれば今日も、彼と食卓をともにできたのだろうか。ねぇニィナちゃん、と、昼食として用意された花々の残りをちびちびと楽しんでいる魔物に声をかけても、完全に無視されてしまう。冷たいなぁ、と苦笑してから、ちらりと窓を見遣《みや》った。

スズランの髪飾りをつけたミュゲが映り込む窓硝子《まどガラス》の向こうでは、今日も雪が降っている。先日初物の菜の花を届けてもらったとはいえ、まだ春は遠い。だからこそ、まだこの屋敷に滞在することを許してほしかった。そばにいさせてほしかった。

我ながらなんて諦めの悪いことだろう、と、らしくもない自嘲《じちょう》を浮かべた、その時だ。

「っ！」

「────ミュゲ」

不意にかけられた声に、びくりと肩が跳ねる。持っていたオニユリがばさばさと手から滑り落ちた。その花粉を浴びる羽目になったニィナが迷惑そうに目を細め、懸命に自らの前足で顔をぬぐい始めるのを後目《しりめ》に、ミュゲは顔を上げた。

「だん、なさま」

そこにいたのは、オルテンシアスだった。どこか気まずげに、自分の屋敷のくせに身の置き所がないと言いたげに、なんとも居心地の悪そうな表情を浮かべている。

たった一週間ぶりだというのに、彼の顔を見るのが、本当に随分と久々であるような気がした。相変わらず彼の怜悧《れいり》な美貌ははっとするほどに美しく、繊細な作りをしていて、「やっぱり綺麗《きれい》な人だなぁ」と、頭のどこかでやけに冷静にそう思う自分がいた。

とはいえそうやって見惚《みほ》れているばかりではいられない。やっと、そう、やっとオルテンシアスが部屋から出てきてくれて、その上わざわざ声までかけてくれたのだ。

それまで胸を満たしていた憂鬱《ゆううつ》が嘘《うそ》のように吹き飛んだ。最初に感じた感情は、喜び。それから嬉《うれ》しさ。続いて、ピンと張りつめた糸のような緊張が追いかけてくる。

「ど、どうされましたか、旦那様」

「……茶を」

「え」

「茶を、一緒に、どうかと思ってな」

「……！」

ミュゲよりもよっぽど緊張しきった声で、彼はそう提案してくれた。茶、という言葉を、ミュゲは口の中で噛《か》み砕《くだ》いて飲み込むが早いか、ぱあっと顔を輝かせる。

どういう心境の変化なのかは解らないが、オルテンシアスは、一週間ぶりに、ミュゲと対話しようとしてくれているのだ。彼はもごもごと「嫌ならいい」と小さく続けるけれど、とんでもない。こんな機会を、逃がせるはずがなかった。

「はい、喜んで！　ちょっとお待ちくださいね、私、すぐにお茶の準備しますから！」

ミュゲがあまりにも嬉しそうにしたせいだろうか。オルテンシアスは苦笑を浮かべて、「よく怒らないな」と呟《つぶや》いた。

怒る、とは、おそらくは自身のここ一週間の態度を思い返してみた上での発言だろう。確かにこの一週間、見事な無視を決め込んでくれたくせに、ここにきていきなりお茶の誘いなど、随分と都合がいい話だ。礼節をわきまえた紳士にあるまじき振れ幅である。

　けれどそれでもミュゲは構わなかったのだ。怒りよりももっとずっと大きな喜びで胸が満ち、そのまま足取りは踊るように軽くなる。

「実は今日は、プリムローズの蜜漬けがあるんですよ。それと一緒にスコーンなんていかがですか？」

「……………ああ、頼む」

「はい！」

　満面の笑顔とともに、喜び勇んで厨房《ちゅうぼう》へと足を急がせる。朝に焼いたばかりのスコーンに、宣言した通りのプリムローズの蜜漬け、それからクロテッドクリームを添え、お茶にはやはりカモミールティーを用意した。

　オルテンシアスの様子がなんだかぎこちないのは、きっと久しぶりに顔を合わせて気まずいからだろう。ミュゲはちっとも気にしないけれど、彼は真面目《まじめ》な人だから、カモミールが彼の心をやわらげてくれたらいいのに、と願って。

　そしてそれら一式をワゴンにのせて居間へと運ぶと、彼は窓辺に立って外を眺めていた。窓の向こうは、降りしきる雪で何もかも覆われて、真っ白、としか表現できない世界だ。

「何か気になるものでもございましたか？」

「いいや。それより、茶の準備をありがとう」

「これが使用人の役目の一つですからぁ」

えへへ、と笑い返すと、わずかに金糸雀《カナリア》色の瞳が細められた。ミュゲがティーセットをテーブルに並べていくのを横目に、彼はソファーに腰を下ろす。

鼻孔をくすぐるカモミールの、林檎《りんご》に似た甘い匂いに、彼の切れ長のまなじりが緩むのをしたり顔で見届けて、ミュゲもまた、オルテンシアスとはテーブルを挟んだ反対側のソファーに腰を下ろそうとした、の、だが。

「ミュゲ」

「はい？」

「こちらに座れ」

「え」

有無を言わせない口調で、オルテンシアスは自らの隣をぽんぽんと手で叩《たた》いた。ほとんど反射でぶんぶんと首を左右に振り返しても、彼は譲る気がないらしく、「いいから」と続けて、またぽんぽんと隣を叩く。

ぶんぶん。ぽんぽん。ぶんぶん。ぽんぽん。

無言のやりとりを繰り返し、最終的にオルテンシアスの切れ長の瞳がすぅっとすがめられる。

「来い」

「え、あ、は、はい、っていや、いやいやいや、でもぉ……」

使用人風情《ふぜい》が主人の隣に座るなんて！　とミュゲは改めておののいた。これまで一緒に食事をする時は、大抵向かい合わせだったのに、ここにきてどうしてまた、と疑問に思えども、オルテンシアスの無表情からは答えは得られない。

彼は、やはりミュゲに譲ってくれる気はないらしい。じぃと見つめてくる金糸雀色の瞳に根負けして、「それじゃあ失礼いたしますぅ……」と、おずおずとオルテンシアスの隣に座る。

いつも勝手に座っていたソファーが深く沈んで、知らない場所に来てしまったかのようだった。

——き、気まずい……！

オルテンシアスは何も言おうとはしない。沈黙を保ち続けながら、さっさとミュゲが用意したティーカップを口に運ぶ。

彼が自らこの茶会を提案してくれたはずなのに、その本人はちっともミュゲとの歓談《かんだん》に興《きょう》じようだなんて思っていないと見た。ティーカップにもスコーンにも手を伸ばすことができずに、あああ、と、ミュゲは内心で煩悶《はんもん》する。

——やっぱり、怒っていらっしゃるのかなぁ。

——当たり前、ですよねぇ。

なにせ、彼の『お姉さん』について、ずっと黙っていたのだから。彼女について、こちらには想像もできないくらいに深いところで色々と思うところがあるに違いないオルテンシアスが、今もなお怒りを覚えていても仕方がない話だ。

言おうと思えば言う機会はいくらでもあった。それなのに言えなかったのは、どうしてだろう。そう自問して、すぐに答えは出た。

――私、勘違いされたくなかったんですね。

最初のうちは、ろくな会話もできなかったから、『言えなかった』で、正しい。けれどその後、食事をともに摂るようになって、当たり前みたいに会話を交わすようになって、彼の優しさを知ってからは、『言えなくなった』。

だって、自分がこの屋敷にいる理由を、オルテンシアスのそばにいる理由を、『お姉さん』からの手紙にしたくなかったのだ。ミュゲがミュゲの意思でこの屋敷にいるのだと、解ってほしかった。

とはいえ、結局その選択は、悪手だった。この一週間の、なんて長かったことだろう。

――お部屋から、出てきてくださって、よかったぁ……。

完全に赦《ゆる》されたわけではないのかもしれない。けれどそれでも、顔を合わせてもいいと思うくらいには許容してもらえたことに心から安堵《あんど》する。

とはいえこのまま互いにひたすら沈黙を保ち続けるというのはなかなかきつい。会話の糸口を探して、隣のオルテンシアスへとちらりと視線を向ける。ばちんっ！　と大きな音を立てて、彼と目が合った。

気付けば彼は、その金糸雀色の瞳で、ミュゲのことをずっと見つめていたらしい。なんだかやけに気恥ずかしい。自然と顔が赤くなり、視線をさまよわせ、そのままそれを膝へと落とすと、彼は「手を付けないのか？」と問いかけてきた。え、と視線ごと下へと向けていた顔を持ち上げると、オルテンシアスはくいっとあごでテーブルを示す。

「きみが用意したんだから、飲むなり食べるなりすればいい。今更遠慮するような殊勝《しゅしょう》な性格なんてしていないだろう」

「えっひど……」

「事実だ」

「…………」

遠回しに『図々しい性格のくせに』と言われてしまった。しかも追い打ちで短く断じられ、もうこれ以上反論することもできない。

そういう性格をしている自覚は大いにある。だが、それでもこうもはっきり言われると、ちょっぴり腹立たしいし、それ以上に落ち込む。

オルテンシアスにはそういう風に思われたくなかった、と、大変今更ながらにして思った。

これまでの行動を思い返してみると図々しいと思われて当然の真似《まね》しかしていないので仕方がない。「せめてもう少し大人《おとな》しくしておけばよかったぁ……」と後悔する。後悔とは後で悔いるからこそ後悔である。今更彼の認識を改めることは極めて難しいだろう。

――旦那様のお姉様は、きっと、素敵なレディだったんだろうなぁ。

ミュゲとは大違いの、美しい女性であったに違いない。比べてもらうのもおこがましい相手だと解っていても、どうにも切なくなる。

口の中に広がる苦みをごまかすために、ミュゲはスコーンに手を伸ばし、たっぷりとプリムローズの蜜漬けとクロテッドクリームをのせて、ぱくりと大きな口を開けて食いつく。我ながら上出来の味だった。その甘みが、ミュゲに、忘れていたはずの空腹を思い出させる。

そういえば今日は朝食も昼食も摂らずに、屋敷の飾り付けに精を出していたのだった。食べられる時には存分に食べるべき、を信条にしているのに、最近……厳密にいえばこの一週間、たった一人ですごす食卓がどうにもさびしくて、食事をおろそかにしていたことを思い出した。

オルテンシアスがもしかしたら食べてくれるのではないかと思って用意しても、彼は部屋から出てこなくて、だからミュゲも自然と食事が喉を通らなくなっていた。そんな自分を、つくづく不思議に思う。そして、このスコーンが、今までになくおいしいと思っている自分もまた、もっと不思議で仕方なかった。

どうしてだろう、と思いつつ、早くも二つ目のスコーンに手を伸ばす。ぱくり、とかじり付くと、やはりいつもよりおいしくて、「ううん？」と首を捻《ひね》りたくなる。

そんなミュゲの隣で、くつくつと喉を鳴らす笑い声が聞こえてきた。え、と驚きとともにそちらを見遣ると、オルテンシアスが穏やかな笑みを浮かべて、こちらを見つめている。

優しくて、やわらかい、まぶしいものでも見るかのような、金糸雀色の瞳。その美しさに我知らず見惚れるミュゲに、オルテンシアスはしみじみと笑みを深めた。

「ついているぞ」

「え?」

「クリームが。ほら、ここだ」

「え、ええと、この辺ですかね?」

トントン、と指先で自らの頬をつつくオルテンシアスに、慌てて自らの頬に手をやった。ごし、とぬぐってみせると、彼はとうとう大きく噴き出した。驚きのあまり目を見開くと、オルテンシアスの手が、ミュゲの頬へと伸ばされる。

「違う。ここだ」

「あ……」

信じられないくらいに優しく丁寧に、オルテンシアスの指先がミュゲの頬をすべっていった。

呆然《ぼうぜん》と固まるミュゲを、そのまましばし、やはり穏やかな笑みを湛《たた》えて見つめてきたオルテンシアスだったが、やがて彼の薄い唇が、そっと開かれる。その姿に、呼吸すら忘れて見入ることしかできない。

だから彼が続けた台詞《せりふ》に、反応が遅れてしまった。

「きみは、僕に言っただろう」

「…………ええ、と、何を、でしょうか」

唐突な話題だと思った。思い当たるものがない、というよりもむしろ、諸々《もろもろ》ありすぎるからこそ『ない』、と言うべきか。『自分がオルテンシアスに言ったこと』を頭の中で並べていくが、どれのことなのか解らない。

ええとぉ、と、首を捻るミュゲに、オルテンシアスは穏やかな微笑をわずかな苦笑へと変えた。物覚えの悪い子供を見るような目に、少しばかりむっとする。

――私だって、もうちゃぁんと成人したレディなんですよ？

そう思ったけれど、ミュゲは沈黙を選んだ。オルテンシアスのまなざしが、やはりあまりにも穏やかに凪《な》いでいて、その瞳を荒立たせたいだなんて到底思えなかったから。

ミュゲが大人しく続きを待つつもりだとオルテンシアスも敏《さと》くくみ取り、彼は、笑って続けた。

「僕に、怒っていいと。赦さなくていいのだと、そう言ってくれたじゃないか」

「あ」

その話か、と、ようやく合点《がてん》がいった。今考えてみると、怪我《けが》人相手にとんでもなく怒鳴り散らかしてしまったものだと反省せざるを得ない。いくら怒りに任せてとはいえ、もう少し言い方があったはずだった。

それでもああいう形になってしまったのは、ミュゲこそが怒らずにはいられなくて、赦すなんて真似が到底できなかったからだ。
オルテンシアスの尊い美点を踏みにじるような存在がいたら、相手が誰であったとしても
ミュゲは真っ向から立ち向かうつもりだ。そう、たとえ、その相手が、オルテンシアス自身で
あろうとも――……と、そこまで思ったその時、不意に、彼の手がまた伸びてきて、ミュゲの
頬にあてがわれた。
手袋越しにでも解る冷たい手。へっ？　と目を瞬《またた》かせると、彼は笑みを消し、真剣な表情で
続ける。
「それはきみも同じなんじゃないか」
「え……？」
同じ、とは。それは何に対して言っているのだろう。ああ、もしかしてもしかしなくても、
オルテンシアスの境遇を怒り、赦さない、という点だろうか。
そんなこと、わざわざ言われなくたってもちろんだ。
だからこそ、はい、と頷《うなず》こうとして、できなかった。頬に触れるオルテンシアスの手が、器
用にミュゲの顔を固定して、動かすことを許してくれない。
そのまま顔を覗《のぞ》き込《こ》まれ、間近で見る彼の顔にかぁっと顔を赤くしても、彼のまなざしは
まっすぐにミュゲを射抜き続ける。
「きみはそうとは思っていないのだろうが、きみこそ自らの境遇《きょうぐう》を嘆くべきだ」

その言葉に、自分の目がゆっくりと見開かれていくのを、他人事《ひとごと》のように感じた。わたし？と音もなく唇を震わせると、深い頷きが返ってくる。

「きみは、嘆いて、怒って、赦さなくていいんだ」


それはあまりにも優しい、優しすぎる、ゆるしの言葉だった。

ひゅ、と、小さく息を呑《の》むミュゲに、まるで寝物語を語りかけるように、祈りの言葉を言い聞かせるように、オルテンシアスは続ける。甘やかな声が、ミュゲの鼓膜を震わせる。

「きみはすばらしい、自らを誇るべき人間だ。誰が相手であろうとも、きみは軽んじられるべきではない。たとえきみ自身であろうとも、きみはきみの尊厳を傷付ける者を赦してはいけない。きみは、きみと、きみを想《おも》う人間のために、きちんと怒らなくてはならないんだ」

「そ、んな、人、いませんよぉ。私のこと、そんな風に想ってくれる人なん、て」

声が、かすれて、震えた。なぜだか泣きだしたい衝動が込み上げてきて、それをごまかすために笑ってみせた。

けれどそんな下手《へた》な笑顔なんて、オルテンシアスには通用しないらしく、追い打ちのように彼は、はっきりと言い切った。

「ここにいる」

「っ！」

今度こそ大きくはっきりと息を呑む。言葉が出てこない。何を言えばいいというのだろう。途方《とほう》もない、夢のような言葉を、もらえたような気がする。にわかには信じられなかった。オルテンシアスがそんな嘘や冗談を言うような人ではないことくらい、もうとっくに解っている。けれどそれでもなお、信じられない。

だってミュゲのことをそんな風に想ってくれる人なんて、後にも先にももう現れないに違いないと、そうずっと思っていたから。そうやってずっと諦めて、無駄な期待なんて抱いてはいけないと、馬鹿みたいに必死になって自分に言い聞かせていた。

だからこそ、ここまではっきりと断じられてもなお信じられないミュゲに、オルテンシアスはさらに奇跡のような言葉をくれるのだ。

「きみが軽んじられたら僕が怒ろう。きみが傷付けられたら僕が赦さない。そういうことだ」

「だん、な、さ……」

「だから」

私は、と、続けようとしたミュゲの言葉を遮って、オルテンシアスは笑った。その笑顔は先ほどまでの穏やかで優しい笑顔とは異なる、皮肉と自嘲がにじむそれであり、またミュゲは言葉を失う。

『だから』、なんだというのだろう。続きを聞くのが怖くて仕方がないのに、彼は容赦《ようしゃ》なく重ねて続ける。

「きみは、僕に怒らなくてはいけない。決して僕を赦してはいけないいんだ」

「……え？」

思ってもみなかった言葉だった。ぽかんと口を開けるミュゲに、今度は呆《あき》れまじりの笑みが向けられる。

「何を不思議がる？　当然だろう。シエ家の横暴《おうぼう》と、姉上の自己満足で、きみは自身の尊厳を傷付けられ、この屋敷に縛られ自由を奪われた。その原因は、僕だ」

ものの道理を知らない子供に言い聞かせるかのような、穏やかで優しい口調だ。けれどその内容は、ミュゲにとっては到底受け入れがたいものだ。

「旦那様、そんなことはっ！」

ただでさえ近いというのに、構うことなく身を乗り出して、それこそ吐息すら触れ合いそうな距離になってミュゲは声を荒げる。

「ない、と？　ははは、お優しいことだ」

けれど、ミュゲの言葉は、オルテンシアスには届かない。彼の手が、そっとミュゲの頬のラインを、丁寧になぞっていく。

「きみは僕が優しいと言うが、優しいのはきみだろう。お人好《ひとよ》しと呼んだ方がふさわしいのかもしれないがな。だがその優しさは、僕にとっては毒でしかない。皮肉なものだ。《毒》の魔術師たる僕に効く毒など、存在しないはずだというのに」

ミュゲに聞かせるというよりも、自分自身に言い聞かせていると言った方がふさわしい口調で、とうとうとオルテンシアスは語る。自分のことを言われているらしいのに、ちっとも自分のことだとは思えなくて、ミュゲはぱちぱちと目を瞬かせる。

その若葉色の瞳を間近から覗き込み、もう一方の手でそっとミュゲのこめかみを飾る髪飾りを確かめて、オルテンシアスは自嘲した。

「きみの毒はつくづく恐ろしいものだ。なにせ、きみの意思とは関係なく、僕はきみを……」

オルテンシアスの言葉が途切れた。何かを振り切るように彼はゆるりとかぶりを振って、そして今度は両手で、ミュゲの顔を包み込む。

「だから、もうやめよう」

「…………何を、ですか？」

聞いてはいけないと思った。聞きたくないと思った。けれどこちらを間近で覗き込んでくるオルテンシアスの視線から逃れることはできず、結局問い返さざるを得ない。彼はその問いかけを待っていたと言わんばかりに笑う。

「一週間前に言っただろう。今日、この屋敷に商隊がやってくる。その馬車に乗って、きみは王都へ帰れ」

「っ!?」

信じられない言葉に、全身が粟立《あわだ》った。かたかたと震え始めた手を、自身の両頬を覆う彼の手に重ねて、ミュゲは声音もまた震わせる。

「いや、です」

一度声に出してみると、それははっきりとミュゲの中で形になってくれた。

「嫌、嫌です！　そんな、勝手にっ！　わた、私は……！」

私は、私は。

そう続けようとしても、オルテンシアスは微笑《ほほえ》みを深めて、そのまま頷くばかりだ。それはミュゲの言葉を受け入れてくれたからこその頷きではないことくらい、すぐに解った。

「ああ、そう言うと思ったよ。そう言ってくれるきみだからこそ、僕はきみを手放さなくてはならないんだ」

ほら、やっぱり。オルテンシアスは優しく残酷に、ミュゲのことを切り捨てようとしている。また、独りになろうとしているのだ。ミュゲを見つめてくれる金糸雀色の瞳に宿る光は優しく、甘く、そして火傷《やけど》しそうなくらいに熱い確かな熱を宿しているのに、その光はミュゲのすべてを拒絶する。

これこそ冗談ではなかった。勝手に決めないでほしかった。ミュゲのことを想うがゆえの結論がこれだというのならば、彼はやはり馬鹿だ。大馬鹿者だ。

「旦那様、私はっ」

「――――――《毒よ》」

「え？　……んぅっ!?」

不意打ちのようにオルテンシアスが呟いたその言葉に理解が追いつかず、ぱちんと瞳を瞬かせた次の瞬間。

甘いような苦いような、どちらともつかない不思議な、けれどもとても魅惑的な香りが、口いっぱいに広がる。それは抗《あらが》うことなど許さないとでも言いたげな勢いで、そのままさらにミュゲの全身に広がっていった。


――口付けを、されているのだと。


やっと気が付いた。深く、熱く、そしてどうしようもなく悲しく切なく、さびしくてならない口付けだと、やけに客観的に思った。

そして、彼が自分にその唇から、直接彼の魔術――毒を、送り込んでいるのだということにも、さらに遅れて気付く。身体《からだ》からどんどん力が抜けていき、意識もまた遠のいていく。

――いや。

――だめ。

ここで眠ってしまうわけにはいかなかった。こんなのが最後だなんて、到底受け入れられるはずもなかった。それなのに。

「今だけは僕を憎め。恨め。赦すな。そして、これからは」

オルテンシアスの声だけが、何もかもがかすんでいく中で、鮮やかな色をまとっていた。まるで、それは、彼の毒で鮮やかに染まったミュゲの白花の色、そのものだった。

だんなさま、と、声にならない声で彼を呼ぶ。倒れる身体を抱きとめられたことが解った。

そして耳元で、オルテンシアスのささやきが響く。

「僕を忘れて、せいぜい幸せになれ」

それはお願いですか。それともお祈りですか。どちらでもありませんよ、それは旦那様のわがままですよ。そう言いたくても、もう言葉は出てこない。

「さようならだ、ミュゲ」

ぎゅう、と、抱き締めてもらえた気がした。

それが、さいごだった。

＊＊＊

ガタン、と車輪が大きく跳ねる音で、ミュゲは目を覚ました。ガタゴトと一定のリズムを刻みながら全身が揺れる。あれぇ？　といまだかすむ目を瞬かせて、ミュゲは周囲を見回した。

──わた、し？

いったい何がどうなっているのだろう。寝ぼけた頭はいまいち回転が悪くて、何度も繰り返し目を瞬かせ、そうしてようやく、自分が、おそらくは馬車の荷台と思われるところに寝かされているのだと理解する。

もそもそとやたらと重くて仕方がない身体を起こすと、肩から何かが滑り落ちた。んん？　とそれに触れると、長い毛足の中に指が沈む。触り心地のいい毛布だ。分厚くてやわらかい、一目で上等なものだと解るもの。

こんなの私じゃ到底買えないなぁ、とぼんやりと思ってから、あ、と瞳を見開かせた。

そうだ。自分は。ミュゲは。彼に。オルテンシアスに──……！

そこでようやく、本当にようやくやっと思い出して、ミュゲは両手で口を押さえる。

手袋越しに触れた唇には、もう何のぬくもりも残っていない。当たり前だ。あんなものを口付けだと数えてなるものか。そんなことはミュゲの意地と矜持《きょうじ》が許さない。赦せない。酷《ひど》い。あんまりだ。

一気に荒ぶる感情が込み上げてきて、けれど倦怠感《けんたい》がまとわりつく身体は思うようには動かせず、ただかたかたとか弱く震えることしかできない。なんて歯痒《はがゆ》いのだろう。

「旦那様……」

やっとの思いで吐き出した声は、吐息にも等しいほどにかすかなものだった。それでも自身の耳はその言葉を聞きもらすことはない。悲しくて、切なくて、そして何よりさびしくて仕方なくなってしまった呼び名だった。

オルテンシアスのことを優しいと思っていた自分が馬鹿みたいだった。

そうだとも、『みたい』ではなく、間違いなく馬鹿だったのだ。彼は幾度となくミュゲのことを馬鹿だ馬鹿だと罵《ののし》ってくれたけれど、なるほど、その通りだ。

「ひど、い、ですよ、ねぇ……」

誰にともなく呟いて、両手の甲を何げなしに見下ろした。

この手を包むのは、シエ家の紋章が刺繍《ししゅう》で刻まれた手袋だ。

エッカフェルダントでの身分証明とされる手袋には、自身の生まれである家の紋章、もしくは仕える家の紋章が刺繍されるのがならわしである。

ミュゲはもともと父の家柄であるアルエット家の紋章が刻まれた手袋をはめていたが、シエ家に引き取られた際に、シエ家の証《あかし》である手袋を用意するように命じられた。オルテンシアスにアルエット姓を名乗るべきだと言われた時には、改めてまたアルエット家のものを用意しようかとも思ったが、ミュゲはオルテンシアス・『シエ』を主人とする使用人だから、シエ家の紋章のままでも構わないだろうとそのままにしていた。

本来の自身の所属の紋章とは異なる紋章の手袋に変わる機会などそうそうないことだ。それこそ、使用人として認定された時か、あるいは。

「……結婚、する、はずだったとか、信じられませんよぉ………」

そう、婚姻により、自身の所属が伴侶の家柄へと変わった時くらいのものだ。ミュゲの手袋の紋章はアルエット家のものからシエ家のものへと変わったが、それはきっと、最初から最後まで、使用人としての意味合いでしかなかったのだろう。

役立たずの《花》の魔術師であるミュゲはシエ家の血統としては認められず、そのくせその〝血統〟を重んじたシエ家によってオルテンシアスの妻となり子をなすことを求められた。そのオルテンシアスにはきっぱりと拒絶されて、結局やはりミュゲは使用人になった。

ほら、この通り、どこまでも自分は使用人でしかなかった。

なぁんだ、と、なんだか拍子抜けしたような気分だった。むなしい、とは、言いたくなかった。不意に、こんな時ですら……いいや、きっとこんな時だからこそなのだろう。オルテンシアスのあの言葉が、まざまざと耳によみがえる。

――きみは、嘆いて、怒って、赦さなくていいんだ。

それは、こういうことですか、旦那様。そう問いかけたくても、彼はここにはいない。

込み上げてくる衝動をまぎらわせるために意識的に周囲を見回すと、ミュゲがゆったりと眠れる空間を除いて、おそらくは馬車の荷台と思われるこの場所には、ところ狭しとさまざまな商品が詰まった箱が積まれていた。見るからに縫製がしっかりしている布で囲まれ、外の様子は窺《うかが》い知れないが、どうせミュゲよりもずぅっと賢くていらっしゃる討伐伯様のことだ。もうこの馬車は、王都へと帰還する道中にあるに違いない。

「王都に帰ったら、またアルエットの手袋を調達しなくちゃいけませんねぇ」

ようやくうまく回るようになってきた舌の上で苦笑を転がす。

もともと持っていたアルエット姓の手袋はシエ家に処分されてしまったから、改めて用意するよりほかはない。

もうミュゲは、シエ家を名乗る必要はないのだ。オルテンシアスが、望んでくれた通りに。

「あんな人、もう……」

知りません、と、言うつもりだった。けれどその一言が続けられない。喉で何かにせき止められたように言葉が出てこなくて、かわりにせりあがってくる何かが抑え込めなくなりそうで、ぐぅっと喉が奇妙な音を立てた。

――カツンッ！

「あ」

こめかみを飾っていた髪飾りが、前触れなく滑り落ちた。オルテンシアスが贈ってくれた、可憐《かれん》なスズランの髪飾りだ。

慌ててそれを拾い上げ、ヒビが入ったり欠けたりしていないかを確認する。無事だ。髪飾りは、この手に渡されたあの日と同じきらめきをまとってここにある。

「だ、んな、さま」

髪飾りを両手で包み込み、額に押し当てて、ミュゲは声を震わせた。

悔しくて仕方がない。あんな人のせいで泣きたくなんかない。それなのに目の奥が熱くて仕方なくて、髪飾りを持ったまま両手で顔を覆う。

旦那様、旦那様、と、今もなお馬鹿みたいに彼のことを呼ぶ自分こそが憎たらしい。何もかもがもうどうしようもなくなってしまいそうだった。誰か助けてほしかった。けれど誰もいない。ミュゲはひとりぼっちだ。今までも。そしてきっと、これからも――……。

「ああ、目が覚めたのかい」

ひゅるり、と、冷たい風が、布で外気とは遮断されていた荷台に吹き込んできた。は、と息を呑んで顔を上げると、御者台から布を持ち上げて、壮年の男性がこちらを覗き込んでいた。彼の隣では、おそらくまだ歳若いと思われる青年が、こちらに背を向けて、雪道の中を器用に手綱《たづな》を引き、馬を操っている。

ええと、その、何と申しますか……などとおろおろと言葉を探していると、こちらを見つめる彼はいかにも人が好いと知れる穏やかな笑顔で、「よく寝ていたねぇ」と続けた。

「討伐伯様から話は聞いているよ。真冬のヒューエルガルダから王都に出稼ぎとは、よほどの覚悟だっただろう。《花》の魔術師さんなんだって？　ウチのギルドで働き口も紹介するから、安心するといい。王都までまだ長いから、そこであたたまってな」

「あ、は、はい」

……つまり、そういう話に、なっているらしい。わざわざ問いかける手間が勝手に省けてしまった。

壮年の男性も、その隣の青年も、随分とミュゲに同情的なようだった。「立派なもんだ」「苦労してきたんですね」「お前も見習え」「解ってますよ、だから冬の馬車の扱いだって覚えたんじゃないですか」などと軽口を叩き合いながら、ちらちらとこちらの様子を窺っている。

よほどオルテンシアスはうまく根回しをしてくれたようだ。人付き合いは苦手のご様子だったのに、と、ミュゲが皮肉に思うくらいにお上手《じょうず》すぎる根回しである。

青年が「お嬢さんの荷物もそっちに置いてありますから」と教えてくれたので、その言葉を信じて改めて周りを見回すと、荷台の片隅にミュゲがヒューエルガルダ領に持ち込んだ唯一の荷物である鞄《かばん》がぽつんと置かれていた。

握り締めるばかりだった髪飾りをポケットにしまい、やっと感覚が戻ってきた腕を伸ばして鞄を引き寄せ、中身を確認する。わずかなミュゲの私物はすべて収まっていた。

もともと服はほんの数着しか持っていなかったし、下着だって最低限で、オルテンシアスの目に万が一でも触れないようにいつもこの鞄にしまっていたから、彼にとっては都合がよかったに違いない。

いっそ目をそむけたくなるくらいに煽情《せんじょう》的で挑発《ちょうはつ》的な下着を堂々とベッドの上に置いておくべきだったかもしれないとすら思った。それくらい困らせたって罰は当たらないでしょう……と思ったことはさておいて、見知った私物以外のものがあった。

小さいくせに、両手でやっと持ち上げられるくらいにずっしりと重い革袋だ。

まさか、と、恐る恐る中身を確認し、そのまま天井を仰ぐ。

御者台の二人がどうかしたのかと振り向いてきたが、「なんでもないですぅ」とごまかした。

笑顔が引きつっている自覚はあった。図太く図々しいと評価されるミュゲにすらそうさせるだけの威力が、革袋の中には詰まっていた。

――なんって大金を押し付けるんですかあの人は!!

革袋の中身は、たっぷりの金貨だった。ぎっちぎちに詰め込まれたそれは、今までミュゲが見たこともないような量である。これだけあれば、確かに当分生活には困らないだろう。そういうところまで気を回してくれるくせに、肝心なところでてんで駄目なオルテンシアスにはもういっそ呆れるしかない。

こんな大金を持ち歩いていることが知れたら普通に追いはぎにあってしまうだろう。せめてもの対応として、ぎゅうぎゅうと鞄の奥底に詰め直す。そしてミュゲは、あ、と手を止めた。鞄の一番底に、一通の手紙が押し込まれている。一瞬オルテンシアスからかと期待してしまったけれど、もちろん違う。これは。

「旦那様のお姉様からの……」

そう、ヒューエルガルダ領に発《た》つ前に、王都におけるシエ家の屋敷で秘密裏に渡された、オルテンシアスの『お姉さん』からの手紙だった。

ずっとしまいこんでいたそれをそぉっと膝の上に置いた。そして、改めて封筒から、中身である便箋を取り出す。

――拝啓、ミュゲ・アルエット様。

几帳面《きちょうめん》な達筆でつづられた文字を目で追いかけ、指先で紙面をなぞる。淡々とした、温度を感じさせない文字であり、内容だった。もしかしたら意識的にそうしているのかもしれないし、元より彼女がそういう性格であるのかもしれない。どちらかは解らないけれど、内容には何一つ影響はない。

一文字一文字、決して読み逃すまいと細心の注意を払って読み返す。読めば読むほど、脳裏に浮かぶのは、オルテンシアスのさまざまな表情だった。

怜悧な美貌をより冴《さ》えわたらせる無表情。心底呆れたようにミュゲを見つめる顔。疲れはてて溜息《ためいき》を吐く顔。怒りをあらわにしてミュゲを馬鹿だと罵る顔。そしてそれから、優しく穏やかに、かすかな笑みを浮かべる、その、顔。

どれもこれもがまざまざと思い出されて、胸がいっぱいになって言葉が出てこない。

ただ手紙を見下ろして動けずにいるミュゲの様子に、こちらを窺っていた御者台の二人は気を遣ってくれたらしい。「雪も今は止《や》んでいますし、いったん休憩しましょうか」「ああそうしよう」と頷き合い、馬車を停車させて御者台から降りていく。ミュゲがその後に続くと、彼らはわざわざ道の端に敷き布を広げ、お茶の準備を始めてくれた。

てきぱきと手際よく火がともされたかと思うと、やかんで湯が沸かされ、そのままその湯で香り高いお茶が準備される。「どうぞ」と青年が穏やかな笑みとともに差し出してくれたカップを受け取り、そのまま口に運んだ。

身体をあたためる効果のあるショウガやシナモンなどのスパイスがよく利いた、おいしいお茶だ。ほう、と溜息を吐いてから、小さな声で「ありがとうございます」と呟いて頭を下げる。

ミュゲがいまだ気落ちしているのは一目瞭然《いちもくりょうぜん》らしく、青年は上司であるらしいもう一人の男性と顔を見合わせてから、努めて明るい声で、「そういえば」とまず口を開いた。

「なわばり争いに巻き込まれる前にヒューエルガルダ領を発てて、本当によかったですね。もちろん僕らとしては最初からそのつもりでしたが、それにしても間に合ってよかった」

「……え？」

なわばり争い、とは。間に合ってよかった、とは。それは、どういう意味だろう。

「あれ、ご存じでないですか？」

ミュゲが首を傾《かし》げたことは、青年にとってはよほど意外なことだったらしい。彼は壮年の男性と再び顔を見合わせて、神妙な顔になって声をひそめた。

「ヒューエルガルダのさらに北の荒野が、魔物の群生地になっていることはご存じでしょう？」

「あ、は、はい」

もちろんだ。そのためにオルテンシアスは、討伐伯としてヒューエルガルダに赴任し、その魔物達と対峙《たいじ》しているのだから。そう、いつだって、たった一人で。それが彼にとって当たり前のことなのだと、本人も周りも理解し、納得していることが、ミュゲには悔しくてならないし、それ以上に悲しくてならないのだ。けれど、もう、伝えるすべはない。

ミュゲの表情にますます陰りが差したのを、青年達は、魔物への恐怖ゆえのものだと勘違いしてくれたらしい。

そのまま青年は言葉を続けるのを随分と迷っている様子だった。けれど、ミュゲが彼をじっと見つめ返し、そして隣の上司から「知らないままだと今後危ない目に遭うかもしれないからな」と促されたことで、彼は「実はですね」とやはり神妙に続けた。

「北の荒野をなわばりにしている、ヒューエルガルダの王者とされる魔物は、グレイゴーストと呼ばれる豹《ひょう》型の魔物だとはよく知られた話ですがね。ですが、実はこの時期ばかりは、必ずしもそうである、とは言いがたいんです」

「え……？」

グレイゴーストの名前は当然ながら知っていた。オルテンシアスの屋敷で一緒に暮らしていた、〝ニィナ〟とミュゲが名付けた魔物がそうであると、オルテンシアスから幾度となく聞かされていたし、町で花を売っていた時にも、領民から「グレイゴーストには気を付けるんだよ」とこれまた幾度となく助言を受けていたのだから。

けれどこの青年の言いぶり、やけに思わせぶりで、なんとも不安を誘うものである。

どういう意味なのかと首を傾げてみせると、青年はさも恐ろしげに身を震わせた。

「春が近付きながらも、同時に雪深くもなるこの時期は、厄介なもんでしてね。北の荒野では、もう一種、強力な魔物が暴れ始めるんですよ。ケリュネイアって魔物を、お嬢さんは知ってます？」

「けりゅ、ねいあ？」

耳に馴染《なじ》みのない単語を反芻《はんすう》すると、青年は深く頷き、隣の男性が、沈痛な溜息を吐いた。

「ケリュネイアは、真冬のヒューエルガルダ領における、グレイゴーストと並ぶ二大巨頭の魔物だよ。鹿の姿をしているとはいえ、実際はそんなかわいいもんじゃない。真白い巨体に、ぶっとい四肢。雪原を荒々しく駆けるその蹄《ひづめ》は力強く、ひと蹴りで岩すら砕き、極めつけは、凍《い》てつくつららのような、巨大な鋭い角ときたもんだ。私もいっぺん遠目に見たことがあるが……ああ怖い怖い、まったく勘弁してほしいねぇ」

遠目に見たというそのケリュネイアの姿を思い出したのか、自身を両腕で抱き締めて、彼はぶるりと身体を震わせた。

王都以外の暮らしを知らないミュゲにとっては、グレイゴーストの存在も、このヒューエルガルダにやってきてから初めて知ったのだ。ケリュネイア、なんてなおさら知るはずがない。

そんな怖い鹿さんがいるんですかぁ、と、ぽかんとするばかりでいると、青年が苦笑した。ミュゲの態度を、平和ボケ、と受け取ったのだろう。

それは間違いではなく正《まさ》しくその通りだ。魔物の脅威を知らない娘に、先達《せんだつ》としての世話心が涌《わ》いたのか、彼は更に、ことさらゆっくりとした口調でとうとうと語ってくれる。

「一応普段は大人しくしている部類の魔物なんですが、ケリュネイアにとっての繁殖期でもあるこの時期ばかりは、獲物をめぐり、グレイゴーストとそりゃあ熾烈《しれつ》なわばり争いを繰り広げるんですよ。争いに敗れて荒野を追われた方が、人里にやってきて人間を襲うもんだからたまったもんじゃない。そのせいで僕達みたいな王都のギルドも、冬のヒューエルガルダには余計になかなかやってこられなくなるんです」

「それでも今回、こうやって商売にやってこられたのは、つくづく討伐伯様のおかげだなぁ」

うんうんと深く頷く壮年の男性に、青年も「まったくですね」と頷き返している。彼らにとってはただの世間話でしかない話題であるに違いない。

けれど、ミュゲにとってはそうではなかった。

「あ、の」

「うん？」

「なんでしょう？」

「討伐伯様のおかげって、どういうことでしょうか？」

その言葉は、『ヒューエルガルダ領の討伐伯がいつも尽力しているおかげ』と、そのまま受け取るだけでよかったものだったのかもしれない。けれどそうとは聞こえなかったのだ。

だって目の前の二人は、わざわざ『今回』と限定した言い回しをした。それはつまり、『今回』に限って、ヒューエルガルダ領討伐伯が……オルテンシアス・シエが、何かを、したということではないか。

その証拠にほら、二人とも、「しまった」「口が滑った」と言わんばかりに口を押さえて、気まずげに顔を見合わせている。

「いや、あのな、お嬢さん。別に気にすることじゃないさね。ほら、お茶のおかわりはどうだい？」

「そ、そうですよ。《毒》の魔術師ともあろう討伐伯様なら、グレイゴーストもケリュネイアも敵じゃありませんって。なわばり争いの渦中に自ら飛び込まれるお覚悟をお持ちでしたから、今ごろきっと、ばったばったとどっちも見事に討伐を……」

「おい馬鹿！　娘さんには言うなと仰《おっしゃ》っておられただろう！」

「あっ!?　す、すみません……！」

さっと顔色を変えた上司に怒鳴りつけられ、青年もまた同様に顔色を変えて口を押さえる。だが、もう遅い。もうミュゲは、彼らが隠そうとしている話の中における、もっとも重要な部分に気付いてしまった。どうして気付かないでいられただろう。

――旦那様？

両手が震えた。この手で包み込むカップから伝わってくるぬくもりなんて何の意味もない。耳元によみがえるオルテンシアスの声。さようなら、と、ミュゲを優しく残酷に突き放したあの声の甘やかさが、気付けばまた降り始めた粉雪のようにしんしんと胸に降り積もっていく。

「お願いします、教えてください。旦那様は……オルテンシアス様は、何をなさろうと……いいえ、今、何をなさっているんですか？」

お願いします、と、もう一度繰り返して、深く深く頭を下げる。頭を下げられた二人は大層困っている様子だけれど、ここで引くわけにはいかなかった。ここで引いたら、一生後悔するに違いないという確信があった。

そんなミュゲの断固たる態度に、口を滑らせた二人は、思うところがあったらしい。青年がちらちらと壮年の男性に目配《めくば》せを送り、それを受けた男性が、溜息を吐いて、「頭を上げてくれないかい」とミュゲの肩をそっと叩いた。

促されるままに顔を上げると、彼は「討伐伯様は、お前さんにだけは黙っていろと仰られたがね」と前置いて、口火を切った。

「……先日、討伐伯様は、ウチのギルドに、ヒューエルガルダ領への行商と、お前さんの移送を依頼されたがね。さっきも言った通り、時期が時期だ。グレイゴーストとケリュネイアが殺気立ってなわばりを争い合うこの時期に、この土地にやってくるのは危険すぎる。歴代の討伐伯様だって、この時期は討伐ではなく、あくまでも最低限の自衛だけですませて、グレイゴーストとケリュネイアを刺激しないように努めていらしたくらいだって言ったら、解るかい？」

それほどまでにこの時期の魔物は危険であるのだと、重ねて男性は続ける。

「だからこそ最初は、このお話は断らせていただいたんだよ。いくら冬のヒューエルガルダ領のお客さん達が物入りで、恰好《かっこう》の儲《もう》け話だったとしても、それで魔物に襲われたら、商売としてまったくわりに合わないからね。だが……」

こればかりはいくら討伐伯からの要望でも受け入れられない、と突っぱねた商業ギルドからの返信に対して、さらにオルテンシアスは依頼書……いいや、嘆願《たんがん》書を送ってきたのだそうだ。

商業ギルドがヒューエルガルダ領への行商をためらう理由が、魔物同士のなわばり争いにあるならば、と。

——ならば、僕がおとりとなろう。

——商業ギルドの馬車が、ヒューエルガルダ領から無事に発つまでの安全を保障する。

——何があろうとも、僕がグレイゴーストとケリュネイアを引き付ける。

——なに、元よりそれが僕の役目だ。

——そのかわり、必ず。

——必ず、ミュゲ・アルエットを、王都まで無事に運んでほしい。

そう、オルテンシアスは自ら申し出たのだという。

シエ家の血筋の討伐伯ともあろうお方にそこまで言われてしまったら、自分達もそれ以上断ることはできなかったと、長く各地で商売を続けてきたに違いない男性は苦笑する。

「あの《毒》の討伐伯様にそこまで言わせるたぁ、お前さんも罪な女だね」

「そん、な」

ことはない、と言おうとして、できなかった。言葉は音にはならず、唇をむなしく震わせるだけだ。

――旦那様、は。

つまり彼は今、自ら魔物の群れと対峙しているわけだ。脳裏に思い出されるのは、グレイゴーストの討伐を終えて、ぼろぼろになって屋敷に帰ってきたオルテンシアスの姿だ。傷だらけになり、血にまみれて、力なくミュゲに倒れ込んできた彼のあの重みを、今もなおまざまざと思い出せる。

グレイゴーストのみを相手取っただけでも、あれだけの重傷を負っていたのだ。そのグレイゴーストがさらに狂暴化し、加えて危険極まりないのだという繁殖期のケリュネイアなる魔物まで相手取ろうとするなんて、考えるだけで恐ろしい。

ああ、そうだ。怖くて怖くてたまらない。

――旦那様……！

ほかならぬミュゲのために、彼は、その恐ろしい危険に自ら挑もうとしているのだ。何も得るものなんてないのに、ただミュゲのために、オルテンシアスは、命を懸けてくれているのだ。

彼はまた、誰を頼ろうともせずに、たった独りで！

「お、おいお嬢さん？」

「大丈夫ですか……ってうわぁっ⁉」

完全に黙りこくりうつむいてしまったミュゲの様子があきらかにおかしいことに気付いたのだろう。二人が恐る恐る声をかけてくるけれど、答えられなかった。

かわりに、ぶわり、と。

ミュゲの周りに、いっせいに真白い花が生まれた。とてつもない量である。それはとめどなく、いつしか再びちらつき始めた雪と一緒になって宙から降り注ぐ。青年が驚きの悲鳴をあげ、壮年の男性が目を見開くが、構ってなんていられない。

これが自身の制御できない感情による《花》の魔術の暴走だとは理解できたけれど、だからといって抑え込むことができない。心のままに荒ぶる《花》の意味するところが、憤怒《ふんぬ》なのか、悲嘆《ひたん》なのか、それともいっそ、歓喜と呼んでしまうべき罪悪なのか、ミュゲには解らなかった。


——旦那様、旦那様、旦那様……っ！

ミュゲのために命を懸けてくれている彼のことを想うだけで、どうしようもなく胸がいっぱいになる。受け止めきれずにあふれる感情は、そのまま真白い花の形になって宙を舞い踊った。

花が、花が、真白い花が。途方もない量の真白い花が、想いがあふれて止まらない。

「お、お嬢さん、とりあえず落ち着……ひっ⁉」

ミュゲのただならぬ様子と暴走する《花》の魔術を前にして、それでもなお人が好い二人が、なんとか落ち着かせようと手を伸ばしてくるが、その手が揃《そろ》ってびくりと大きく跳ねた。

知らないうちに歪《ゆが》んでいた視界でそちらを見遣ると、そこにいたのは、美しい斑紋《はんもん》が描かれた白い毛並みのもふもふである。ニィナちゃん、と、声なく呟くミュゲのことを、どうやらオルテンシアスの屋敷から勝手についてきていたらしい魔物は、じぃと見つめ返してくる。

「グ、グレイゴースト⁉　なんでこんなところに……っ⁉」

「お嬢さん、一緒に逃げよう！　早くこっちへ……お嬢さん⁉」

彼らが我先にと馬車に乗り込み、ミュゲのことも急《せ》かしてくる。けれどいくら呼びかけられても、ミュゲは動けなかった。歯車がかみ合ったかのように、視線が逸《そ》らせない。

「ニィナちゃん……？」

そっとその名前を呼ぶ。次の瞬間、ざわりとニィナの全身が総毛立った。めき、めきめきめき、と、その牙が伸び、四肢はより太く長くなり、その先の爪もまた鋭くなって、ニィナの身体はそのまま馬よりも大きな巨体へと変貌する。見る者を震え上がらせるような、恐ろしい、圧倒的な迫力に満ちた姿だ。

今度こそ悲鳴を大きくあげて、商業ギルドの二人はそのまま鞭《むち》をしならせ、馬車を走らせて行ってしまう。残されたのは座り込んだまま花を降らせ続けるミュゲと、その前でミュゲを見下ろす、ニィナと名付けられたグレイゴーストだけだ。

ニィナはやはりじぃとこちらを見つめてくる。不思議と恐怖は感じない。だってミュゲが今怖いと思っているものは、もっと別のところにあるのだから。オルテンシアスを永遠に失うかもしれないという恐怖以上に怖いものなんて、きっとこの世にはないに違いない。

だからこそミュゲは、気付けばとめどなく流れだしていた涙で頬をぬらしながら、まっすぐにニィナを見つめ返す。王者の風格を漂わせる魔物は、なぁ、と、低く鳴いた。

——乗れ。

そう、言ってくれている気がした。ふらつく足を叱咤《しった》して立ち上がる。ポケットから髪飾りを取り出して、気付けば定位置となっていたこめかみをそれで飾った。

繊細な輝きを放つスズランの髪飾り。けれどスズランはただ見目が愛らしいばかりではない。その身に毒を宿し、自身をいたずらに手折《たお》る者を厳しく断罪する花でもある。

ああ、だからこそ、この髪飾りは、今のミュゲにとっての、最高の戦装束《いくさしょうぞく》だ。

髪飾りの存在をもう一度確かめるように指先で撫《な》でて、その手でそっとニィナに触れる。拒絶する気配がないのをいいことに、ミュゲはそのまま、ニィナの大きな背に、横座りになる形で身体を預けた。

「お願い、します、ニィナちゃん。私を、旦那様の元へ連れていってください！」

祈りを込めて願った声に、ニィナはなぁおとまた低く鳴いた。応えてくれたのだと理解した次の瞬間、ニィナはミュゲを乗せたまま地を蹴った。

ひぇ、とあまりの勢いにおののいたのは一瞬のことで、すぐにミュゲはニィナにしがみつき直して、ぐっと唇を噛み締める。

相変わらず、この荒ぶる心のままに、《花》の暴走は止まらない。真白い花をまき散らしながら、ニィナの背に乗せてもらって駆けるミュゲの脳裏に、几帳面な文字のつづりがよみがえる。

――拝啓、ミュゲ・アルエット様。

つい先ほど読み返した手紙は、そんなそっけない言葉から始まっていた。

――私は、オルテンシアス・シエの姉として生まれた者にございます。

――弟ごと家を捨てた私が姉と名乗ることを、きっとあの子は許してくれないことでしょう。

――ええ、構いません。それだけのことを、私はあの子にしたのですから。

淡々と、温度を感じさせない響きで、その手紙はつづられていた。

――私は生家であるシエ家の横暴を厭《いと》い、その愚かさを嘲《あざけ》っておりました。

――そんな家に、制御できない《毒》とともに生まれた、哀れな弟がオルテンシアスです。

――だからこそその上で、私は、同情と義務感ゆえに、あの子を守り続けました。


贖罪《しょくざい》でも懺悔《ざんげ》でもなく、ただの事実を事実として語っているだけ、とでも言いたげな声が、聞こえてくるような書き方だった。

初めてあの手紙を読んだ時、「随分と容赦のないお姉様ですねぇ」といっそ感心してしまったことを、今もなお覚えている。


――けれど、私は、生涯をかけて仕えるべき主人を見つけてしまいました。

――誰よりもかわいらしく、誰よりもいとおしい、何にかえても守りたいお方です。

――私は、弟であるオルテンシアスではなく、そのお方を選びました。


それはよかった、と、他人事として当時ミュゲは思ったものだ。

その時のミュゲはオルテンシアスのことを知らなかったから、ただわざわざシエ家の使用人の中でも比較的……あくまでも比較的、ミュゲによくしてくれていた使用人が届けてくれた手紙の差出人である『お姉さん』は、どうやら現在は幸せであるらしいと知れて、ただただあくまでも他人事として、「よかったですねぇ」という感想を抱いたのである。

けれどオルテンシアスのことを知った今となって抱く感想は、「ずるい人だなぁ」というものだ。オルテンシアスのことを捨てたくせに、勝手に幸せになっている『お姉さん』のことを、素直にずるいと思わずにはいられない。旦那様はあんなにもさびしがっておられたのに、と、怒りすら覚える。

だからこそ、ああ、ほら、また花が。

抑えきれない白い花々が、降りしきる粉雪すら呑み込まんとするようにあふれてあふれて止まらない。涙もまた、同様に。雪をも解かす熱い涙が、あふれてあふれて止まらないのだ。

――このようなことを申し上げるのは、あまりにも虫がいい話だと存じ上げております。

――それでも申し上げさせてくださいませ。

オルテンシアスのことを捨てたと言い切ったくせに、彼女の手紙はそれでもなお続いた。たぶん、なんだかんだ言いつつ、『お姉さん』はオルテンシアスのことを気にかけているのだろう。そうでなくては、わざわざミュゲに手紙なんて寄こすはずがなかったのだ。

そして、シエ家ごと彼を捨てたのだという彼女が、それでもなお気にかけずにはいられない、オルテンシアス・シエという男性に、その時になってようやくミュゲは、初めて興味を抱いたのだ。

几帳面な文字がつづる文章には、わずかな震えが混じっていた。

——同情でも、義務感でもなく。

——ミュゲ・アルエット様が、ご自分の意思の下に。

——オルテンシアス・シエと、ともにありたいと。

——そう、望んでくださったならば。


どうか、どうか、と、その手紙には確かな祈りが込められていた。

——どうかあの子のことを、よろしくお願いいたします。


そう締めくくられていた手紙があったからこそ、ミュゲはオルテンシアスの元に嫁ぐことを決めた。解毒剤《げどくざい》が添えられていたから、ではなくて、その手紙の、祈りのような願いがあったからこそ、決めたのだ。

自身の魔術を制御できない、毒をまき散らす問題児としか聞かされていなかった彼が、誰か

に心から幸福を願われる存在であるということを知ってしまったから、「だったら」と思えた。自分の人生を懸けてもいいかもしれない、と、そう思えたのだ。

それなのに。

――旦那様！

彼は自らミュゲを手放してくれた。それは真面目で律儀で不器用で、誰よりも優しい彼だからこその、残酷な決断だった。

そんなもの、冗談ではなかった。馬鹿なのはどちらですか、と内心で罵り、それを口に出すよりも先に、ああ、と、ミュゲは吐息をこぼす。

涙でぐちゃぐちゃになった視界の中で、舞い散る雪と花の白さだけがただ鮮やかだ。

――…………《花よ》。

――……《花よ》。

――《花よ》！

どうか花よ、届けてください。この想いを、たった独りで戦うことを選んでしまったあの人に。そう希《こいねが》うミュゲの想いのままに、真白い花がとめどなくあふれ、疾風のように雪原を駆けるニィナの足跡のように宙を舞う。

雪深さゆえに外界から隔たれたヒューエルガルダ領だからこそ、幸いなことにこんな町から遠い街道では領民に遭遇することはない。たとえ出くわしたとしても、相手は夢か幻を見たに違いないと断じることだろう。真冬にあるまじき白い花々をまき散らす桃色の髪の娘を背に乗せた、ヒューエルガルダの荒野の王の姿など、到底信じられるものではないのだから。

たとえ誰かに見咎《みとが》められたのだとしても、今のミュゲにとっては構うべきものではない。知ったことではないのだ。

ミュゲが今すべきことは、ただただ、どうか、どうかと、そう祈り願い希うことだけだ。

――どうか、どうか、私のすべてを懸けて、どうか届けて、私の花よ！

待っていて、とは、言えない自分が歯痒くて、けれどだからこそ余計に彼の元に行かなくてはいけないと思った。その想いに応えてくれるかのように、ぐんっとニィナの足がさらに速くなった。ともすれば振り落とされそうになるくらいで、ミュゲはもう感覚がなくなりつつある手を無理矢理ぎゅうと握り込み、ニィナの背中にしがみつく。

――――――――そして。

気付けばニィナは街道を飛び出していた。周囲はどこまでも遠く真白い雪が広がるばかりだ。吹き荒《すさ》ぶ風は冷たく荒々しく、ミュゲから体温を奪っていく。

いよいよ北の荒野にたどり着いたのだとミュゲが理解すると同時に、それまで迷いなく地を駆けていたニィナの足が止まった。ふんふんと宙の匂いを嗅ぐような仕草につられて、ミュゲもくん、と空気の匂いを嗅ぐ。そして、身体の芯から凍らせるような冷たい空気の中にひそむ、甘いような苦いようなその匂いに、カッと涙でぬれる若葉色の瞳を見開いた。

「ニィナちゃん、あっちですよ！　お願い、行ってください！」

風が運んできたその匂いは、間違いなくオルテンシアスの《毒》の匂いだ。ぺしぺしとニィナの背を叩くと、ニィナはまた低くなぁおと鳴いて、雪原を蹴った。

雪と花と涙にまみれながら、ミュゲは何度も内心で呟く。

――旦那様。

――旦那様。

――だんなさま。

この祈りは、願いは、想いは、彼に届くだろうか。そう問いかけるような真似はしたくない。だってミュゲは、もうこの衝動を、そのまま彼に直接届ける気満々なのだから！

ニィナが前へと進むたび、鼻孔をくすぐる、不思議な魅力に満ちた匂いはどんどん色濃くなっていく。そして、今なおミュゲがまき散らし続ける真っ白い花は、徐々に、けれど確実に、色とりどりのさまざまな色合いに染め抜かれていく。前へ進めば進むほど、白い花々は鮮やかに変化していくのだ。

そして、ようやく、本当にようやく、やっとたどり着く。人の気配なんてまるでないこの雪原こそ、本当の意味で北の荒野と呼ばれるべき地なのだろう。

ミュゲの視線の先では、ニィナと同じ種……グレイゴーストと呼ばれる豹型の魔物と、鹿型の魔物……おそらくはあれこそがケリュネイアと呼ばれるのであろう魔物が、それぞれ何体も雁首《がんくび》を揃えて、それぞれの牙や爪、蹄や角を振るい、互いを屠《ほふ》らんとうなりをあげている。

そしてその中で、たった独り、自らの《毒》の魔術である毒霧をまとい、早々に争いに敗北して人里へと向かおうとする魔物に相対するのは。そんな馬鹿みたいなことをやってのける大馬鹿者なんて、ミュゲは後にも先にもたった一人しか知らない。

そう、ミュゲと同じ、ひとりぼっちのその人は。

「旦那様ああああああああっ!!」

力の限り叫んだ。唐突に割り込んできたその叫びに、グレイゴーストもケリュネイアも、そしてその中で一人で戦っていた大馬鹿者、もといオルテンシアスも、ぎょっとしたようにこちらを向く。

ニィナの背に乗るミュゲの姿を認識したオルテンシアスが呆然と目を見開いた。その金糸雀色の瞳をまっすぐに見つめ返しながら、ニィナの背から飛び降りて、ミュゲは駆けた。

深く積もった雪に足を取られながらも、それでも懸命に、全身全霊をかけて走る。近付けば近付くほどオルテンシアスの《毒》の匂いは色濃くなるけれど、構うことなどなかった。ミュゲがまき散らす白い花が、守ってくれている。そう思った。そうとしか考えられなかった。

これこそがきっと、今は亡き父と母が授けてくれた、一番の宝物。

これこそが、ミュゲの《花》の魔術。

鮮やかな、あでやかな、真冬にあるまじき、四季を問わないありとあらゆる美しい花々を引き連れて、ミュゲは駆けた。魔物の群れなんて目にもくれずに、ただオルテンシアスだけを目指して走って、走って、そうして、とうとうミュゲは、倒れ込むようにして、彼の胸に飛び込んだ。

だんなさま、と、声を震わせるミュゲを、既にぼろぼろになっている彼は、それでもなお力強く抱き留めてくれて、それが嬉しくて仕方なくて、もうどうしようもなくなってしまって、また花と涙があふれた。

「旦那様、私、わたし……っ」

「っの、馬鹿娘！」

「ひゃっ⁉」

皆まで言い切らせてもらえずに怒鳴りつけられて、びくぅっと思わずその場で跳ねた。そんなこちらを抱き締めながら、それでもなおオルテンシアスは、憤懣《ふんまん》やるかたなしとばかりに重ねて声を荒げる。

「なぜ来た!?　馬鹿なのかきみは！　ああそうだな、馬鹿だったなきみは!!」

酷い。そんな言い方ってない。

私だって、と、そう反論しようとしたけれど、できなかった。それよりも先に、もっと言いたいことがあったからだ。

「馬鹿なのは旦那様です!!」

「なっ!?」

「馬鹿馬鹿馬鹿馬鹿馬鹿、大馬鹿者、おたんこなす！　自己満足ばかりがお上手のとんちんかん！」

「な、なん……」

「だってそうでしょう!?」

ああもう、また涙があふれてくる。もちろん、花も。次から次へとあふれる白い花々は、すぐにオルテンシアスの毒霧によって、色とりどりに染め抜かれていく。

その姿を言葉を失って見つめてくるオルテンシアスを、涙を流しながらにらみ上げ、ミュゲは声を震わせた。

「私の幸せを、勝手に決めないでください」

オルテンシアスが勝手に決めた別れの時に押し付けてくれた言葉がまざまざとよみがえる。


――僕を忘れて、せいぜい幸せになれ。


なんですかそれ、と、ミュゲは両手を握り締めた。そのままその二つの拳で、ぽかぽかとオルテンシアスの胸を叩く。彼が既に怪我を負っていることなんて、今のミュゲには気にしてはいられなかった。

「私の幸せは、旦那様がいなくちゃ、叶わないんです！　旦那様がいるから、私、幸せになれるんです！　旦那様がいなかったら、私、幸せになんてなれっこない……っ！」

ぽかぽかと力なく拳を叩きつけるたび、ぼろぼろと涙がこぼれ落ちる。

オルテンシアスは知らないだろう。ミュゲにとって、オルテンシアスとともに暮らした日々が、どれだけ安寧《あんねい》に満ちたものであったかなんて。もったいないくらいの、いっそ怖くなるくらいに幸福に満ちたものであったかなんて。

ミュゲのことを勝手に手放してくれた彼は、想像したこともないに違いない。だったらそれはそれでいい。上等である。それならばそれで、今、この場で、この想いを叩き付けさせてもらうだけの話だ。

「なんでここに来たかなんて、そんなの、旦那様が好きだからに決まってるでしょう！　確かに私は馬鹿ですよ、でも、旦那様はもっと馬鹿です！　好きだから、すきだからに決まってるじゃないですか。同情や義務感なんかで一緒にいられるほど、私、優しくなれません。旦那様みたいに優しくなんてなれないんです！」

同情や義務感で誰かに人生を捧《ささ》げられるほど、ミュゲは優しくない。お人好しでもない。人間ができているわけでもなければ、善人であるわけでもない。

ただ。ただミュゲは。今こうして、目の前で、信じられないものを見るような目で見つめてくるオルテンシアスのことが、こんなにも好きで好きで仕方なくて、もうどうしようもなくて……ああ、ああ、もう何もかもめちゃくちゃだ。自分で自分が何を言っているのか、何を言いたいのか解らなくなってくる。

それでも伝えたい、信じてほしい言葉が、ここにある。

「あなたが、すき、です」

雪が、花が、涙が、とめどなく降り積もる。

ミュゲはぽかぽかと叩いていた拳をようやく下ろして、両手で顔を覆った。自分がてんで見られたものではない不細工な顔をしているのだと、やっと気付いたからだ。

「ごめ、ごめんなさい、結局私、私が嬉しくなりたくて、私、幸せになりたくて、だからそばにいたくて、ごめんなさい、私、自分勝手で、でも、でもそばにいたくって……っ!?」

それ以上は言葉にならなかった。バリッ!! と顔から手が引き剥がされたからだ。

虚を衝《つ》かれてぽかんとするミュゲの唇に、オルテンシアスの唇が、問答無用で重なってくる。

また毒を注ごうとしているのかと抵抗しようとしたのだが、そのすべての抵抗を抑え込まれ、力の限り抱きすくめられ、そうしてやっと、この口付けが、毒ではなく、彼が彼の想いを注ぎ込もうとしているためのものであることに気付く。

長い、長い口付けだった。やっと離れていった彼の美貌を、やはりぽかんと見上げていると、オルテンシアスはそんなミュゲを今度は優しく抱き締めてきた。

「僕もきみが好きだ」

短く、けれど確かな熱を宿して耳元でささやかれたその言葉に、ぼっと火をともしたようにミュゲの顔が熱くなる。

「だ、だん……」

「ああ、くそ、言うつもりなどなかったのに。僕のことなんて忘れてしまえばよかったんだ。僕の知らないところで、勝手に幸せになってくれれば、それでよかったはずなのに。この馬鹿娘、どうしてくれるんだ。もう僕は」

いらいらとらしくもなく乱れた髪をさらにぐしゃりとかき乱し、オルテンシアスはじろりと

ミュゲをにらみ付けた。

「もう僕は、きみを手放してやれないぞ」

金糸雀色の瞳に宿るのは、熱く、甘く、とろけるような、それでいて決して優しくはない、すべてを焼き尽くすような恋慕の炎だ。

それが理解できてしまったから、ミュゲは笑った。ぼろぼろと涙と花をこぼしながら、心からの愛と歓喜を込めて笑う以外に何ができただろう。

「望むところですよぉ！」

「言ったな？　忘れるなよ……いや、待て」

「はい？」

「魔物、は」

「あ」

うっかりすっかり忘れていたが、ミュゲもオルテンシアスも、のんきに愛の告白合戦をしている場合ではない。この北の荒野の覇権《はけん》を争うグレイゴーストとケリュネイアが、まさか大人しくミュゲ達のやりとりを見守ってくれていたなど、そんな馬鹿なことがあるはずがない。そう、そのはずだったのだが。

「あらぁ？」

「……どういうことだ、これは」

ミュゲが首を傾げ、オルテンシアスがそんなミュゲを庇《かば》うように抱き寄せながら、信じられないと言いたげに目を瞠《みは》る。

二人の視線の先では、グレイゴーストとケリュネイア、この場に居合わせた彼らすべてが、あきらかに嬉しそうに、オルテンシアスの《毒》によって鮮やかに染め抜かれたミュゲの花々を食べているところだった。

先を争うわけでもなく、穏やかな、いっそ平和と言い切っても過言ではない様子で、それぞれむしゃむしゃと花々を食べている。繰り返すが、つくづく平和な光景である。

こうして見ると、グレイゴーストは大きな猫、ケリュネイアはそのまま草食の鹿らしく、いっそ愛らしいとすら思える姿なのだから不思議なものだ。

ミュゲが思わず笑みをこぼすと、オルテンシアスは、まさか、と、唇を震わせた。

「まさか、僕の《毒》で染まったきみの花に、魔物の鎮静《ちんせい》作用があるとでも……？」

「あらぁ。あそこのニィナちゃんだけが美食家だったわけじゃないんですねぇ」

「そんな簡単な問題じゃない……いや、おい、ミュゲ」

「はい？」

「ニィナと言ったが、どこにニィナがいるんだ」

「そこにいるじゃないですかぁ。ね、ニィナちゃん！」

オルテンシアスが顔色を青に変えて問いかけてきたので、ミュゲはにっこり笑って、この場に集ったグレイゴーストの中でもひときわ大きい個体、すなわち、ここまでミュゲを連れてきてくれたニィナに向かって大きく手を振った。

仲間達にまじってむしゃむしゃと花を食べていたニィナから、なぁお、と低い返事が返ってくる。オルテンシアスの顔色が、青から白へと一気に移り変わった。

「あの大きさ、間違いなくグレイゴーストの首領じゃないか……！　僕は今までそんな魔物と暮らしていたのか？　いやそれより、グレイゴーストが身体の大きさを変えられるなど聞いたことがないぞ⁉」

オルテンシアスの台詞は、最後の方はもはや悲鳴になっていた。頭を抱えてうずくまる彼に続いてミュゲも膝を折り、彼の頭をぽんぽんと撫でる。

「長い人生、色々ありますよぉ」

「それがうまい慰《なぐさ》めだと思っているのならば大間違いだからな……！」

低くうなるように反論され、ミュゲはあらあらと苦笑した。

そうこうしているうちに、あれだけ大量にあふれていた花々を、思う存分粗方《あらかた》食べ尽くしたグレイゴーストとケリュネイアは、満足したとばかりに、それぞれの群れに分かれて、人間の手も足も届かない、さらに北へと消えていく。

ニィナは最後までこちらを見つめていたけれど、やがて仲間に呼ばれたのだろう、なぁお、と一声だけ鳴いて、やはり北の果てへと消えていった。

残されたのは、ミュゲと、オルテンシアス、二人きり。

「……きみの《花》は、僕の《毒》を中和するばかりか、その上で生まれた花々は、魔物にとってはやつらが好む餌となる、ということか？　しかも鎮静化までさせるだと？　そんな都合のいいことが……」

あるわけがない、と、どこか途方に暮れたように、遠い目になって呟くオルテンシアスに、ミュゲは「もう！」と唇を尖《とが》らせた。

「旦那様の思慮深《しりょぶか》さは愛すべき美点ですけれど、今は駄目です。駄目駄目駄目です」

「おい」

「だって今はその前に、私に言うべきこととか、するべきことがあるんじゃないですか？」

ね？　と片眼《かため》を閉じてみせると、オルテンシアスはなんとも悔しそうに、観念《かんねん》せざるを得ないとでも言いたげに、それでいてやわらかなぬくもりが伝わってくる、それはそれは複雑な表情で、口を開いた。

「……ありがとう、ミュゲ」

それは少しばかりミュゲが望んだ言葉とは違っていたけれど、十分だった。

彼の言葉の裏にある、彼が本当に言いたくても、まだ素直になれなくて言えない台詞に、ちゃんとミュゲは気付いていたからだ。

「はい、旦那様。私も大好きです！」

心からの笑顔とともに、ミュゲはオルテンシアスに飛びついた。

彼は苦虫を噛み潰したような顔になったけれど、ミュゲがあまりにもにこにことしているからか、やがて諦めたように、そして結局、見たこともないくらいに嬉しげに笑い返してきた。

不意打ちのその笑顔に見惚れて真っ赤になるミュゲの唇を、彼はそのまま、またしても深く、抗うこともできないような力強さで奪う。長く長く続いた口付けの末に、とうとうミュゲが呼吸困難になって顔色を変えてから、やっと彼はミュゲのことを解放してくれた。

「〜〜〜だんなさま！」

「はは、ざまをみろ」

ひどい、と真っ赤になったまま全身を震わせるミュゲを愛《いと》しげに見つめて、オルテンシアスは得意げに笑う。そんな風に笑われたら、もうミュゲは何も言うことができなくなり、「覚えておいてくださいねぇ！」とぷりぷり肩を怒《いか》らせて、最終的に一緒になって笑ってしまう。

二人以外には誰もいない北の荒野に、春風のような笑い声の二重奏が、優しく甘く、こだまするのだった。

終章　春が来る

オルテンシアスが、ミュゲと想《おも》いを交わし合ってから、一か月が経過した。

今日もまた、ヒューエルガルダ領には雪が降る。いくら春が近付いてきつつあるとはいえ、この地はエッカフェルダントの中でも極北にあり、その訪れはおそらくこの国においてもっとも遅いに違いない。初物の菜の花が出回り、あたたかな気配を感じたとしても、実際に春であると明言できるのはまだ先だ。

ゆえに、例年通りであるならば、この時期はいまだにグレイゴーストとケリュネイアのなわばり争いの真《ま》っ只中《ただなか》にあり、オルテンシアスは日々、文字通り心身すべてをすり減らして暮らしていたはずだった。

だが、今年は違う。

「さぁて皆さぁん！　お花のお時間ですよぉ！」

本来、領民が決して寄り付かない北の荒野は、今もなお雪深く、どこまでも遠く真っ白だ。しじまが横たわるはずの雪原に、場違いなほどに明るく能天気な声が響く。

今日も元気なものだな、と、いい加減感心するより他はなくなってしまったオルテンシアスの視線の先で、ミュゲが、彼女が生み出し、今はオルテンシアスの《毒》によって鮮やかに染め抜かれた、元は白かったはずの花でスカートをいっぱいにしている。

そんなミュゲの周りに集まっているのは、人間とは決して相容《あいい》れないはずの魔物達――グレイゴーストの群れと、ケリュネイアの群れだ。彼らはミュゲを襲おうとしているのではなく、甘えるように顔をすり寄せたり、彼女の気を引こうとスカートのすそを引っ張ったりと、あれこれミュゲにちょっかいをかけ、そのたびに彼女はころころと楽しそうに笑っている。

これまでの経験上、彼らに殺気しか向けられたことがなかったオルテンシアスからしてみると、いまだに信じられない光景である。

その信じられない光景を作り出しているのが、ミュゲであり、彼女の《花》であり、さらには自分の《毒》でもあるのだというのだから、なおさらつくづく信じがたいとしか言いようがない。

「はいはい、ちゃぁんとたくさん用意してありますからねぇ、いっぱい食べていいですよぉ。そのかわり、人里に下りてきたら駄目なんですからね」

スカートの上の色とりどりの花々を、「とりゃー!」という気合いの一声とともにミュゲがばらまくと、グレイゴーストもケリュネイアも、さも嬉《うれ》しげにその花々に食い付いた。

その姿を見ていると、当初信じられなかった事実が、もはやどうあっても覆《くつがえ》しようのない事実でしかないのだと思い知らされて、オルテンシアスはなんとも複雑な気持ちになる。

おそらく、ではなく、確実に、喜ぶべき事実であることは、理解しているつもりだった。けれどそれを納得してしまえば、ますます自分がミュゲのことを手放せなくなる理由が増えてしまう。

もう彼女のことを手放す気なんてさらさらない自分がいることは自覚しているけれど、それでも、感情ではなく建前《たてまえ》で彼女を手放せなくなるのは、あまりにもミュゲに対して不実《ふじつ》であるような気がしてならなかった。

先日ついそうぽろりとこぼしたところ、ミュゲは心の底から呆《あき》れたと言いたげな溜息《ためいき》を吐いて、「あのですねぇ」と眉尻をつり上げた。

――建前でもなんでもいいじゃないですか。

――そこに旦那様の本音があるのなら、私、頼まれたって旦那様から離れてあげませんよ。

その言葉は、オルテンシアスの胸に、ストン、と落ちてきた。迷っていたパズルのピースの居場所を見つけたような気分だった。

そうか、それでいいのか。そう、納得できた。

だからこそ、オルテンシアスはもう迷うことなく、ミュゲを手放さないと決めたのだ。たとえ、シエ家が何を言ってきたとしても。

先達《せんだつ》てにおける、オルテンシアス、グレイゴースト、ケリュネイアの三つ巴《みどもえ》の戦いの際に行使されたミュゲの《花》の魔術。その詳細を、ミュゲが生み出したそのままの花と、そしてオルテンシアスの《毒》で染まった元は白かった花を検体《けんたい》として添えて、討伐伯の義務として魔術院に報告したところ、驚くべき事実が発覚した。

ミュゲが自身の《花》の魔術により生み出す花は、ただの花ではなかったのだ。

そもそも普通の花よりも濃いミュゲの花の匂いは魔物を引き付ける作用があり、グレイゴーストの首領……ミュゲがニィナと名付けたあの魔物がオルテンシアスの屋敷までついてきたのは、オルテンシアスが持っていたポプリによるものであったのだろう、という見解が出たことがまず一つ目。

二つ目は、オルテンシアスの《毒》の中和だ。その花を普段の食事の中で自分が口にしていたからこそ、自分の《毒》の魔術の暴走は抑制され、このまま食べ続ければ完全に制御することも可能であろう、という、これまで何をどうしても自身の魔術を制御できなかったオルテンシアスからしてみれば信じられないような結論が出されたのだ。

そしてそれらばかりではない。三つ目の効果として、ミュゲの生む白い花がオルテンシアスの毒を中和する際に生まれる、白から鮮やかな色に変化したそれが、魔物にとっては恰好《かっこう》の餌となり、しかも鎮静作用まであるのだと、オルテンシアスの推測に過ぎなかったそれが魔術院の研究により立証されたのだ。それは、エッカフェルダントという国そのものを日々悩ませる魔物への対応策として画期的な事実である。

――――《蜜《みつ》》の魔術。

オルテンシアスの《毒》と、ミュゲの《花》の合成魔術とでも呼ぶべき花に、魔術院はそう名付けた。

ミュゲは「蜜っていうよりもまたたびでは？」と物申してくれたが、《またたび》の魔術ではあまりにも恰好が付かないため、オルテンシアスは粛々《しゅくしゅく》と《蜜》の魔術という名を受け入れた。

「旦那様ぁ！　用意してきた花、足りなくなっちゃいましたぁ！　お願いできますか？」

もっともっとと迫りくる魔物達に囲まれて、きゃらきゃらと笑い交じりの悲鳴をあげながらミュゲが声を張りあげる。ああ、と頷《うなず》きを返せば、彼女はにっこりと笑って、その左手を雪がちらつく天へと掲げた。

「《花よ》！」

「《毒よ》」

ミュゲの言葉に続けて静かに左手をかざすと、宙に現れた大量の白い花々が、オルテンシアスの毒霧によって一斉に鮮やかに染め抜かれていく。魔物達が喜びの声をあげ、その中心で、花々に囲まれながら、春を映した髪の娘が、両頬にえくぼを作って楽しそうに笑っている。奇跡のような光景だった。

その笑顔を、オルテンシアスはもう手放せない。だからこそ、ミュゲの《花》の魔術の利用価値を知ったシエ家が、「ミュゲ・シエを、王都に送り返せ」と命じてきた際に、オルテンシアスはきっぱりとその命令を撥《は》ねのけた。

もちろんシエ家は諦めなかったが、そこで待ったをかけてくれたのが魔術院だ。今後の《蜜》の魔術の研究のために、ミュゲはオルテンシアスの元に置いておくべきである、という声明を出してくれたのである。

加えて、なぜか、剣聖《けんせい》と名高いとある侯爵の口添えもあり、ミュゲはこうして今もなお、オルテンシアスとともにヒューエルガルダ領で暮らしている。

ミュゲと二人で、《蜜》と名付けられた魔術を行使して、グレイゴーストとケリュネイアを鎮静化させ、人里から遠ざけるのが、このごろの日課だ。

魔物は共生できない、共存すべき存在である。人間に害をなすならば討伐せざるを得ないが、そうでない方法があるならば、それ以上のことはない。

「はー！　今日のお仕事達成です！　旦那様、お疲れ様ですぅ」

寒さで鼻の頭を真っ赤にしながら駆け寄ってきてにこにこ笑うミュゲの顔を、改めてまじまじと見下ろした。不思議だな、と、やけに感慨深くなる。

オルテンシアスがいくら望んでも得られなかったものすべてを、ミュゲは何もかも叶《かな》えてくれた。彼女のことを役立たずの《花》の魔術師だなどとは、もう誰も評せないに違いない。

「旦那様？　あの、どうなさいましたか？」

「いや、きみが好きだと思っただけだ」

「えっ」

ボンッとミュゲの顔が、鼻先ばかりではなく一気に真っ赤に染まる。そんな彼女のこめかみを飾るスズランの髪飾りに口付けて、オルテンシアスはそっと彼女の肩を抱き寄せた。

「さて、帰ろう」

「は、はい！」

いつも独りで歩んでいた道を、二人で歩むことができる日が来るなどとは、想像したこともなかったのに。やはりつくづく不思議なものだと、オルテンシアスは小さく笑った。

――そうして、それから、ようやく。

ヒューエルガルダ領に春が来た。遅い春だ。待ちかねた、春だった。

魔族を奉《まつ》る大聖堂、その最奥の誓いの間。合わせ鏡が連なる、俗世《ぞくせ》を忘れさせるような幻想的な場所で、オルテンシアスはミュゲの誓いの言葉を胸に抱き、彼女の手を持ち上げた。その手を包む真白い手袋に刻まれているのは、『ひばり』と『朝日』を組み合わせて意匠化した紋章――そう、アルエット家の紋章だ。この結婚式の前に、オルテンシアスがミュゲに贈ったものである。

エッカフェルダントにおいて、もっとも愛が込められた行為とされるのが、手袋の贈与だ。しかもその手袋に刻まれているのが、シエ家の紋章ではなくアルエット家の紋章であることを確認したミュゲは、泣いた。泣きながら、「ありがとうございます」と、心からの笑みとともに受け取ってくれた。

そのミュゲの手袋を、オルテンシアスは、今までになく慎重に、丁寧にはずす。右手。そして左手。それらを無事に奪い取れたことにこっそり安堵《あんど》するこちらには気付かず、今度はミュゲがこちらの手を持ち上げる。

手袋には、当然ながらシエ家の紋章が刻まれている。だが、その刺繍《ししゅう》はお世辞にもよくできているとは言いがたい、いびつで、ゆがみにゆがんだものだ。何を隠そう、ミュゲが刺した刺繍である。

オルテンシアスが手袋を贈った一週間後、彼女は「安物ですし、私が刺したんで、その、みっともないんですけど、でも、あの、どうしても贈りたくって」と、懸命に言葉を紡ぎながらこの手袋を差し出してくれた。その手袋を見た時、生まれて初めて自分は、シエ家の紋章に対して愛《いと》しさを覚えたものだ。

その手袋が、今、ミュゲの手によって奪われていく。

示し合わせたように視線を合わせ、なんとも言えない気恥ずかしさゆえに小さく笑い合い、そして同時に、両手を互いに向けて立てる。まるで、互いを鏡に映すかのように。

オルテンシアスの左手の手のひらには《毒》の《御印《みしるし》》が。そしてミュゲの左手の手のひらには《花》の《御印》が存在している。

この《御印》を厭《いと》い、誰にも見せたくはないと思っていたはずなのに、今こうしてミュゲの前にさらせることが、こんなにも誇らしくてたまらない。

ミュゲは、今まで乞われるがままにその《御印》を見せてきた、と言っていた。それは彼女が望むところではなかったとはいえ、それにしても面白くない。もっと言ってしまえば、その彼女の《御印》を見た者達全員を《毒》の餌食《えじき》にしてしまいたいとすら思う。ミュゲがそばにいてくれる限り、それは、決して叶わないことだとは解《わか》っているが。

内心で不穏極まりないことを考えているこちらにはちっとも気付かない様子で、おずおずと彼女は両手をそのまま差し出してくる。オルテンシアスは、ためらうことなく、その両手に、自らの手を重ねた。

　改めて鏡合わせのようになって、そして次に重なり合ったのは唇だ。触れるだけにすませておいた口付けに、晴れて妻となってくれた愛しい娘は、頬を薔薇《バラ》色に染めて笑う。

「旦那様は、本当に私の旦那様になられたんですね」

「……いい加減その旦那様呼びはやめないか」

「え、でも、せっかく旦那様なのに」

「名前」

「へ」

「名前で、呼んでくれ。僕がきみのことを、ミュゲと呼ぶように。きみも僕を、オルテンシアスと」

「…………オルテンシアス様？」

「ああ、それでいい」

　それがいい、と小さく笑って、それから、と続ける。

「これで今日から僕は、名実ともにオルテンシアス・アルエットだ」

「え、あ、それ、本気だったんですかぁ⁉」

「当たり前だ。冗談でこんなことを言うものか」

……そういう、ことである。オルテンシアスは、シエ家から、ミュゲの本来の家系であるアルエット家に婿《むこ》入《い》りした。

シエ家の了解は取っていないが、既に行政における手続きはすませてあるので誰にも文句は言わせない。ミュゲは喜ぶべきなのか止めるべきなのか、いまだに大層悩んでいる様子だが、どうせこの娘のことだから、三日もすれば「そういうこともありますよね！」と笑うことだろう。

そういうミュゲ・アルエットだからこそ、オルテンシアスは、非常に遺憾《いかん》ながら、不覚にも恋に落ちたのだ。

「ミュゲ」

「はい、オ、オルテンシアス様」

「不束者《ふつつかもの》だが、よろしく頼む」

「……はい！　こちらこそ！　オルテンシアス様みたいなお婿様をもらえて、私は本当に果報者です！」

誇らしげに胸を張るミュゲにオルテンシアスはくつくつと喉を鳴らして笑う。それから、もう一度、どちらからともなく、再び唇を重ね合った。

その圧倒的な歓喜に酔いしれて、ミュゲの周りにまた、数え切れないほどの白い花が生まれた。花が、花が、花が降る。夢のような、奇跡のような光景だ。

――春が、来たんだな。

雪が解け、花が咲き、春が来て、世界が華やぐ。その導き手が自らの妻だという幸福が、いかばかりのものなのか。ああ、そうだとも、筆舌《ひつぜつ》に尽くしがたいものである。

――ミュゲ・アルエットを、愛している。

――誰よりも。

――何よりも。

独りではなく、二人で創《つく》る、色とりどりの華やかな世界を教えてくれた彼女のことを、もう誰に何を言われたとしても手放すものか。

そう固く自身に誓って、オルテンシアスは心からの笑みを浮かべ、照れ笑いを浮かべるミュゲを抱き締めるのだった。

あとがき

もしかしたらはじめまして、あるいは改めましてこんにちは。中村朱里です。

このたびは『わけあり毒伯爵は不束者　春の花嫁との恋は二人だけの冬の季節に』をお手に取ってくださり、誠にありがとうございます。

セカイメグル先生による麗しいカラーや挿絵の数々、どれもこれもこの上ない宝物です。キャラクターの設定画とともに、各紋章・各《御印》のデザインも頂戴し、どこかでお披露目を……！　と思っていたら、なんと担当さんのご采配により、人物紹介ページに載せていただけることになりました。大喜びし天を仰いだのは言うまでもありません。本当に素敵なデザインなので、ぜひじっくりご覧ください。

当作品完成に至るまで、ご協力くださったすべての皆様に心からの感謝を込めて。『わけあり毒伯爵は不束者』が、読んでくださった方にあたたかな春をお届けできるような作品になれていましたら、心から光栄に思います。

二〇二三年九月某日　中村朱里

【巻末特別本編後日談『きみに捧げる〝ごうふく〟宣言』】


つい先日、ミュゲと正式な婚姻を結んだばかりのオルテンシアスは、常ならば馬車で新妻の待つ屋敷に直帰するところを、今日はいったん町に寄り道することを選んだ。常に《毒》の魔術を暴走させる危険があった以前ならば考えられなかったことだ。

だがしかし、ミュゲという妻を得た現在ならば、いわゆる〝寄り道〟と呼ばれる行為を避ける理由はない、はずだった。それでも今まで直帰を選んできたのは、屋敷でその妻が嬉しそうに「おかえりなさいませ！」と満面の笑顔で迎えてくれるからだった。

……の、だが。今日ばかりは、その妻こそが、〝寄り道〟の原因となったのである。

――オルテンシアス様のばーかっ！

脳裏によみがえるのは、瞳を潤ませてにらみ上げてくるミュゲの姿だ。誰が馬鹿だ、この馬鹿娘。そう反論して、逃げるように屋敷を後にしたのは今朝の話である。

つまるところ、オルテンシアスとミュゲは、現在、絶賛喧嘩中であった。

きっかけは明白だ。ミュゲがまた街頭に立ち花を売りたいと言い始めたせいである。

――あたたかくなってきましたし、ギルドの皆さんからお誘いがあってですね。

そう嬉しそうに語る妻に対し、オルテンシアスはすっぱり「駄目だ」と、彼女に取り付く島も与えず反対したのである。「えっ」と驚かれたが、なぜ驚くのかこちらの方が不思議で仕方ない。

自分の妻となり、討伐伯の協力者である《花》の魔術師として国から褒賞金も出るのだから、わざわざ街頭に立つ必要はないはずである。それなのにあの妻ときたら意固地になって「そういう問題じゃないんですぅ！」と来たものだ。

――花を売るのは私の天職なんですから！

こちらの気も知らないで、よくも言ってくれたものである。また以前のようによからぬ輩に絡まれたらどうするつもりだ。彼女の性格上、商業ギルドに護衛を手配してもらうつもりなどないだろうし、そもそもオルテンシアスにとっても、それは歓迎すべき妥協案ではない。彼女を守るのは自分こそでありたい、自分だけでありたいのだ。

それが自分のわがままにすぎないことはよくよく理解している。このわがままをミュゲにこそ理解し納得してもらいたいと思うこともまた、わがままだ。

そうして双方の主張は平行線を辿り、結果、喧嘩別れという形でオルテンシアスは討伐伯としての定例報告のために領主邸に赴く運びになったというわけである。

報告を終えても直帰するのははばかられ、かと言って他に行くあてがあるわけでもなく、町をさ迷い歩く。

オルテンシアスが『それ』を見つけたのは、そんな時だった。

古くから商いを営むとある雑貨屋の店先だ。ところ狭しと様々な商品が並ぶ中、その最前列に置かれている『それ』が、オルテンシアスの目を引き寄せた。

「おや、これはこれは討伐伯様。何かご入用で？」

年嵩の店主が奥からゆったりとした足取りで店先にやってきた。何も言えずに『それ』を見つめ続けるこちらの視線に気付いたのだろう、店主は相好を崩して『それ』をオルテンシアスに差し出してきた。反射的に受け取ると、店主はうんうんと何もかも解っていると言いたげに頷く。

「珍しいでしょう？　見ての通り、桃色のスズランでございます。いくらか入荷したので、花束をこしらえてみました。討伐伯様の奥様ほどの腕前ではございませんが、なかなかの出来栄えでしょう？」

「……ああ」

そう、『それ』とはつまり、桃色のスズランの花束だった。一目でミュゲを思い起こさせる愛らしいそれを見つめるばかりでいると、店主は「お代は頂戴いたしません。どうぞ奥様に」と笑った。

そうして、結局オルテンシアスは、そのまま帰宅することになった。朝、思い切り喧嘩別れをしたのだから、出迎えはないだろうとばかり思っていたのに、妻はちゃんと玄関で待っていてくれた。むっすりと、明らかに不満そうな表情ではあったけれど。

「おかえりなさいませです、オルテンシアス様」

「……ああ。ミュゲ、その…………これ、を」

『ただいま』よりも先に目の前に差し出された花束に、ミュゲの若葉色の瞳が瞬いた。おそらくは反射的にだったのだろうが、それでも彼女が受け取ってくれたことに無意識にほっとする。そんなこちらに気付くことなく、彼女は花束を凝視している。

その沈黙の長さに、オルテンシアスが居心地の悪さをようやく覚え始めたころ、彼女の唇から、ふふ、と、小さな笑い声がこぼれた。知らず息を呑むこちらを見上げてくる彼女のかんばせには、先ほどの不満げな表情はない。満開の花のような、目を奪われずにはいられない、オルテンシアスが恋に落ちた満面の笑顔が広がっている。

「私、花束をもらったのなんて初めてです。そりゃそうですよぉ、自分でいくらでも作れますもん」

でも、と、ミュゲは笑みを深めた。どきん、と大きくオルテンシアスの胸が高鳴る。

「お花を頂けるのって、こんなにも嬉しいことなんですねぇ」

そう言って心底嬉しそうに、幸せそうに、スズランの花束を抱き締める妻の姿に、オルテンシアスは今朝の喧嘩における自身の敗北を、ようやく悟る。

――……………勝てるわけがない、な。

自分の幸福のかたちを、こうしてまざまざと見せつけられては、もはや降伏するしかない。『惚れた方が負け』とは、なるほどその通りだ。悔しいと思うことすらできない自分に気付き、オルテンシアスは微笑みとともに白旗を上げるのだった。

IRIS
ICHIJINSHA

わけあり毒伯爵《どくはくしゃく》は不束者《ふつつかもの》
春《はる》の花嫁《はなよめ》との恋《こい》は二人《ふたり》だけの冬《ふゆ》の季節《きせつ》に

2023年12月１日　初版発行

著　者■中村朱里

発行者■野内雅宏

発行所■株式会社一迅社
〒160-0022
東京都新宿区新宿3-1-13
京王新宿追分ビル5F
電話03-5312-7432（編集）
電話03-5312-6150（販売）

発売元：株式会社講談社
（講談社・一迅社）

印刷所・製本■大日本印刷株式会社

ＤＴＰ■株式会社三協美術

装　幀■小沼早苗（Gibbon）

ISBN978-4-7580-9599-0

●この作品はフィクションです。実際の人物・団体・事件などには関係ありません。

この本を読んでのご意見
ご感想などをお寄せください。

おたよりの宛て先

〒160-0022
東京都新宿区新宿3-1-13
京王新宿追分ビル5F
株式会社一迅社　ノベル編集部
中村朱里《なかむらしゅり》 先生・セカイメグル 先生